献给被疾病困扰的个人和家庭

献给不可预知的人生

献给我们仅有一次的生命

献给被疾病困扰的个人和家庭

献给不可预知的人生

献给我们仅有一次的生命

生之愉悦

许琳 著

中美患者人生感悟
&
顶级医者诊治心经

中国协和医科大学出版社

图书在版编目（CIP）数据

生之愉悦/许琳著. —北京：中国协和医科大学出版社，2012. 11
ISBN 978-7-81136-773-7

Ⅰ. ①生…　Ⅱ. ①许…　Ⅲ. ①纪实文学-中国-当代　Ⅳ. ①I25

中国版本图书馆 CIP 数据核字（2012）第 255387 号

生之愉悦——中美患者人生感悟 & 顶级医者诊治心经

著　　者：许　琳
责任编辑：韩　鹏
装帧设计：萧　冰

出版发行：中国协和医科大学出版社
（北京东单三条九号　邮编 100730　电话 65260378）
网　　址：www. pumcp. com
经　　销：新华书店总店北京发行所
印　　刷：北京佳艺恒彩印刷有限公司

开　　本：700×1000　1/16 开
印　　张：18
彩　　页：6
字　　数：280 千字
版　　次：2012 年 12 月第 1 版　2012 年 12 月第 1 次印刷
印　　数：1—4000
定　　价：39.00 元

ISBN 978-7-81136-773-7/R·773

生 之 愉 悦
Life is so beautiful

献给读者

用我的足迹，穿越万里远涉重洋，找寻科学前沿资讯；
用我的思维，探访中美医学权威，进行一场巅峰对话；
用我的眼睛，审视医学服务理念与模式；
用我的心灵，感受疾病与生命的故事。

如果你是一名患者，但愿你知道，你不是一个人在战斗，你可以从别人的身上汲取力量与营养；
如果你是患者的亲友，但愿你知道，亲情与生俱来，友情历久弥新，但爱，需要学习；
如果你是医务工作者，但愿你知道，我们的病人，不是一个生物样本，而是鲜活的人类，有和你一样的哀伤与渴望，你被赋予信任与依赖；
如果你是一名青少年，但愿你知道，人生的真相，由控制可控的因素，和直面不可控的部分构成，这是一场关于人生选择的对话；
如果你是一名家长，但愿你知道，生命是没有彩排的直播，不能每日用在规划，更要活在当下，要陪伴你的孩子过好每一天；
如果你是一名教师，但愿你知道，对于生命的理解，是基础亦是终极的教育，让孩子尊重生命、拥有爱与快乐的能力多么重要；
如果你是芸芸众生中的一员，但愿你知道，医务工作者和与之相关的人们，对医学与未来之路的探索永不停歇，对你的诉求日益关注；
如果你只是路过，请你停驻一秒，静默瞬间，感受阳光、微风、呼吸、活着……

生命多么美好！

How beautiful！

序言

2010 年 9 月 17 日，我在美国哈佛的诊室见到了多重残疾的米尔，还有她的妈妈玛丽亚，她们的出现就像一道闪电击中了我的内心，我无法忘记玛丽亚的笑容，还有她常说的“How beautiful”。

生命是一段旅程，有困顿有无奈，有煎熬有奋争，但只要一息尚存，还可以感受到和风细雨，蓓蕾绽放，那就尽量去体会生活的美好，让未来成为愉悦的旅程。

米尔和玛丽亚促使我提笔，但这也是多年医学生涯所思所感的释放。

我问过一位师兄，为什么做医生，优秀的他可以有很多选择。他说，犯罪可以在三秒钟内毁掉一个生命，可是你能让他活过来吗？拯救比毁灭更有力量，医生就是仅次于神，却拥有拯救力量的人，他喜欢拯救与建设，所以选择做医生。

我亦感激，成为医生，医学是一项特别的技能与艺术，用于服务人类，她没有国界、不分种族、不分性别、不分贫富，服务于生命是她唯一的使命。

医生的成长，无论中外，都是艰辛漫长的过程，见证无数生老病死，有太多的感触与震动，但那冷静而理性的外套，让我们无暇或习惯性地不去表达。也许，需要一场倾诉，来传达医者内心的声音。

关于分享

谁是那个能到医院看你三次的人？

如果一个人在医院住了几周，据我的观察：

到医院探望一次的人，部分出于情面，或敌或友，只要迟早还会相见，总得去看一次略表心意；

到医院去探望二次的，可能是更关心他的人，或是情商很高，因为去过两次才算有所不同；

到医院探望超过三次及以上的，真是少之又少，他们也许就是你生命中最重要的人。

能到医院看你三次的人，有七八个吗？有四五个，就已经很幸运了。

人生中什么最重要？当被问及这个问题，大多数人都会回答“健康”。可我们经常从清晨醒来的第一秒开始，就在做与健康背道而驰的事：不吃早饭、缺乏锻炼、应酬宿醉……可是你所能掌握的世界大小与你的健康程度直接相关，疾病带给人的，不仅是身体的伤痛或经济的负担，更是那种对一切的失控感和生活轨迹的突然转变。保有健康，不需要高消费；挽救健康，代价却是高昂的。

这是一本关于分享的书，分享中美患者关于疾病的故事与人生智慧，分享顶级医者的诊治经验与心路历程。

这一场写作的旅程，让我也有了更多感悟与你分享，比如，我认为要“保持身体的协调性，努力提高人性”。作为日常锻炼可以跑1万米的女性，我本来还挺自豪，可是美国的同事，二位中年男教授和二位年轻女医生都参加过波士顿马拉松（42.195公里），美国人群对锻炼的热忱程度其实一直有目共睹。我国的女性较少谈论男性的线条，因为那看似肤浅和不实用，我们更多地愿意谈到他的房子、车子和成功，而忽略了他以腹围的增长和健康的损耗为代价。我想说的是，尽可能的保持人类身体的协调性，这包括注意你的饮食与运动，亲近自然，不要忘记，千万年以前，我们曾在丛林中奔跑，协调性原是生命的本性。但我还想说的是，要不断提升你的人性，这包括在行为方式上与生活抉择时的理性，更包括面对别人的弱小与伤痛、面对这个世界的时候怀有的感念与慈悲。

关于理解

在美国哈佛的诊室，教授告诉一位78岁的老妇，好消息是“你颅内的肿瘤是良性的”，坏消息是“它会一点点影响到你的视力，但是这个进程非常缓慢”，这位老人还是当场流下了泪水。

焦虑、恐惧、悲伤，面对疾病，不分年龄和性别，人类有多么相似的真实反应；安宁、喜悦、超脱，抗争疾病，无论国籍与种族，人类有多么相似的情感历程。这个世界有太多的战争、制裁、歧视，我们为什么看到了太多彼此的不同，却忘记人类本有那么多的共性。

无论社会地位的高低，每个人都还有一个家庭身份，他是家庭的珍宝、不可或缺的一部分。当你对不同地域的人有所牵挂，当你感受别人的灵魂，你就不会希望这个世界上有战争、有灾难、有流血、有疼痛。

1977年，生物心理社会医学模式被提出，这30余年间，医学影像、仪器设备、药物材料的发展日新月异，但是传统的生物医学模式并未随之高歌猛进。医生一天接诊90位病人，平均每位病人的会面时间只有5分钟，你有时间关心他的心理感受吗？有心情了解他的生活吗？在快速的医疗节奏中，病人被简化成代号“34号”、“27床”，当医生连病人的名字都无暇去称呼的时候，能够把他们真正当作有血有肉有情感有思想，如同我们父母兄妹一样的人类吗？希望医生的思路，延展到病人在医院外的世界，把他们作为一个完整的人来对待。

关于责任

从小到大，无论在家庭还是学校，罕有人深刻地告诉我们，什么是生命，什么是疾病，什么是死亡。中华民族曾经长于思考人与自然，人与万物的关系，现今却普遍缺乏关于生命的教育与思考，导致一些漠视生命现象的存在。

作为更接近生命本原与极限的医生，除了发展自身的专业性，对社会也应有更多的贡献性，有机会在中美最好的医院工作，我想用一支笔，记录所见所闻，书写生存的意志，与你分享如何面对疾病与人生，如何努力奋争与悦纳命运；作为医者，在此展现最新的医学知识，当出现对健康与医疗的需求时，可以有助你做出科学理性的抉择；我也想让你，走近医生，了解仁心与仁术。

关于感谢

感谢文中每一位病人和家庭，给我的深厚信任，谢谢你们的分享；感谢我所拜访的每一位专家，谢谢你们付出的时间与那份对医学和生命寄予的殷殷情怀。

不是所有作出贡献的人都在这本书里留下了痕迹，但谢谢生命中出现的每个人，你们带来的一切是我成长的必由之路。

感谢我的母亲，谢谢您秉承正直与善良，谢谢您永远的鼓励与支持；感谢我的父亲，虽然您不那么支持我写这本书，但谢谢您让我对这个世界保有好奇心与求知欲；感谢我的外婆，谢谢您温柔恬淡的性格和勤劳俭朴的习惯，我想在 87 岁如同您这样健康平和。

感谢我的至爱亲朋，爱与被爱，是我存在的空气。

感谢我所经历的每一所大学、医学院、医院、师长与同事，你们是我生长的地基。

感谢在中小学时代关注我个人成长的几位老师，谢谢你们让我在严苛的应试中，仍保有生命的灵性。

感谢中国残联康复部尤红主任，北京市盲人学校的李庆忠老师，Carrol Center 的 Rabin Dow，Perkins 盲校的 Marilyn Rea Beyer；感谢 Alzheimer's Association 的 Gerald Flaherty，Atria Marina Place 的 Nancy VanBenschoten，North Hill 的 Luke Kramer；感谢 Massachusetts General Hospital 的 Katie Marquedant，Beth Israel Deaconess Medical Center 的 Christina Ho，The Center for Cancer Support & Education 的 Mary Lewis Sheehan；感谢 Joslin Diabetes Center 的 Jeffrey Bright；感谢 AIDS Action Committee of Massachusetts 的 Tory Stephens、Eric Brus，Boston living center 的 Betsy Kunkel，Male Center 的 Michael D. Shankle，爱心家园、爱之方舟、蒲公英的工作人员……是你们，帮我打开了解很多领域的大门。

感谢美国志愿者 Nicholas Francis Phillips，Adel M. Abdelmalek，谢谢你们无私的帮助。

回首来路，这将是一份长长的致谢名单，感谢在这段旅程中与我交谈、为我驻足的每一个人，没有一一把你们列出，但你们的厚爱将永驻我心！

对于你们，唯有感谢与祝福！

生之愉悦
Life is so beautiful

目录

盲/低视力篇

Mia & Maria
（米尔 & 玛丽亚）

01 003

米尔，23岁，多重残疾，全盲，智力相当于8个月大的婴儿；玛丽亚，米尔的妈妈

“家不是建立在土地之上，而是诞生在女性怀中
为人父母，是上天给予人类最好的一份礼物”

Janet LaBreck
（珍妮特·拉比利克）

02 007

美国麻省盲人委员会长官，是该机构自1906年开始首位非裔盲人长官（海伦·凯勒是创始人之一）

“医生不能再修补躯体的时候，教育和服务可以完善人生
比别人如何接纳你更重要的是，你如何善待自己
政府和社会帮助盲人更加独立，盲人就可以更少地依靠政府和社会”

徐白仑

03 015

金钥匙视障教育研究中心创建人，创办《中国盲童文学》，在中国开创盲童“随班就读”模式

“白发越来越多，爱却没有变老
盲童无声的需求变成内心的使命”

Gayle Yarnall
（盖儿·亚内尔）

04 021

63岁，先天性低视力，15年前视力丧失，帕金斯盲校辅助产品部主任

“你可以从生活中尽情获取，但不要忘记回报
每个人都有责任让这个世界变得更加美好”

李任炜

05 024

中国盲人钢琴调律的开拓者，北京市盲人学校高级教师，全国自强模范，北京市盲人民乐团团长兼指挥

“你属于弱势人群，就应该自强不息，这是一个现实
盲人也有社交的需要，可城市变成了洪水猛兽”

Jaimi Lard & Christine Dwyer
（杰米·劳德 & 克里丝汀·德威尔）
06 027
杰米，46 岁，天生聋盲，帕金斯盲校的毕业生及员工；克里丝汀，手语教师
“独自为战，我们势单力薄；众志成城，我们所向无敌
找到那些促使你积极向上而不是消极懈怠的人”

小任
07 031
80 后，盲人，上海市盲童学校毕业生，于上海师范大学英语专业本科毕业后回盲童学校任教
“盲人不仅需要接受教育，而且可以胜任高等教育
期望与鼓励让残障孩子进步和成长”

孙兴怀
08 033
复旦大学附属眼耳鼻喉科医院院长，复旦大学上海医学院眼科学与视觉科学系主任，中华医学会眼科学分会副主任委员兼青光眼学组副组长，前任上海市医学会眼科学分会主任委员，中国医师协会眼科医师分会副会长兼自律维权委员会主任委员
“青光眼的危害与早期发现
青光眼的规范诊治”

孙葆忱
09 036
中国低视力领域奠基人，国际防盲协会中国国家委员，曾任全国及北京低视力专家组组长，1983 年在北京同仁医院建立了我国第一个低视力门诊
“在眼科医生束手无策之际，低视力门诊是提高视觉质量的最后机会
好的视力都是相似的，不好的视力各不相同”

郑远远
10 038
北京同仁医院低视力门诊主任，原北京市防盲办公室主任，中国残联北京市残联低视力专家技术指导组委员，中国关心下一代工作委员会全国近视防控专家工作指导组成员
“导致低视力的病源多，但专科医生不足
从立法层面督促眼科医生重视防盲与低视力工作”

Steven M.Rothstein
(史蒂文·洛斯坦)

11 039

美国帕金斯盲校校长，1829 年至今帕金斯历史上第九任校长

“我们看到的是，一切尽有可能”
持续的挑战：招募，留住，激励
慈善的本质是“Make change——改变”

徐洪妹

12 044

上海市盲童学校校长，全国低视力康复专家技术指导组成员，中国教育学会特殊教育分会盲教育专业委员会委员

按需施教，育残成才
不要以为身有残疾，就离健康很远

Marianne Riggio
(玛丽安妮·雷吉奥)

13 047

帕金斯盲校国际项目教育顾问，希尔顿/帕金斯项目协调官员

这个世界，每一分钟，就出现 1 名盲童
残障人士对社会的贡献，是对文化和道德的贡献，不能用 GDP 来评价

Mary Beth Caruso
(玛丽·贝丝·卡鲁索)

14 049

帕金斯盲校外展服务负责人，视力康复师，社工，聋盲项目新英格兰协会顾问

医疗活动的终结，却是教育的开始
活到老，学到老

Tom Miller
(汤姆·米勒)

15 051

帕金斯盲校“早期干预及学校服务”教育伙伴项目负责人，马萨诸塞州早期干预协会主席，盲及视力损伤教育与康复协会婴儿及儿童早期分会主席

给每个孩子人生最有希望的开始
医生，病人，教育，我们要做的，是把空隙填满

乳腺癌篇

Marilyn kass
(玛丽莲·卡萨)

16 058

女性，经营一家创意广告公司，48 岁被诊断为乳腺癌，3 年后于2009 年出现颅内转移，居住于波士顿

“活着，就是天堂的感觉
交出一切所能给予的，在你还活着的时候和所爱的人分享”

伊清
（化名）

17 062

女性，34 岁，3 年前患乳腺癌，没有乳腺癌家族史，26 岁生育，现居上海

“主动休息不够的时候，生病是一场被动的休息
生病是一个机会，让你看到前所未见之处”

茜媛 & 茜媛妈妈
（化名）

18 065

茜媛，女性，42 岁，2011 年3 月确诊乳腺癌，术后诊断为浸润型导管癌，HER2 阳性，现居上海

“每一天都是上天的馈赠，珍惜生命里的每一刻
什么都比不上一家人平安健康地相守”

江华
（化名）

19 068

女性，1970 年出生，40 岁时确诊乳腺癌，原居上海，母亲45 岁的时候因乳腺癌去世，父亲因直肠癌去世

“比噩梦更像噩梦的是周而复始的噩梦
我只想好好地看着我的孩子长大”

路得
（化名）

20 070

女性，42 岁时被诊断为乳腺癌，在深圳进行手术治疗后，于复旦大学附属肿瘤医院进行化疗等后续治疗

““女儿12 岁时，我教会她投资；13 岁时，让她懂得风险；14 岁，让她开始参与慈善”
信仰使我懂得坚强，信仰让我变得柔软”

Michele Annette Gadd
(米歇尔·安妮特·盖德)

21 073

哈佛医学院外科学助理教授，麻省总医院乳腺外科医生，在乳腺癌领域工作 18 年

“提前切除双乳，可以预防乳腺癌吗？
在美国，全切还是保乳？
对癌前病变不能掉以轻心”

邵志敏

22 076

上海市乳腺癌临床医疗中心执行主任，复旦大学附属肿瘤医院外科主任兼乳腺外科主任，中国抗癌协会乳腺癌专业委员会主任委员，中华医学会肿瘤分会常委，上海市乳腺疾病防治委员会副主任委员

“中国乳腺癌的现状和危险因素
从“可耐受的最大治疗”到“有效的最小治疗”
乳腺癌综合治疗的规范化”

Jose Baselga
(约瑟·巴塞尔加)

23 079

哈佛大学医学院教授，麻省总医院肿瘤中心副主任，血液学肿瘤学首席专家，凯伯纳名誉主席，乳腺癌 HER2 靶向治疗的先驱

“化疗的意义所在
推动，推动，推动，永不气馁，向前，向前，向前！”

胡夕春

24 081

复旦大学附属肿瘤医院化疗科副主任，上海市肿瘤化疗质控中心专家委员会委员，中国抗癌协会乳腺癌专业委员会常委，中国抗癌协会临床肿瘤学协作专业委员会学术委员会委员

“肿瘤个体化治疗大势所趋
不能彻底消灭肿瘤，就要与瘤共生，带瘤生存也是生存”

Alphonse G. Taghian
(阿尔丰斯·坦津)

25 083

麻省总医院乳腺癌放疗首席专家，在放疗领域特别是加速部分乳腺放疗方面获得国际广泛公认

“在确保疗效的基础上，缩短疗程，减少损伤是放疗的发展趋势
心脏损伤的问题在多年后凸现，但是放疗医生不能掉以轻心
淋巴水肿重在早期发现，及时干预”

陈佳艺
26 086
复旦大学附属肿瘤医院放疗科副主任，副教授，1998－2000年在法国巴黎十二大学附属 Henri Mondor 医院和 Gustave Roussy 肿瘤研究所接受外籍专科医师培训
“放射治疗是肿瘤综合治疗的组成部分
凤凰浴火，是为重生，不能只浴火，而不重生
我要维护你的尊严，直到最后一刻”

Gwendolyn E. Mitchell
（格温多琳·米切尔）
27 088
哈佛医学院麻省总医院职业操作护士，乳腺癌中心病人就诊通道护士
“提前倾听，打破坚冰
护士，可以做的事情有很多”

黄嘉玲
28 090
原复旦大学附属肿瘤医院乳腺外科护士长，妍康沙龙创始人之一，从事乳腺外科护理工作37年
“凭专业导航，借时间疗伤，用坚强自救
生命是个过程，不要每天都用在筹划未来，而要活好当下
没有什么比活着更美”

Jean O'Toole
（简·奥图勒）
29 092
麻省总医院物理疗法中心理疗师，在物理疗法领域工作41年，10年前专职于癌症领域
“物理疗法是为了重拾以前的生活节奏
身为女性，为乳腺癌病人工作是一项特权”

Carol Sullivan
（卡罗尔·沙利文）
30 093
麻省总医院营养科营养师，专司癌症中心癌症病人的营养问题
“不只关注饮食中的营养，还要看拿什么来滋养人生
让食物赋予生活色彩和力量”

Kristen
Mahoney Shannon
（克莉斯蒂·曼哈尼·香农）

31 095

麻省总医院癌症中心“癌症风险评估中心”主任，遗传学家，高级基因咨询师，美国国家综合癌症网络家族高风险评估乳腺癌与卵巢癌小组成员

“基因，我们无法决定，听它讲述你的未来，看看有什么可以掌控
遗传学家的作用是帮助病人面对基因信息：消化它，使用它，共享它”

Julie Berrett-Abebe
（朱莉·巴雷特·阿比比）

32 97

麻省总医院乳腺癌中心社工，心理学学士，社工系和教牧硕士。麻省总医院于1905年在全美第一个成立医院内的社工部，目前有约百名社工

“生命如此脆弱，生活不可预知，但人类比自己想象的更强大
帮助病人形成应对能力，在疾病中成长
当你感觉一切失去了控制，试着聚焦在那些细小但仍可掌控的事情上”

糖尿病篇

赵凤琴

33 105

65岁，患2型糖尿病26年，目前居住于北京

“抗糖达人，需要理智、活跃与快乐
拥有美满的家庭，争做幸福的糖人
合理喂养，老年人对隔代教育责无旁贷”

Chris
（克里斯）

34 107

1985年在50岁时被诊断为2型糖尿病，美国糖尿病协会志愿者，居住地：波士顿

“志愿者工作，我只是希望我有所作用
我要知道每天吃了多少”

霍丽英
（化名）

35 108

52岁，在26岁被确诊为2型糖尿病，双眼并发糖尿病视网膜病变

“就这样一点点看不见

每个典型都是熟悉的陌生人”

George King
（金良城）

36 110

哈佛医学院教授，Joslin糖尿病中心副主任及研究中心主任，美国亚裔糖尿病研进会创始人

“我们把病人做为一个整体

糖尿病50年生存良好——“他们都是非常非常快乐的人！””

纪立农

37 112

北京大学人民医院内分泌科主任，北京大学糖尿病中心共同主任，中华医学会糖尿病学分会主任委员，北京市糖尿病学专业委员会名誉主任委员，国际糖尿病联盟副主席

“中国糖尿病的现状与趋势

慢性疾病是“数字病”

健康的社会环境，更能提高社会的健康水平”

许　迅

38 115

上海交通大学附属第一人民医院副院长，眼科主任，上海市视觉复明临床医学中心主任，上海市医学会眼科学分会主任委员，中华医学会眼科学分会委员兼眼底病学组副组长

“糖尿病视网膜病变症状隐匿，需要早期筛查、定期随访、及时介入

视网膜见证了血糖控制的前世与今生

视觉清晰，优质工作，健康生活”

胡仁明

39 117

复旦大学附属华山医院内分泌科教授，复旦大学内分泌糖尿病研究所所长，上海市糖尿病学分会副主任委员，中华医学会糖尿病学分会常委，中华医学会糖尿病学分会微血管并发症学组组长，亚洲糖尿病微血管研究会主席

““大庆研究”证实生活方式干预可以有效减少糖尿病的发生

在所有的透析病人中，源于糖尿病肾病的超过30%”

许樟荣

40 120

中国人民解放军第306医院糖尿病中心主任，中华医学会糖尿病学分会委员兼糖尿病足与周围血管病学组组长，全军内分泌学会副主任委员，国际糖尿病足工作组成员兼亚太区主席

“病人是医生最好的老师

成功的病例都是相似的，不成功的病例各有各的不同”

Kenneth Snow
（肯尼思·斯诺）

41 122

哈佛医学院Joslin糖尿病中心性功能门诊主任，从事糖尿病相关性功能障碍临床工作12年

“把性功能障碍当作医学问题，才能让医生和病人交流这个问题

对于性功能障碍的误解”

Anne Butler
（安妮·巴特勒）

42 125

精神科医生，1994年加入哈佛医学院Joslin糖尿病中心，现工作于心理健康与咨询门诊

“糖尿病患者常见的心理问题

精神科医生的三个建议”

Tamara Takoudes
（塔玛拉·塔卡迪斯）

43 127

妇产科及母胎医学专家，哈佛医学院Joslin糖尿病中心糖尿病与妊娠项目共同主任，哈佛医学院柏斯以色列狄肯尼斯医学中心糖尿病与妊娠项目共同主任

“她们只是想生一个健康的孩子，成为一个家庭

警惕妊娠期糖尿病”

Jacqueline I. Shahar
（杰奎琳·沙哈尔）

44 129

哈佛医学院Joslin糖尿病中心运动医学部主管，临床运动生理学家，认证糖尿病卫教人员

“每个人都会从某种锻炼中获益

运动医学重在专业性与对人体全局的掌控

不必一次完成运动，可以分次进行；简易测试强度，掌握“交谈实验””

矫　玮

45 133

北京体育大学运动康复系副主任，教授，全国运动防护专业委员会秘书长，中国康复医学会康复医学教育专业委员会常委，北京康复医学会常务理事

“生命在于运动，运动在于科学

运动是药，有时胜药

运动的重要性，与睡眠和吃饭一样，是生命活动必需的过程”

陈　伟

46 135

北京协和医院肠外肠内营养科副主任医师，1995 年开始从事糖尿病患者的教育与服务工作，现任北京糖尿病防治协会理事长，中华医学会糖尿病学分会教育与管理学组委员

“永远的吃之“痛”

水能载舟亦能覆舟，营养亦是如此”

Albert Whitaker
（艾伯特 · 惠特克）

47 137

美国糖尿病协会东英格兰地区分部副主任

“美国糖尿病协会的构成

美国糖尿病协会如何运作”

老年痴呆篇

Mike & Shirley
（麦克 & 雪莉）

48 145

麦克，68 岁，4 年前被诊断为额颞叶痴呆；雪莉，麦克的太太，58 岁，公司职员

“永远不要觉得拥有的一切理所当然

我为我爱的人而生，为人类最终能够治愈痴呆类疾病而战

共同创造的记忆，谁也抹不去；珍惜现在的每刻，因为昔日不再来”

程海松/程根福
（化名）
49 150
程海松，77 岁，高级工程师，认为自己近期出现记忆力减退症状；父亲程根福是老年痴呆病人，终年 86 岁
“老年痴呆，病人逐渐丧失了尊严，也是亲属沉重的负担
病人不仅需要精神慰藉、细心照顾，也有生理需求，哪怕是 80 高龄”

Bradley T. Hyman
（布莱德利·海曼）
50 153
美国马萨诸塞阿尔茨海默病研究中心主任，哈佛医学院及麻省总医院神经内科 John B. Penney, Jr. 教授，首位发现大脑海马区是阿尔茨海默病中最先受到损伤的区域
“阿尔茨海默病的预防和治疗
阿尔茨海默病的研究进展
阿尔茨海默病是一种毁灭性的疾病”

张振馨
51 156
中国医学科学院北京协和医院神经科主任医师，中国协和医科大学临床流行病学教研室主任，中华医学会临床流行病学分会副主任委员，国际阿尔茨海默病协会中国分会副主席，国际运动障碍疾病学会亚太地区执行委员
“临床与科研工作需要秉承科学性、责任感与爱国心
只因对协和怀着感恩的心
爱、信、望”

Rachelle S. Doody
（雷切儿·杜迪）
52 161
美国贝勒医学院神经内科教授，阿尔茨海默病及记忆障碍中心主任，阿尔茨海默病研究 Effie Marie Cain Chair
“对痴呆的理解
阿尔茨海默病需要全球的解决方案
对待病人，医学生和年轻医生需要建立自己内心的标准”

盛树力
53 163
首都医科大学宣武医院北京老年病医疗研究中心及北京脑老化重点实验室首席专家
“老年痴呆的预防
针对中国老年痴呆现状的建议”

Sumer Verma
(萨摩·维莫)

54 165

波士顿大学医学院心理学家，Briarwood 护理机构阿尔茨海默病区医学主任，曾任哈佛医学院 McLean 医院老年心理专科医生培训及临床试验主任

“入户模式发现：病人在诊室里表现出的仅是冰山一角
儿童不是迷你版的成人，老年人也不是皱纹版的儿童
学会与痴呆病人对话——知识与爱”

鲍　枫

55 170

安定医院老年科病区主任，从事精神疾病诊治20年，专长老年精神障碍

“家庭成员要注意识别痴呆的早期信号，让痴呆病人享受人生的最后时光
付出得不到积极回应，照料者的精神往往比病人更加脆弱
老年科不是养老院，社区工作就是临床工作”

肖顺贞

56 172

北京大学护理学院教授，专长于老年护理领域特别是老年痴呆护理

“当你孤独时，他比你更孤独
建立与痴呆病人的“积极感受””

Ann C. Mckee
（安·麦基）

57 175

波士顿大学医学院神经科学教授，病理学教授；新英格兰退伍军人医疗中心神经病理学主任；波士顿大学阿尔茨海默病中心主任，慢性创伤性脑病研究中心主任

“运动员是体能超人，头部外伤是脑力杀手
欧文·托马斯之死带给美国的启示
运动安全如何重视都不为过”

戴甲培

58 178

中南民族大学武汉神经科学和神经工程研究所所长，中国人脑库中心主任，曾任荷兰皇家科学院脑研究所高级研究员

“大脑组织标本是脑科学研究的基础
生死之间，悠然自得”

窦玉沛

59 180

中华人民共和国民政部副部长，全国老龄工作委员会委员，全国老龄工作委员会办公室副主任

“关注并解决好中国老龄化的问题是对世界的贡献
孝是一种文化，文化是一种行动的力量
养老服务队伍：职业化、专业化；社区人际氛围：志愿化、积极化”

艾滋病篇

Joseth Minor-hill
（约瑟夫·迈纳·希尔）

60 188

感染艾滋病毒30年，全美生存期最长的感染者，44岁，非裔美国人，职业司机

“感染艾滋病毒30年，生活仍在继续
拒绝无保护——即使已经感染了艾滋病毒
安全感从何而来”

Jimmy Bucalo
（吉米·布卡罗）

61 191

确诊感染艾滋病毒26年，追溯病史可能感染30年，51岁，同志，吸毒者，美籍，白人，曾经的职业是厨师

“如果你不成为解决方案的一部分，你就会成为制造问题的一部分
让自己笑，逗别人笑，幽默感对活得长久很重要
历经生活中的悲剧，一定能有所借鉴，如果一无所获，那才是真正的悲剧”

萧　贝
（化名）

62 194

艾滋病毒感染者，同志，佑安医院“爱心家园”志愿者

“艾滋病毒不是一切痛苦根源的挡箭牌，感染者仍旧可以做生活的强者
同志不等于艾滋病，艾滋病不等于不安全的性行为”

浩宇
（化名）

63 196

艾滋病毒感染者，同志，37岁，行政管理工作，爱心家园志愿者

“有些人期待体面的葬礼，而我更期待医学的奇迹
减少对艾滋病的歧视，医生团队的领头人至关重要”

小飞
（化名）

64 197

28 岁，艾滋病毒感染者，确诊 3 年，同志，曾为爱心家园工作，现做专职销售人员

“感染了艾滋病毒，也依然有职业规划
我不需要心理医生，只有男生才对我有吸引力”

Victor
（维克多）

65 201

艾滋病毒感染者，确诊时间 2 年半，同志，美籍白人，职业经理人，居住地：波士顿

“他，还是曾经的他吗，枕边人何时变了模样
我不怪他，因为我负有同样的责任”

Elizabeth
（伊莎贝拉）

66 202

25 岁接受变性手术，曾经无家，从事性工作，非感染者，麻省艾滋病行动委员会变性女性关怀项目负责人

“生活并非易事，无论性别，这是人类最基础的一课——生存
我曾是个男人，并不等于我必须要爱女人；我愿意和男人在一起，却吸引女人
我不希望你成为我，而是希望你成为想要的自己”

凯文
（化名）

67 208

80 后，男，直人，艾滋病毒感染者，大专学历

“拥有一个可以长期信赖的医生太难，医生要加强学习并尊重病人
疾病让人反思亲情，3 个月长大了 30 年”

阿静
（化名）

68 211

艾滋病毒感染者，丈夫是非感染者，在婚前即知晓状况

“惟有相信，一切事出有因
做生活的强者，疾病不等于向生活停止索求”

阿红
（化名）

69 213

44 岁，艾滋病毒感染者，因吸毒共用针具感染

“为了减少抑郁，使用毒品，产生了更多的抑郁
没有健康，生活就失去真正地快乐”

海藻
（化名）

70 215

孕期中确诊为艾滋病毒感染者，丈夫和宝宝未感染，家庭关系震荡中

“从确诊的那天起，生活又多了个折线
女人，为了孩子，也要强大起来”

何田田
（化名）

71 217

教师，2006 年确诊为艾滋病毒感染者，第一个全国性的女性艾滋病毒感染者关怀组织联盟发起人

“就算明天是世界末日，今天仍要种苹果树
女性艾滋病毒感染者联盟”

邵一鸣

72 221

中国疾病预防控制中心艾滋病首席专家，性病艾滋病预防控制中心病毒与免疫研究室主任，卫生部艾滋病专家咨询委员会副主任委员，中华微生物学会病毒学专业委员会主任委员，WHO 艾滋病策略和技术委员会委员，盖茨基金会全球重大卫生挑战科学委员会委员，2010 年当选美国微生物科学院新科院士

“医学与疾控要秉承博爱，政府与社会要恪守人道
我国亟待提高大众的防病常识，特别是科学素养
加强医务人员标准化防护，扩大艾滋病病人就诊空间”

李太生

73 223

中国医学科学院北京协和医院感染科主任，卫生部艾滋病专家咨询委员会临床组组长，中华医学会感染性疾病分会副主任委员兼艾滋病学组组长，国际上首次在 Science 杂志上提出“免疫重建”理论

“艾滋病已被定义为慢性疾病的一种，感染者有着漫长的人生
多学科协作，提高艾滋病毒感染者生存质量”

张 彤

74 226

首都医科大学附属北京佑安医院感染科主任医师，于2002年始开始从事艾滋病临床与治疗研究

“面对挑战性疾病，医生与病人一同成长，我们是伙伴

急性期筛查非常有意义

已经感染了艾滋病毒，不等于就可以无所顾忌”

曾道炳 & 朱志强

75 228

首都医科大学附属北京佑安医院肝胆外科医生

“我们只把它当作一种外科疾病，而恰巧合并了其他传染性疾病而已

艾滋病毒感染者在手术前后更加孤独，医患双方都承担更高的手术风险”

Nagagopal Venna
（纳贾高波·文纳）

76 230

哈佛医学院麻省总医院神经内科门诊部主任，神经 - 感染科学主任，曾任波士顿大学波士顿城市医院神经内科主任，是世界上最早开始治疗艾滋病毒引起的神经系统并发症的医生之一

“在恰当的时间、适宜的地点与合适的团队一起工作

神经系统对生活质量和生存期的决定作用

医学，是艺术，也是服务”

Katherine Jason
（凯瑟琳·詹森）

77 236

注册营养师，在营养学领域工作11年，3年前开始在麻省总医院营养科专职于感染科病人的诊治，会诊感染科所有艾滋病毒感染者/病人的营养相关问题

“艾滋病毒感染者/病人的营养策略

感染艾滋病毒后如何维护体重与是否使用营养补充剂

吃出一道彩虹”

Rebecca Haag
（瑞贝卡·哈格）

78 238

麻省艾滋病行动委员会主席兼CEO，POZ杂志评出的美国艾滋病领域百位“最有权力、最有影响力”的人物之一

“如同奥巴马竞选，运用好“滚雪球”效应

不仅帮助感染者，更应广泛教育大众

如果你燃尽了自己，就不能完成比赛”

廖苏苏

79 244

中国医学科学院基础医学研究所/北京协和医学院基础学院流行病与卫生统计学系主任，1998 ~2010 年任卫生部艾滋病专家咨询委员会委员

“全面医学防护是要平等地对待医务人员和病人的生命
艾滋病改变的不仅是生命而且是人生
面对生命只有“我们”，没有“她们””

Karen Beckette
（凯伦·贝克特）

80 247

艾滋病领域工作 24 年，曾抚养 6 名 HIV 抗体阳性婴儿，现为感染者咨询师，美籍，居住地：波士顿

“作为专业人士，很重要的是帮助感染者唤起自身内在的力量
没有人终其一生纯净无瑕，如果不好的事情已经发生，不意味着不再值得任何好事发生
艾滋病毒感染者有义务告诉同伴实情，同时他的隐私要受法律的有力保护”

福　燕

81 251

首都医科大学附属北京佑安医院感染一科护士长，艾滋病领域关怀组织“爱心家园”的创始人之一，2010 年贝利·马丁奖获得者

“对于一个护士，你的职业针对的是疾病，而不是导致疾病的行为
和无辜说 No，做自己生活的主宰”

Barbara Sweatt
(芭芭拉·斯威特)

82 253

脊髓灰质炎病人，轮椅人士，女性，1964 年出生，意大利裔美籍，艾滋病领域等多个领域志愿者

“虽然无法站立，但没有任何事物能阻止向前
别人的目光掠过我，只看到了轮椅；我的爱人只看到了我，略掉轮椅
我希望见证，有一天，艾滋病毒就像曾经的脊髓灰质炎病毒一样，只成为一段记忆”

盲&低视力

——假如人生不再光明

Life is so beautiful

盲&低视力篇

——假如人生不再光明

01 Mia & Maria（米尔 & 玛丽亚）

简介：米尔，23岁，因线粒体代谢障碍而多重残疾，全盲，没有语言能力，不会走路，生活不能自理，智力相当于8个月大的婴儿；玛丽亚，米尔的妈妈。

• 孩子就是天使，为什么选择了他的父母，因为天使早就知道自己可以被照顾

米尔有着这个世界上我所见过最长的睫毛，在浓眉下像翕动的蝴蝶，如果你看到，一定会说“天啊，这是真的吗”。这样让人过目不忘的眉眼，在任何一个孩子的脸上，你应该念念不忘她的漂亮，但在米尔身上，你的注意力却总用在猜测她的健康。

玛丽亚推着米尔走进诊室，母女俩穿着舒服的棉质衣裤，清爽干净。23岁的米尔，身体发育像13岁的孩子，智力不到1岁，全盲，不会走路，不会讲话。出生后就吐奶，因为不会咀嚼，一直需要把食物打成糊状，在3岁的时候腹部造瘘，用来推送液体和药物。米尔的右脸下垂，同时有下颌－瞬目综合征，在张口的时候，眼睛会反射性睁开，她的舌体肥大，伸出口外，在不安的时候，舌头不停蠕动。

玛丽亚笑声爽朗，她时常抚摸着米尔，用愉悦的声音说“真美（How beautiful）”，米尔高兴地在轮椅里扭来扭去。

我被玛丽亚的性格迷住了，换作医生，会比她做得更好吗？无论中美，任何一个家庭有这样一个不能自理的孩子，父母中至少有一方难以正常工作，可能在生活、经济与精神上成为负担，而这样的孩子，玛丽亚却有 2 个，可她那种发自内心的笑，让满室阳光。

“我从不去想这是为什么，为什么会这样。孩子就是天使，为什么选择了我们，因为他们早就知道我们可以照顾他们。”

家不是建立在土地之上，而是诞生在女性怀中

玛丽亚和丈夫结婚 25 年，大女儿比米尔大 11 个月，米尔比弟弟罗伯特大 1 岁。“砰，砰，砰”玛丽亚笑着形容三姐弟先后降生的过程，姐姐健康美丽，一直帮着照顾和维护弟妹，罗伯特和米尔的症状一模一样并在 17 岁的时候去世。罗伯特离开人世后的两个月，姐姐的孩子降生了，玛丽亚升级为外祖母，玛丽亚一直觉得是罗伯特感知自己要离开，就为家庭带来了外孙。

玛丽亚一家以前在波多黎各居住，母语是西班牙语，为了让孩子有更好的医疗，1989 年搬到波士顿。由于两个孩子生病，玛丽亚没有出去工作，家庭收入靠英文说得不好、收入也不高的丈夫来维持。玛丽亚每天给米尔擦洗两次脸和全身，并涂两次润肤露，米尔只能抬起上半身，但皮肤从没有出过问题。

玛丽亚夫妇一切生活都围绕这两个孩子，米尔和罗伯特能去的地方，就去；不能去，就放弃。“在我还是单身姑娘的时候，跳舞、唱歌，也玩很多，结婚以后，丈夫和孩子，就是一切，这就足够。”玛丽亚从没抱怨过生活，她觉得米尔给了自己生命意义所在，“我觉得非常、非常、非常幸福！”

玛丽亚和丈夫是天主教徒，但他们觉得自己对待孩子的态度并非只缘于宗教信仰，在玛丽亚认识的天主教徒中，当家中发生了不幸，也有男人抛弃了妻子和孩子们。

“当一个家庭有两个这样的孩子，一切所需，唯有深爱，有爱，那就足够。”

为人父母，是上天给予人类最好的一份礼物

玛丽亚的一个表亲说，像米尔这样的孩子，没什么社交，给她穿睡袍出去就可以了，玛丽亚很生气，她对自己节约，可对这两个孩子，尽可能给予一切，“为什么不呢？”

在罗伯特健在的时候，体质一直不好，总是要去医院。而米尔只是近4年到医院的次数增多。一次我给玛丽亚打电话，正赶上米尔骨折，刚刚住院，并要转院到麻省总医院。我也想晚上去看看她，就等待着玛丽亚的消息。走在路上，一家家店铺，是健康人的世界，音乐或热烈或悠长，而疾病的世界里，米尔的生命却在接受考验。我不知道该怎么安慰玛丽亚这样的母亲，后来发现是我想的太多，她强悍的神经会过滤掉一切负面情绪，电话里，她说不知道晚上几点才能到达波士顿市区，让我不要再等。在这个沥沥的雨夜，我什么都没有帮到，她开朗达观的笑声却温暖着独在异乡为异客的我。

隔天，我去麻省总医院的病房时，仔细抚摸米尔胖乎乎的小手，完全看不到静脉，换了4批护士，才成功地为她埋植了留置针。累了的米尔，安静而配合，我不由得说："真是个好孩子(She is a good girl)！"玛丽亚看着我，纠正说："她是最好的孩子(She is the best)！"

玛丽亚挺起胸脯骄傲的神态，让我震惊又难忘。多少健全孩子的父母，强加给孩子本不该让孩子承担的任务，赋予孩子太多孩子并不期待的期待。健全孩子的父母，有多少有真正健全的心理，可以克服毫无意义的比较与莫名的嫉妒，可以看到孩子的独特性，可以客观而完整地欣赏孩子的美好。有多少时间，有多少机会，父母本可以由衷地赞叹"你是个多么棒的孩子"，但说出的却是"你怎么没做得更好"！

为人父母是上天给予人类最好的一份礼物，这份馈赠，你珍惜了吗？

琳后记：

永远的24岁

2011年3月，我看到了一只红底碎花的棉布猴，长长的手臂，柔软的触感，我满心欢喜，准备下次见到米尔的时候带给她。门诊，病例，课题……周而复始的压力让我每天疲惫不堪，一再对自己说，再等等，更有空的时候，再等等，心情更放松的时候，再等等……等来的消息却是——米尔已经在4月19日离开人世。当我终于来到米尔的家，棉布猴只能孤独地躺在米尔的小床上。

心愿要尽早实现，感情要及时表达，有些人与事，一旦错过永不再来。

有些事情，医生永远不知道

2011 年 10 月，在我即将离开波士顿的时候，坐火车到达 Andover，玛丽亚在站台等我，阳光下给我一个舒展的笑容。玛丽亚一家已经在老房子里住了 20 年，让我惊讶的是，1 楼与 2 楼的天棚上，安装了滑轨系统，从客厅到厨房，从浴室到卧室，没有死角。常年负重让玛丽亚的后背受了伤，她不再有力气托起自己的孩子，她使用一个大型网袋悬吊在滑轨上，孩子如同在可以平移的摇篮里，到达家里任何一个地方。在楼梯上，也安装了滑轨系统，推送一个可以滑动的轮椅完成上下楼的功能。

米尔的床头柜，有 2 层抽屉，每格都放了不同的衣服，标记着周一到周日，米尔并没有社交，但妈妈依旧给她打扮，如果妈妈不在家，看护米尔的人可以参照标记给米尔换衣服。

米尔和弟弟的骨灰盒，静静地安放在玛丽亚的卧室，玛丽亚说："可惜再也没有办法为米尔找到像弟弟罗伯特那么小的骨灰盒了，出去的时候不方便带着米尔。"

我惊讶："你们外出的时候都带着罗伯特的骨灰吗？"

"是的。"

"你们出去买东西、去公园、和亲友聚会的时候也带着他吗？"

"带着。"

"那我第一次在诊室里看到你和米尔的时候，你也带着他吗？"

"是的，我带着。"

我想起了米尔的轮椅后方挂着的 2 个大大的包。

"那我去麻省总医院的病房探望米尔的时候，你也带着罗伯特的骨灰吗，我怎么没看到？"

"我把他放到了窗帘的后面，我们永远在一起。"

暮色中，夕阳在棕色的木质上投射出淡淡的光泽，照片里显现的是 2 个孩子无忧的笑容，如果你不走入病人的家庭，如果你不深入病人的心灵，你永远不知道他们经历了什么变故，带着怎样的悲怆情怀。

有些事情，医生永远都不会知道。

米尔的礼物

玛丽亚给我看墙壁上、桌面上、电脑里一幅幅照片，记录着米尔和弟弟的成长，有的是在草坪上晒太阳，有的是在重症监护室急救，每个瞬间，快乐的与疼痛的，组成人生。

玛丽亚给我念一纸箱米尔收到的贺卡，虽然米尔从不会阅读。她的声音哽咽，泪水在眼眶里来来回回，但她从来没有，从来没有在我面前掉出一滴泪，而我，却为她而哭泣。

玛丽亚送我到车站，临近分别的时候，她说："你知道吗，是米尔，把很多美好的人带到我的身边，就如同没有米尔，我也不会认识你，这就是米尔送给我的礼物。"

我看着玛丽亚，良久，也不能平复心情。在夕阳下，两个女人拥抱，我在她耳边轻轻说声"谢谢"，转身踏上火车。

米尔，这也是你给我的礼物，是你的出现，让我开始这一段在医院外的历程，是你的出现，让一个医生走出象牙塔，真正开始了解疾病与人生。

02 Janet LaBreck（珍妮特·拉比利克）

简介：美国麻省盲人委员会长官，是这家隶属政府的机构自1906年开始首位非裔盲人长官（海伦·凯勒是创始人之一）；新英格兰视光学院的荣誉博士，在115年的校史上，第一次由盲人获此殊荣。

她是这样一个女性，我想去了解她领衔的机构，但见到她，却忘记了前来的初衷。

她是这样一个女性，不需灯光辨识颜色，不用镜子化妆，但每天都神采奕奕，气质非凡。

珍妮特，美国麻省盲人委员会长官，是这家隶属政府的机构105年来首位非裔盲人长官，闻名全球的海伦·凯勒是此机构最早期的长官之一。

珍妮特总是那样精力饱满，爱心充沛。我下午3点给她写信，傍晚就接到她的回音，晚上12点给她写信，会发现她也没睡，我问她波士顿地区还有哪些视觉领域的代表性机构，她写给我详细的名字、地址、电话、网址，还告诉我一个机构的主席是她的朋友，可以引荐，另一个机构需要开车才能到达，她可以让丈夫载我们同去。

我不知道她如何在永远的暗夜中行走，不知道她如何独自旅行，不知道她如何用读音软件写出充满逻辑信息巨大的电邮，不知道她如何高效而富有创造性地工作。

作为一个眼科医生，我知道，她的视力，医疗基本终结；作为一个眼科医生，我却从不曾知道，她的生命，可以这样开始。

10 岁的时候，半个家庭被宣判失明

珍妮特在小学时开始出现视力问题，老师让大家在课堂上朗读课本，轮到她的时候，读铅字很犹豫很迟疑。她内心祷告，希望不要再被叫到，在多次被提问后，老师们认为她是个难教的孩子并且在捣乱，直到一位观察敏锐的老师怀疑她可能需要眼镜，然后建议她去检查眼睛。

珍妮特的父母预约了附近一位验光师，验光师认为她的眼睛问题远超过自己能解决的程度，建议她去波士顿看眼科专家。珍妮特的父母每次单程驱车 3 个小时，来到波士顿最著名的眼科医院，小小的珍妮特觉得这个医院大得超过自己曾去过的任何地方。她数不清被多少医生检查过，这让她感到疑惑和害怕，为什么要来这个地方，并且对结果开始担心。她的兄弟姐妹一起陪着，也对这个陌生而奇怪的环境感到没有信心，而且不知道医生为什么开始对他们一家人都感兴趣。没多久，医生们征得了她父母的同意，开始给所有兄妹包括她的父母进行检查。

数月的奔波之后，在珍妮特 10 岁的时候，得到了最终诊断——视网膜色素变性。与在候诊室漫长的等待，在暗室里被散大瞳孔相比，这个诊断当时对她的影响非常小。终于知道了这个将使她缓慢步入黑暗的病因，她甚至还松了口气，从波士顿回到家里，她躺在床上，试着重复并拼出这个疾病的名字，听起来还那么遥远和陌生。

对她或是她父母的未来，没有任何医生给予鼓励和希望，无论在技术上还是心理上，她也没有得到任何支持性的干预，可以让她相信自己还能有完满而富有成效的人生。继她诊断之后，兄弟姐妹 6 人中，4 个都被诊断为视网膜色素变性，整个家庭充满对未来的恐惧。

珍妮特最初的担心是以后如何生存下去，如果失去了光明怎

么养活自己。医生建议她的父母，把她转出公立学校，因为那时公立学校没有足够的设施来教视力损伤的学生。在1968年，她和她的兄妹们在麻省盲人委员会登记，这是一个政府机构，为马萨诸塞州的盲人服务，她并没有想到，她不仅从这里获得资源，多年以后，这里也成为她职业的归属。

医生不能再修补躯体的时候，教育和服务可以完善人生

1970年，珍妮特和哥哥从公立学校离开，进入帕金斯盲校，并度过了7年，她把这里所受的教育看成上天的馈赠。他们从来没有离开过家和同伴，没有时间也不知道如何进行准备，关于自己是谁和曾经生活过的一切突然都消失了。她到达帕金斯的时候，被介绍给其他同学，都有着不同的眼病，她还从来没遇见过和自己有着一样问题的人，更没想到比她还小的同学竟然没有任何视力。在最初的几天，她跟着同学们在楼道里穿行，时刻提防他们撞到墙上或其他障碍物，而且觉得这里的老师也太“粗心”了，竟然不扶这些学生走路，她还没有理解，碰触物体就是盲人在周围环境中进行定向的方式，他们并不需要她的帮助，现在当她回想起这一切就忍俊不禁，因为同学们一定觉得她把自己当成了人类的拯救者。

家里多个孩子即将逐渐失明的噩耗，她的父母用了非常长的时间去面对。她难以想象父母的自责、沮丧和担忧，虽然他们从来没有抱怨过孩子。但不幸的是，缺乏适当的支持和帮助、酒精的作用和教育程度的缺乏让她父母的婚姻和家庭受尽折磨，在她进入帕金斯不久，父母终于离婚。她和哥哥一年中大部分时间住校，只有感恩节、圣诞节和暑假部分时间回家，帕金斯成为了她在家庭混乱时期的避风港，也让她重新有了自信和勇气，并决定开始改变自己的命运。

珍妮特开始参加田径队，虽然她从未想象过盲人可以奔跑，而且受到合适的训练，也能在比赛中出类拔萃。她和哥哥成为了盲校的运动员，珍妮特还是地区和全国田径纪录的保持者。她还参加了唱诗班，并且为很多音乐剧和演出领唱。在学业上，她学会了很多盲人的补偿技能，并且成为优等生。

她又做了一个决定，离开帕金斯回到家庭，和自己儿时的伙伴们一起从公立学校毕业。她觉得经过7年，公立学校应该已经改变了对残疾学生的态度，并且应该有了必需的设施和服务来教

像她这样的孩子。但这个决定带来了很多困难和后续事件，这次回来和7年前离开时一样，她仍旧无法完全融入主流活动中，或是老师担心她受伤或是怕影响其他学生的进度，在帕金斯盲校的一切荣誉与成就，在回到了公立学校后，变得再无价值。她曾经纠结于因为待在盲校，在家庭对生活进行调整和遭受分裂困扰的时候没能帮上忙，满心期待回到家里，可以帮助家庭疗伤，可又一次，她没有为二者中任何一件做好准备。最后，她的一位在视觉障碍方面的老师用人生智慧告诉她，只对自己负责就好，把其他一切事情都交给专业的人士去处理。

在非常艰难的环境下，克服了种种挑战珍妮特终于高中毕业了。她获得的巨大财富是有了这样一位精神上的永恒导师，当珍妮特的家庭经历变故，这位老师是珍妮特随时可以打电话倾诉的人，她来看望珍妮特，鼓励珍妮特上大学，帮珍妮特查找可以获得的资助，珍妮特在职业上的选择，取得的成功很大程度都受到这位老师的影响。

比别人如何接纳你更重要的是，你如何善待自己

从高中毕业后，珍妮特决定在麻省盲人委员会的经济资助下去上大学，她还同时进行定向与行动训练（盲杖使用技巧），而她最初并不接受盲杖。使用盲杖就会和别人看起来不一样了，这种恐惧经常把她淹没，有时她甚至觉得如果开始使用盲杖就意味着对失去视力的彻底妥协。她记得有很多次，走偏了路，或是几乎撞上玻璃门，虽然没使用盲杖，却让她看起来更加另类，并承受了更多压力。

但是，压向她的最后一根稻草，并不是像你想象的那样被车撞到。

那一天来临，是因为珍妮特去商店买东西，没有带着盲杖，她靠近一个店员，想让店员把自己带到想去的柜台。当发现这个店员不仅没回应她的请求，而且毫不理会自己，对一个盲人漠不关心，虽然她内心还拒绝承认自己是个盲人，但她越想越生气，感觉血压都升高了。她快速转身离开这个店员，想去顾客服务部投诉，却突然跌到这个店员身上，感觉店员开始左右摇摆起来，同时一个电灯泡砸到她的头上。她迅速意识到这个店员只是个塑料模特，只不过看起来太真实了，她分辨不出来。但如果她用了盲杖的话，就应该可以通过碰触，感觉到这个塑料模特是站立在

一个台阶上的。她感到尴尬至极，并开始环顾四周，确保没有人看到她，觉得她是个彻底的傻瓜，竟然和一个塑料模特说话。她尽可能快地找到了大门然后走到了街上，她开始无法抑制地大笑。也就是这次经历让她觉得需要检讨一下，自己是如何看待自己的，并且审视那些曾经做过的可怜决定，那些缺乏自信而产生的偏差。这让她开始使用盲杖穿行于社区的时候减少了很多压力和增加了更多愉悦。因为她发现使用盲杖以后，行人更愿意给她让路或伸出援手，店员更愿意走近并且询问是否需要帮助；因为使用盲杖，别人可以明显看到她的视力问题。但是使用定向工具，比如说盲杖和导盲犬，也不是总能从大众那里得到恰当的回应，对此，她已经学会了用幽默应对，自己已经尽可能地来提醒大众，她是个使用盲杖的盲人，不再为此感觉糟糕或为此抱歉。取而代之的是，她开始考虑未来，如何能够被雇佣，可以自给自足；如何能够改变公众对盲人的态度，自己可以做一些什么。

积累小的成功，实现大的改变

从大学毕业后，珍妮特选择了“康复咨询”的硕士专业，虽然它是全新的专业，却是她从很小的年纪被诊断为法定盲人后所一直经历的。作为一个视力受损的人，她学习如何去为自己呼吁、根据视力损伤进行生活的调整、学会新的补偿技能、上大学、并处理过关于雇佣的事务，这为将来成为一个职业咨询师积累了经验。

拿到了康复咨询的硕士学位之后，在 1985 年珍妮特开始了自己的事业，成为麻省盲人委员会的一个兼职的咨询师。在得到这个职位之前，她还投诉过这个机构，因为那时有一种新型的太阳眼镜，可以过滤掉阳光中的紫外线，一位在波士顿地区工作的新英格兰视光学院的验光师告诉了她这种眼镜，她对这个太阳镜很感兴趣，因为她在户外发生了很多次严重的头痛，而自己的那一点财力，负担不起这个眼镜。她想通过负责她的咨询师从麻省盲人委员会申请资助，当时她的验光师也写了一封证明信，预期这个眼镜可以减少她头痛的次数和严重程度。她也同样准备了声明材料，描述了头痛对身体和生活的影响。可是她的请求没有被批准，她申请了上诉，她不仅成功地赢得申诉，也被资助了太阳眼镜。而她申诉成功的一个前提是，没有一个验光师或眼科专家阅读自己的病历或和新英格兰视光学院给她看病的专家对话，就直接拒绝了她申请太阳眼镜的请求，因此，他们在没有进行医学评估的情况下做了不恰当的决定。她还要求，这个机构改变他们的内部政策，确保不会再有第二个人像自己一样，在没有被充分了解病情的情况下就被拒绝资助。这个经历对她很重要，它使一切都变得不同，让她从一个只能依靠别人来获取希望的人转而成为可以为别人提供希望的人。

她后来在麻省盲人委员会的工作是独立的生活事件协调者和职业康复咨询师，直至 2007 年，被政府任命为机构的长官，在这个机构自 1906 年的历史上，她是第一个非裔的法定盲人。这个机构为马萨诸塞州的 3. 6 万盲人服务。

没有目光的交汇，仍有心灵的契语

“我们交流的不是眼神，而是心灵。”

在珍妮特上大学之前，开始和现在的丈夫罗素约会，罗素是个健康的白人男性，她们通过朋友认识。他对帕金斯盲校很感兴趣，因为他就在附近的区域长大。珍妮特很骄傲地带他在校园里参观了一圈，而他也没有表现出任何面对盲人的紧张和好奇。她和他变成了朋友，并发现有很多共同的目标，他们觉得上同一所大学，可以互相帮助。

作为不同种族的一对儿，遇到了很多没有预料到的问题，他们一起战胜那些经常公然加给珍妮特的对种族和残疾的歧视，只专注于自身的目标，给彼此勇气和支持。因为一个人的肤色或残疾，或不同种族和文化，态度和成见竟然导致人们对彼此恐惧和仇恨，真是令人不可思议，他们忘记了人类所拥有的那些相当多的共同点。非裔美国人关于种族和教育的平等抗争成为了一些人权法案的基石，例如 1990 年颁布的美国残疾人法案。

虽然在帕金斯学到的技能给在大学环境里的独立做了足够的准备，可珍妮特最初还是为大学课程感到痛苦。当她试图去谈判住宿问题，改变参加考试的方式，或参加课堂演讲，她并没有为所有的问题做好准备。得知她需要在大学的教室环境下参加考试的时候，罗素发现，要先积极主动地在每个学期开始前就见到教授们，解释她在阅读和答卷方面所受的限制，并向每一个教授讲述多种解决方案，来确保她可以参加全部课程，并且用变通的方法来考核她学会的知识。

但是在大学的第一节课，珍妮特就被打败了，那时她还没有使用盲杖，她站在教室的中央，然后走出了教室，并且告诉自己再也不要回来，因为教授又让她到台前朗读。她提醒这个教授，如果不转换形式，她是无法使用同一教材来阅读的。

罗素跟着她走到了大厅，问她要去哪里，珍妮特转过身来面对他，教授竟然记不起来她不能阅读公共教材，因为觉得气愤和屈辱，自己要从课堂退出。罗素及时地纠正了她，并且告诉珍妮特也许还会有更多次教授会忘记，并且会继续犯一样的错误，但没有任何理由可以让她退出课堂，那只能证明教授们是正确的，珍妮特无法完成他们的课程。然后，珍妮特走回了课堂，成功地上完了那节课。

这个经历告诉珍妮特，她需要加倍地准备好，不要想当然认为所有的教授都还记得曾经的谈话。随后，她不仅在每门新课开始之前和每个教授见面，而且结束了谈话之后，递上信件，来注明并确认已经达成的共识，就是如何用变通的方法来考核珍妮特，并且在课堂上得到笔记。她同时还在校园的残疾人服务办公室寻求帮助，得到一些设备，让自己能成功地参加每一堂课。学会使用科技辅助，用盲杖旅行，恢复了自信的珍妮特再次成为学校里的知名人物并多次登上了优秀学生名单。

在大学期间，罗素和她，开始开发并逐步精通那些能解决残障人士实用问题的技术。因此，在她硕士期间的项目，他们自然而然地达成共识，继续一起工作。

虽然珍妮特看不见，但是，罗素投向她的目光蕴含温柔，我不知道这对伴侣如何携手相扶，穿越人海，但是我知道了，没有目光的交汇，仍有心灵的契语。

我依旧注重外表，虽然我看不见，这是自尊的一种体现

在帕金斯的时候，盲童们被期望着能带有责任感地进行任务学习，这会帮助盲童形成回归社区时的自理能力。帕金斯还教她们搭配服装、标示物品等生活事项。

珍妮特不用镜子化妆，她相信自己的触觉，相信自己对脸庞轮廓的了解。在少女时代，她只是想和她健康的小伙伴们那样，体验一下化妆品。最困难的是根据自己的肤色来配色，她通常都是让别人帮忙搭配，一旦确定了最完美的配色，就额外买一个备用，并且把品牌和色号记下来，方便以后购买，但她需要用大量的练习和耐心来化妆。对盲人来说，搭配衣服有时非常有挫折感，

幸运的是，在非常多的标记手段的协助下，她让衣服正确地排列和搭配。她使用触觉来区别质地，用一个可发声的辨色仪压在衣服上播报颜色，但织物如果有多种颜色的时候，电子辨色仪不太好用，但在买衣服的时候，还是可以大大简化搭配的过程。

珍妮特对服装有着持久的追求，要体现领导岗位的职业性并能随时完美出场，她想向大家证实，虽然自己看不见，但对外表依旧看重，外观不仅提升了她的自信，有时还能化解一些大众对盲人的偏见。人们关于盲人看起来应该是什么样子的观念会随着见过的盲人而改变。当他们看到她的时候，会看到她自己化妆，指甲护理过，透着由内而外的自信。

政府和社会帮助盲人更加独立，盲人就可以更少地依靠政府和社会

在2009年，珍妮特获得了新英格兰视光学院的荣誉博士，在它115年的历史上，这是第一次由盲人得到这样的荣誉。她谦卑地认为，是因为她带领麻省盲人委员会和这个学校的合作，提供了移动的低视力诊所为社区居民服务。

很多盲人没有机会得到低视力服务，这有很多原因，交通不便、对低视力服务缺乏意识、还有文化的因素，这些都成为人们获得足够的眼科护理的障碍。移动的低视力诊所可以去覆盖那些没有获得过低视力服务的人群，尽可能减少地理交通或是社会经济原因带来的不便。移动低视力诊所代表了政府和医疗的结合，随着人均寿命的延长，能让更多个体最大化地使用剩余视力。移动低视力诊所由验光师、职业治疗师还有1名社工组成，他们专业性的合作，还能保证那些需要去医院就诊的病人提前得到一些帮助。

在8年前，珍妮特发现相对于健康同龄人而言，盲人特别难以得到早期的工作经验，没有人给他们一个开始。麻省盲人委员会和一些雇主合作，开创了一个为期2个月的实习项目，让盲人可以和健康的员工在一起，在各种不同的环境下工作，积累有价值的工作经验。他们的初衷是，积累早期的工作经验来引导未来职业的成功。实习生根据自己的职业兴趣选择一个实习的领域，麻省盲人委员会和雇主们建立合作的关系，确保他们提供了实习的机会，他们和超过100位雇主建立了合作关系，并在美国帮助其他9个州建立了这种模式。这个项目使盲人、雇主、州政府合

作，致力于系统地解决盲人就业的问题。自从这个实习项目启动之后，很大程度上提高了盲人的就业率。在2010年，珍妮特因为开创这个盲人就业实习项目被美国NBA球队之一——波士顿凯尔特人队和他们的三叶草基金会授予了“我们中的英雄”奖项。

“成功的到来，需要一个强大的团队，一起工作去完成清晰具体的目标。那些所有和自己的生活相关的人，都对我的成功做出了贡献。”

注释：

麻省盲人委员会：Massachusetts Commission for the Blind。

帕金斯盲校：Perkins School for the Blind，世界上最伟大的盲校之一，始建于1829年，海伦·凯勒的母校。

美国残疾人法案：American with Disabilities Act（ADA），1990年颁布。

波士顿凯尔特人队：Boston Celtics，美国NBA球队之一。

三叶草基金：Shamrock Foundation。

03 徐白仑

简介：北京市建筑设计研究院退休高级建筑师，金钥匙视障教育研究中心创建人，曾任国际视障教育学会中国分会会长，在1985年创办我国第一份专为盲童编辑的盲文期刊《中国盲童文学》，在中国开创盲童“随班就读”模式，1996年在日内瓦召开的世界教育大会上，被联合国教科文组织授予“夸美纽斯奖”，成为我国获此殊荣的第一人。

“仑仑，睡不着，你哄我。”

“好的，琴琴，拍拍睡。”

这是一对华发夫妻，年龄差距26岁，没见过他们，你会疑惑他们的爱，见到他们，再也难忘他们的爱。

仑仑——徐白仑，81岁。

琴琴——纪玉琴，55岁，徐老现任妻子。

陶陶——朱益陶，徐老前妻，已逝。

这不是一个人的思念，或两个人的爱情，而是三个人在精神世界的举案齐眉。

白发越来越多，爱却没有变老

徐白仑老先生的家，像是住着一个 3 岁的小孩子，橙色的沙发，砖红的靠垫，鹅黄的椅子，书架、厨房也都颜色鲜明，但徐老才是家里的小孩子，他不仅心系全国失明的小孩子，也一直有一颗纯真好奇的孩子心，而家庭布置的色彩对比度，正是提高视觉分辨的一项措施。

跟纪玉琴老师在一起的每一刻，都会感受到她如此爱生活，包括一尘不染的地板和可爱的小摆设。她说："爱是全面的，包括爱家、爱周围的环境，房子也是会说话的。"

我心满意足地吃一块小巧克力，发现纪老师拿起一块轻触到徐老的唇角，徐老顺服地吃了下去，纪老师的手指表扬似地轻叩了一下他的嘴边，徐老浮现出一个不易察觉的淡淡微笑。巧克力很甜，我却在心里叹到"他们好甜"。

在徐老的家里，我才深切地知道，照顾一位盲人，不只是传奇的浪漫，风中的搀扶，而是有太多的细节和具体的困难。纪老师给徐老夹菜，并不是堆在餐盘中央，而是盘沿 1 点的位置放了牛肉，4 点位放了茄条，7 点位放了拌菜，看徐老一样一样地认真尝味，纪老师满意地说："他是个不错的大宝贝。"

纪老师讲："即使是对一个小孩子，包括视力正常的小孩子，你也不要把食物都混在一起，要让他体会不同的味道，通过食物也能感受世界的美，要一点一滴地培养他对世界的感知和品味。"

纪老师给我拿来徐老和陶陶的照片，我只知道他们是金童玉女，但是没想到会这么美，我正纠结在一个女人面前赞扬她丈夫的前妻，是不是不合适，可忍不住脱口而出："她真美！"

"她的人美，更美的是她的内心。"她爱惜地抚过相册，相册被翻得太多了，已经卷边。

"徐老的另一任妻子在天国里，我们不只是一对夫妻，我们在一起，我们都爱她。"

对于年轻人来说，愤怒嫉妒恨，是太常见的心理反应，我还是觉得挺不可思议："那你爱陶陶什么？"

"因为她是残疾人的妻子，她值得去爱，我作为一个残疾人的妻子，深深知道有多么不容易，特别是作为一个成功的残疾人的妻子。"

徐老和纪老师结婚后，陶陶的骨灰继续在家里住了 8 年，直到发现已经很难在房间里保存，他们想，也许是陶陶放心了，想去亲近自然，他们为陶陶安葬于太子峪陵园青松之下。

每年，她都陪徐老还有霆儿去扫墓，她给小树修剪，她给小树浇水，在一片绿荫下，两个女人远隔时空进行一场心灵的对话。她对陶陶说：你放心吧，我一定完成你没有完成的事，你的丈夫、你的孩子我一定带好，我也收到你的祝福。

没见到纪老师之前，我想她也许是一个弱者，只能照料徐老这个强者的生活，见到她之后，你会知道，不是和什么样的人在一起，你就会成为什么样的人，而是你是什么样的人，才能和这样的人在一起。她不是在帮徐老工作，而是命运让他们走到一起，并且共同工作。

有些外人只认为纪老师是他的眼睛、盲杖，但作眼睛也是需要有内涵的，如何看准清晰的方向；作盲杖也是需要有质量的，如何提供有力的支撑。

“我选择了我的丈夫，我的丈夫选择了我，这是我们心灵和人格共同的选择。”

纪老师认识徐老的时候，他已经50多岁，牙齿七零八落，工资每月52元，而且盲。但纪老师现在回想起他们的相遇、相知与相爱，竟仍觉得心跳，开始是欣赏他顽强的毅力，二是做事情的能力和使命感，最重要的是人品。她不知道为什么这样爱他，爱他的坚强与才华，也爱他的无助与需要。她冒着齐腰的积水跑到中关村去照顾他，也没想到最终会嫁给他，爱要有表现，没有付出与行动的是空谈，她为他做很多的事情，理发、洗衣、做饭……徐老写，纪老师抄，工作报告、项目总结、散文、诗歌……也包括他对亡妻的追思之文。“我抄的过程体会到了他是个好丈夫，他爱她，他懂得爱过去的妻子，也会懂得爱我。我为什么不能打破世俗呢？我要嫁给他！”

徐老并不总像外表那样坚强，在她面前，他会痛哭流涕。“男人有时候就像个孩子，你要给他力量，不让他脆弱。”

纪老师的内心并不一直如同女金刚，几年前，去内蒙古工作时，徐老摔伤了左腿，做了手术，纪老师推着轮椅，突然一滴泪水滴在他的大光头上，他抬头望天：“下雨了？你哭了吗？”那时纪老师悲从中来，需要自己右臂搀扶走路的这个男人，又退化了，坐在了轮椅上。她告诉自己，不要忘记自己是一个女人，拥抱与亲吻不是全面的爱，那更多体现的是被爱，而女人就要善，就要爱，就要付出。

我很想知道，为什么很多年轻人对感情轻言放弃，而徐老和纪老师合计136岁的人，仍在恋爱？曾有过一些中青年来向纪老师倾诉种种不如意，财产纷争，赡养老人，改善住房……“我对他们说，你们曾经不是因为相爱而走到一起的吗？有什么比你们的相爱更重要？我们不能总把事情看成问题，任何观点的不同都不能超越你们的爱，大事小情要基于彼此相爱的基础上，爱大于一切，爱永不止息，我们不要丧失爱的能力。”

我很感谢他们，让我走进了他们的家庭，让我知道了人竟可以这样相爱，我见证了他们的爱，也懂得了他们心头压下的淡淡悲凉。

徐老左眼残余的一线蒙蒙微光，随着年龄仍日益下降，“面对再无光亮的前景，既有心理准备，也埋藏着悲哀。”

而纪老师也知道，26年的岁月鸿沟，终有一天，徐老会先她而去，“是的，会剩下我一个人，如果那一天到来，我也爱他给我留下的永恒寂寞。”

盲童无声的需求变成内心的使命

徐老诞生于书香门第，父亲是著名报人、原上海《文汇报》总编辑徐铸成，而他成长为北京建筑设计研究院的一名建筑师。前任妻子朱益陶是他心中天赐的玉女，他怕陶陶像仙女一样翩翩飞走，会提前1个小时到公交车站把她迎下车，为了买一块棒子面发糕，可以顶着寒风在小吃店门外排队2个小时，深夜睡前他们脸贴着脸，进入梦乡前还要互说再见。他一无所有，唯有献上无限忠诚。爱，总让他有冒不完的傻气。在结婚的几十年后，他还仍为陶陶是自己的妻子而感到庆幸和不可思议。

1971年，双眼由于视网膜手术的失败，没有任何心理准备的情况下，徐老右眼完全失去光感，左眼透过线状视野可以看到0.05，他像突然跌进黑色牢笼的困兽，多少次恨不得把上衣扯掉，把皮肤撕开，让灵魂挣脱这无涯的黑暗。他失去了心爱的事业、失去了色彩，他想像奥斯特洛夫斯基和吴运铎那样，通过写作来实现自身的价值，陶陶帮他找资料，誊写文稿，一次次寄出，又一次次把退稿藏起，悄悄地流泪，然后用笑声给他鼓励，11年后，徐老才登出第一篇小说，其他作品也相继问世。

艰辛让一个女人迅速从柔弱走向坚强，陶陶上班下班，做一日三餐，给徐老读书念报，帮孩子温习功课，忙完这一切，压缩自己的睡眠，读专业书籍写论文完成对自己事业的追求。由于徐老病休失去了调薪的资格，他们的经济日渐拮据，曾经爱美的陶陶把衬衣补了又补，破烂的毛裤都难以御寒，如今她的一副用胶布缠绕的断腿眼镜仍被珍藏在徐老身边。在 1983 年，陶陶因胸腔积液而休克，而在前一天，还领着学生在图书馆查文献，确诊肺癌的 8 个月后，受尽骨痛的她撒手人寰。

一切记忆是两个人用密码书写的长诗，可以破解的一人却溘然长逝，徐老哭泣了一年，然后仿佛有明灯照进他的心田，他觉得自己毕竟曾经看到过大千世界学习了科学文化，他决定要为中国的盲童作点什么。1985 年，在各界的支持下，徐老主编的《中国盲童文学》双月刊问世，免费赠阅给全国百余所盲校、盲聋合校和多个省区农村的盲童，从未间断。1987 年开始，举办过三届盲童夏令营，在军舰上，草原上和长城上，让盲童感受世界，也让大众关注盲童。但由此徐老也发现，办杂志和活动不是长久之计，而教育是立足之本，人口的万分之一比例就是学龄盲童的数目，而那时，我国适龄盲童的入学率不足 3%。

徐老把国际先进的教育理念与中国的国情相结合，制订出“随班就读”模式，即让盲童就近在普通小学学习，用与普通课本同样内容的盲文课本，和健全儿童同班学习。当时的全国妇联主席康克清为此亲笔题词“送你一把金钥匙”，这个计划遂被定名为“金钥匙盲童教育计划”。徐老以《中国盲童文学》编辑部为基础，建立了金钥匙视障教育研究中心，在 12 个省开展了试点班，在 1996 年开始全面铺开，帮助 1 万多盲孩子入学。现在有些已经大学毕业，有些开始按摩自立。知识改变命运，教育改变人生，特殊教育，由同情怜悯，发展到平等回归。联合国教科文组织对此评价:“发展中国家以较低的成本，使大量盲童大范围、短期内得到教育的典范。”

在 2009 年“全国第四次特殊教育工作会议”上,“随班就读”再次被肯定为国家发展特教格局的主体，在 2010 年 10 月，中国残疾人联合会高度肯定了“金钥匙视障教育研究中心”，并举办隆重的交接仪式，予以接管。“金钥匙”有了更广阔的平台，80 岁的徐老欣慰地退休了。

陶陶的逝去，促使徐老走上了视障教育的道路，而纪老师的合助，让徐老走上了成功的道路。他们踩着牛粪走在乡间的小路，他们啃着飞蝇落脚的馒头，他们一边在仅有的一间办公室擦桌子抹地，一边在国际的讲台上成为一面旗帜。他们为了筹集资金跌跌撞撞地奔走，也因为不被理解而抱头痛哭，但是他们也得到了太多的来自中残联、国际基金、国家领导、各界人士的肯定和支持。徐老最初并没有想追求自身的价值，他想要的是精神上的涅槃，为盲童的教育，他无私而无畏，觉得自己盲而无悔，如果不盲，他会是一个不错的建筑师，但北京并不少他这一个，运气、机遇、缘分、碰巧、偶然，用词不同，但都表达了命运的神奇，也许你要的并没有获得，但另一方面，对你的给予却超过所求。

这一程，纪老师在陪他走，他们对世界的认识，对生活的默契，自然而然。“他什么都不能给我，他也给了我一切，我感谢他，引领我精神上的成长，我爱得很值得，人生过得如此厚实。”

琳后记：

在教育领域，徐老是不平凡的盲人；在现实生活，徐老是平凡的盲人。作为眼科医生，我很想知道盲人日常生活的所思所感。

徐老说：“德国的列车有一节残障人士车厢，经常坐得满满的，为什么德国人残障人士数量比我们少，但却可以看见很多？盲杖教会了走出去的技术，但还要有走出去的心理和意愿。无障碍建设这方面，必须要有更多残疾人的参与。”

盲人感受生活是多方面的，海风海韵和阳光沙滩都是可以感受的，我们目前没有专门针对盲人的旅游团，但在青岛，有培训了的少先队员，给盲童夏令营作一对一的讲解员，我们是否可能有更多针对视障人士的拓展服务？

关于盲校，徐老发现，普校的学生成长以后经常会回来探访老师，但盲校的学生相对就略少一些，一部分原因是盲校的学生很多一直在忙于解决生计的问题。他最近听说一个孩子随班就读后考上了高中，很适应，成绩很好，本来可以继续随班就读，但高中老师劝说还是去盲校吧，因此上了盲校后考入了长春大学特教专业。目前在我国，还存在大量的盲童选择高等教育专业和就业方向偏少的问题。

近期，国内很多人在讨论一位企业家慈善方式的问题。徐老的观点是，至少这位企业家拿出了大量钱物，而且这个捐助额占他个人财产的比例可能都超过美国慈善捐款平均比例（2.2%）。中国现在更缺乏的是拿出来钱的企业家，现代慈善理论的课程在中国出现的并不久，作为慈善领域的先行者，并没有人给他们早早的上这一课，大多是在摸着石头过河，慈善的方式确实应该受到监督和提醒，并且需要不断学习与反思，但善心与善举应该得到承认。

关于志愿者的问题，徐老很喜欢一个理念——“我参与，我快乐，我成长”。当青少年学生做志愿者的时候，不仅出一份劳动力，并且在多方面成长，这也是更大的意义所在，人只有在社会中才能了解社会，而志愿者行动对于青少年来说，是一个在人生初期非常安全非常有意义的与社会接洽的方式。

04 Gayle Yarnall（盖儿·亚内尔）

简介：女，63 岁，先天性低视力，15 年前视力丧失，帕金斯盲校辅助产品部主任，美籍，居住于马萨诸塞州。

帕金斯盲校有个辅助产品部，每 2 个月对公众开放一次，备好奶酪、饼干、水果，展示各种可供盲和低视力人士用的仪器设备。11 月的雨天很糟，饼干比员工多，员工比来参观的人多。我一边挑着喜欢的饼干，一边东看西看，玩几个有趣的小设备。一个能读超市商品的条形码，把可乐罐贴上去，它发声说“零度可乐”；一个能读物品的颜色，我把它放在袖口，它播报“黑色”。这天有 5 个员工在，除了一个男士有视野受损的问题，这可以从他需要大角度转动头部可以看出来，此外都与健康人无殊。

这是我第一次见到盖儿，她倚着盲杖，气定神闲地喝着热饮，轻轻松松和每个人说话，她的耳环、上衣和裙摆红色的基调辉映的非常和谐。她总在微笑，状态最松弛，也最有幽默感，那种聪明有趣的气息让我也不自觉地加入交谈。我只觉得她特别，但那时还不知为什么，过了一会儿才知道，虽然在这里，她的视力最差，但老板是她。

第二次见面，是 2 个月后，等她去佛罗里达参加了会议，在缅因州自己的小屋过了圣诞，又去了墨西哥当了志愿者之后，我去了她在湖边的家。

我爸爸说，你可以从生活中尽情获取，但不要忘记回报

从盖儿的客厅可以看到开阔的湖面，沉静美丽。墙面是深深浅浅的绿，粉刷和装修，都是盖儿来掌控的。她让装修工人描述颜色，然后用对色彩存留的记忆和想象力来决定。盖儿是先天性的低视力，在15年前还有色觉。盖儿从不曾把人脸看得很清楚，形状也是模糊的，她用CCTV（扩视机，可以放大30倍文字）看一页书需要15分钟，现在正学计算机交流。

盖儿出生在一个很传统的家庭，不富裕，她的父亲认为女孩不能上大学。在盖儿18岁高中毕业后的第2个月，就结婚了。她的第一任丈夫是个健康的人，负责家用。盖儿是个很好的家庭主妇，一切打理得井井有条，但她26岁的时候，却失去了婚姻，也没有得到什么赡养费，没有上过大学没有任何工作经历的她，带着3个孩子。

我小声问："那时艰难吗？"

盖儿大笑："不是艰难，而是非常艰难！"

那时是1976年，她在科罗拉多州，在一个大学里找到了第一份工作，教别人如何使用一种辅助低视力人士阅读的设备。这个产品的总部在马萨诸塞州，当它进一步发展的时候，雇佣了盖儿，她带着3个孩子搬到了麻省，这一份工作终于使盖儿可以不靠任何形式的救济来维持生活了。

盖儿找房子却比找工作更费力气。1978年，一个带着3个孩子的盲女人，找了1周，却只有1个人让她看房子。那时候恰好刚颁布了一项关于反歧视的法律，这使盖儿终于租到了房子，一共2个卧室，她和孩子们住1间，另一间找一个室友分摊房租。那时的盖儿，可以坐公交，洗衣做饭，她从来都无法直接阅读，需要借助扩视机，但可以写字。

1989年，盖儿遇到一个人问她是否有合适的人选能到孟加拉去建立一个小型的盲文系统，盖儿说"我就可以"，这掀开了她事业的新篇章。一年以后，她遇到了现在的丈夫尼尔，他们结婚不久，决定开创自己的公司，这是个冒险，1.2万美金的积蓄都投资进去用来买设备。现在，他们已经有7个员工，销售额每年超过200万美元。帕金斯盲校希望除了盲文外，发展与高科技设备有关的项目，将盖儿的公司收购，这也是我在帕金斯见到她的原因。

我们是一见钟情，因为我们中只有一个人能看到

1990 年，盖儿去加州看姐姐，遇到了健康高大英俊的尼尔。“我们是一见钟情，因为我们中只有一个人能看到。”盖儿和尼尔谈起自己在孟加拉的旅行，她不认识孟加拉的任何人，只是觉得那里的人需要科技，有很多事情可以做，她觉得自己很有用。尼尔看到她的勇气，也看到她的责任感。“她无所畏惧，从不拒绝尝试！”

那时的尼尔正要前往佛罗里达，他在那里有很好的工作，从事税收领域。“我们在一起共度了 3 天，然后我打算不再去佛罗里达了，而是和盖儿在一起。我准备离开我的专业，和她一起做有意义的事，而不是只使用我的执照和专业知识帮助有钱的人更加有钱。”

尼尔遇到盖儿以前，还是单身，而且从来没打算结婚。而盖儿是 3 个孩子的妈妈，最小的一个孩子 18 岁，是爱让一切改变，他们认识了几年以后，尼尔娶了盖儿。

“盲并不是人格的改变，可能只是一种不方便，我甚至总结不出有多方便还是有什么不方便。盖儿没有让它毁了或控制她的生活。她的爸爸，不觉得女孩可以上大学，但至少把她和别的小孩一样对待，比如盖儿和她的姐姐一起骑自行车。她是一个极其聪明的女人，永远都是。”

盖儿说：“老实说，也许是因为我的盲让我的生活变得更好了。我为了克服这个事实不得不去尝试更多的事情，我把自己置于这个不得不的境地，反而对人生体验更多。飞机上，有人说，我想教你怎么爬山，其实我已经爬过了；我在博物馆，有人说，我来领你看吧，其实我已经来了好几次了。”

我问盖儿：“你总是笑，这是你天生的性格吗？”

盖儿说：“我一直这样。”

尼尔评价：“她是一个从不回头的女人，生活永远向前。我们生活中最大的打击大概是青光眼，发生得非常突然。”

盖儿笑着补充：“而且非常悲剧。”

美国和亚洲的疾病谱不同，只有非常少的闭角型青光眼急性发作的病例。在 15 年前，那时他们已经认识了 5 年并且结婚了。盖儿 48 岁的时候，有一天半夜醒来找水喝，打开灯，灯光变得很奇怪，她感到头痛欲裂，眼痛、恶心，而且持续不退。尼尔当时

不在家，盖儿到了医院急诊室，怀疑自己是青光眼，但急诊医生没有检查眼压，怀疑是鼻窦炎，让她回家服用抗生素。盖儿返回家中，直到早晨都没有好转，眼前如同黑夜中下雪的感觉，邻居陪她再次到了急诊室。这次邀来了眼科专科医生，用了所有办法降眼压，但从她出现头疼直到看见眼科医生，经过了12小时，遗憾的是，盖儿脆弱的视力自此一降到底，再也无法恢复。之后，他们给医院捐赠，希望他们能在急诊室配备一台眼压计，避免这样的情况再次发生。

我爸爸还说，每个人都有责任让这个世界变得更加美好

尼尔尽可能地陪盖儿去一切可以去的地方，他们每年离开波士顿外出旅行6次以上，这是他们生活中很重要的一部分。盖儿至今念念不忘独自在孟加拉的日子，她觉得那里的人非常友善，她从不觉得孤单，她认识了很多有趣的人，并对这个世界的一部分了解得更多，她没法停止谈那里的人和事。她和尼尔除了旅行，也去不同的地方做志愿者，推广盲文。他们愿意待在世界的任何地方遇见不同的人。唯一的“坏处”是，她需要不断添加自己的“忧心名单”，每当世界各地出现了飓风地震，或是战争骚乱，她就要开始惦记曾经遇到的朋友。

“也许旅行是个增加世界和平的好办法，当人们在更多的地方有了更多认识的人，这份惦记，让谁都不想发生战争。”

05 李任炜

简介：1952年出生，国家钢琴调律高级技师，中国盲人钢琴调律的开拓者，北京市盲人学校高级教师，全国特教优秀教师，全国自强模范，北京市盲人民乐团团长兼指挥。

你留意过吗，你的脚步，在自然界里回响，这个世界，你的声音，你的存在

在李任炜老师的办公室，我看到了一架掀开的钢琴，8000多个零件，200多根琴弦，错综复杂的结构看得我眼花缭乱，我不知道如何只用听觉和触觉来“解剖”它。李老师没有用盲杖，和

爽朗的声音一起走了进来。我听说过他的奇事，在他还住在小胡同的时候，同事们去他家，看到他不用盲杖，顺畅地在无数个小胡同里穿梭，绕过木筐，迈过煤堆，跨过门槛，一扭身坐在床上，精确得无以复加。

“您是靠记忆吗?”

“是声音，说话的声音是有回声的，通过它在墙壁上的反射，能判断出距离。”

“那您总不能走到哪里都一路说着话吧?”

“你的脚步，甚至呼吸，都是有回声的，你可以倾听自己的声音。”

普通物理、高等物理，我学得一定比李老师好，但他才是应用的大师。见过李老师之后，我试着在下班的路上听轻风拂过耳边，听沙沙的脚步，在清冷的早晨，用呼吸划开风雪，那一刻，感受着自己在世界的存在，一切竟如此静谧。

你属于弱势人群，就应该自强不息，这是一个现实

李老师患有视网膜色素变性，在40岁前曾经有过光感，能感到明与暗，但从不曾有色彩，尽管如此，他的衣服颜色搭配得很不错。“我是通过学习，知道有冷色、暖色，不是通过感受，让我描述色彩，等于让你描述电子。”

李老师在北京市盲人学校念到初中毕业，然后被海淀区评剧团录取为小号演奏员。摆在团长面前的问题是“有人看不见，我如何指挥，怎么带队”，摆在李老师面前的问题是“我一定要最强，比我强的人会替掉我，一样水准的话我也很危险”。除了工作需要的曲目，李老师还用了三四个月时间掌握了很多人需要三四年才熟悉的12个调的固定调关系，稳坐首席小号员交椅。

就是在评剧团的时候，李老师开始对钢琴调律产生兴趣，虽然别人开玩笑说国外已经有盲人调律师了，你也可以干这个，但他只是喜欢多学习，从未把调律作为职业规划。他想拜一位调律师为师，推杯换盏之后，人家为难地说:“不知道该怎么教你，你也不要为难自己了。”这次被拒有激励作用，评剧团的同事们帮他找来一本调律书，轮番给他读，录在磁带上，他背了下来，从1978年开始，用业余时间在钢琴上摸索。“我无法做到的，可以绕开，不必硬干，比如油漆钢琴，但我不拒绝任何学习的机会和可能性，尽可能扩大潜能。”

李老师第2份工作是在企业，他联合了各个企业的盲人，成立了乐队，他有自己编配的能力，在1981年，盲人乐团在全市的汇演率最高，这几十年中，他一直担任团长和执行指挥，并带领这个乐团赢得了国内各项残疾人民乐比赛的最高奖项，历练出了大量盲人演奏家，并在2008年北京残奥会的开幕式上进行演奏。“我需要对音乐的理解比别人更宽泛，对各个声部的关系体会更深。”

1990年，李任炜老师被北京市盲人学校聘任组建乐队，恰逢美国卡特基金会和中国残疾人福利基金会，举办了一个关于钢琴调律的特殊教育教师资格培训项目。李老师是这个班级上唯一的盲人，也是唯一一个有调律基础的人。他，已经自学了12年，在中美老师的传授下，技艺精进。此时，李老师向北京市盲人学校建议，调律可以成为盲人就业的一条崭新的出路，盲校高度重视，很快就增开了这个职高专业，现在，在盲校参加调律职业培训的盲人与明眼学员各半，分布全国各地，广受表扬和肯定。

“我希望盲人成为技术强势的群体，盲人也应该有职业归属感，而不只是糊口谋生，作为弱势人群，在专业上要加倍的强，才有生存空间。比如盲人到需要调琴的人家去，走路可能需要引导，在陌生的家居环境摸索，雇主可能觉得很紧张，这不仅需要盲人自身调琴技术的精湛，也需要社会对盲人更多的理解和接纳。”

盲人也有社交的需要，可城市变成了洪水猛兽

从健康人的眼中，会感觉城市的道路建设越来越好，盲道规整漂亮，但是李老师各地的盲人朋友们并不完全这样认为，盲人有时按盲道引导会碰到电线杆、掉进坑洼。“城市建设的理念有时是，健全人觉得已经给残疾人搭建出完美的世界了，但从设计到试行，并没有真正让残疾人参与，给残障人士设置的合理世界不能仅依赖于健康人的臆想。”比如李老师路过的一个路口，终于安装了声音提示的设备，没有车的时候会发出快速的嘀嗒声提示盲人及时通过，但是却把指示南北和东西的发声设备固定在同一个杆子上，盲人会听糊涂，“这是有了应有的设备，却没体现应有的职责”。

在李老师小的时候，虽然盲，但他还可以在小胡同骑自行车，现在却是无法想象的。路越修越宽，车越来越多，盲人出行却越

感困难。在一些盲人集中的工作区域，也并没有特设的公交站点。“盲人并不是就甘于闷在家里，我们也有交流的愿望，很多盲人手机办包月不限通话时间，或者网上语音，但多数人没有目的性就尽量不出门。”

琳后记：

在李任炜老师的办公室里，他爽朗地笑；给他拍的照片里，他温暖地笑；给他打电话，他豁达地笑………李老师的笑声和那份达观让人难忘，只有把痛苦踩在脚下的人，欢乐才会真正属于自己。

06 Jaimi Lard & Christine Dwyer
(杰米·劳德 & 克里丝汀·德威尔)

简介：杰米·劳德，46岁，天生聋盲女性，帕金斯盲校的毕业生及员工；克里丝汀·德威尔，手语教师，是杰米·劳德的老师、翻译、同事、搭档和好友。

人生字典里第一个词——不是“妈妈”，而是“饼干”

杰米天生聋盲，贴得很近可以看见黑色背景下白色的72号字，可以看到你的手在面前摇动，但不能辨识是几根手指，因此，比聋人更多一重残障的是，她无法看清手语，也不会发音，可是我却和她沟通得很好。

杰米的妈妈怀孕时生病了，后来发现是感染了麻疹。杰米出生时就有眼球震颤，视网膜没有视锥细胞发育，没有色觉，由于瞳孔无法收缩，强光会让她感到疼痛。但每天杰米都穿着让人舒服的颜色，橘子黄、苹果绿……杰米说别人告诉她如何搭配才好看，她凭记忆每次靠触觉找到合适的衣服。

杰米的妈妈在她6个月大的时候，感觉到了异常，带她去看医生，在18个月的时候，开始有特殊教育的老师介入家庭治疗。那时杰米的家在纽约，2小时车程以外的地方有一个聋人学校，学校里的老师凯丽上门来拜访，告诉杰米的妈妈如何帮助她们走出困境。杰米记得妈妈可以做出最好吃的巧克力饼干，当香味飘散的时候，杰米想去拿，但找不到地方，这就是可以通过触摸来学会第一个词语的最好时机。当然，杰米因此吃了很多饼干。

杰米5岁的时候，开始到位于波士顿的帕金斯盲校上学，只有周末才回家，她的生命中除了永不离弃自己的妈妈，出现了另一个如同妈妈的人——帕姆·莱恩。帕姆始终在杰米左右，从早上刷牙、穿衣、收拾屋子、准备书包、午餐时找到饭桌，还有培育耐心……帕姆是杰米生活上的导师，也是杰米的精神支柱，杰米的妈妈只会非常简单的手语，而帕姆是杰米细腻了解这个世界的感官。帕姆现在仍在帕金斯盲聋项目工作，至今仍是杰米最信任最依赖的人，她帮杰米的生命描绘出成长画卷。

杰米在13岁的时候，得到了第一份兼职，在全美排名第八的布莱根妇女医院的运送部，每周工作20小时，负责把血样等标本从护士站送到实验室。刚开始的时候，盲校的老师陪杰米来，等她慢慢熟悉了环境，受到足够的培训，杰米就一个人去医院并且独立工作。杰米带着一个写字板和记号笔，或者纸和笔，她所到的不同部门可以把具体的要求和需要传达的信息写在上面。

帕金斯盲校有专门的工作技能培训部门，老师让学生们充分学习、培训，并指导如何找工作。杰米16岁的时候，开始了工作技能培训，她参加了一个夏令营，8周的时间在厨房里服务，学会走到餐区摆放桌子，布置早餐。杰米先在校园里的咖啡厅里工作，然后去了一家大商场里的比萨店，负责给色拉区切菜备料，还有做披萨，她做得比别人慢，收入相应减低，但她得到雇佣。

杰米21岁从帕金斯毕业，和另一个盲聋女孩琳达合住，轮流做饭和打扫卫生。每天回家后的交流和安装的电脑让她们感到非常开心。杰米还有一个从5岁起在帕金斯认识的好友约翰，是她最好的朋友，但他们决定只做好朋友，所以杰米还没有恋情。

独自为战，我们势单力薄；众志成城，我们所向无敌

当杰米还在帕金斯盲校读书的时候，有一个成年的盲聋女性艾琳来到她们的教室，还是个孩子的杰米对自己说："哇，她那么棒，我也要像她一样。"艾琳分享她成长的经历，告诉他们可以加入的为盲聋人士权益而战的社会团体。

2000年开始，杰米受雇于帕金斯，作为盲聋人士的使者。杰米日常去拜访学校、各种协会、俱乐部、教会组织、新闻机构等，来分享自己成长的故事，回答别人的问题。

杰米觉得自己的工作最棒的地方是可以见到更多的人，可以面对面地交流，影响别人，给他们一个清晰的印象，原来盲聋人士，可以做到的远比他们想象的要多。

克里斯汀·德威尔在1984年开始在帕金斯盲校工作，是教杰米班级的老师之一，现在如同连体姐妹，和杰米一起工作。她们看起来如此和谐，感情深厚，但我知道她们一定曾用了大量的时间练习和适应，她们一只手相握，感受手语，桌面下的膝盖也经常碰触，杰米会用膝盖提醒克里斯汀讲的过快或是自己哪里还没有明白。

我们一起经过帕金斯盲校里海伦·凯勒的照片时，杰米说，她最喜欢海伦·凯勒说的那句“独自为战，我们势单力薄；众志成城，我们所向无敌”。

找到那些促使你积极向上而不是消极懈怠的人

杰米参加过不同的残疾人团体，最早的是在15岁，但让她心情低落的是，由于病因的不同，在盲聋人士内部之间竟也有歧视，有些先天聋后天盲的人看不起天生就盲聋的人，有些只是聋，因为杰米看不见，就轻视她，觉得聋而且盲的人一定有智力问题。

杰米尽量去忽视这些人，避免卷入这些人带来的负面情绪中。“你应该找到那些让你感到舒适和良好感觉的人们，并与他们发展进一步亲近的关系。”

杰米还是有了越来越多的朋友，她参加的像美国盲聋协会这样的残障人士团体，在翻译的帮助下，分享一切信息，哪怕只是为盲聋人士提供一个社交的场所。他们个把月去一次博物馆、海滩、饭店……盲聋的人也有交流的愿望，她知道了有人可以和她做伴，而不是坐在家里孤孤单单，他们保持联系，还可以用一种实时沟通工具—聋人电传通讯设备，一方把想说的话打在键盘上，在对方的机器上会出现对比强烈闪耀的大字。他们见面时手握手，感受着彼此的手语，“这个有趣，让我来告诉你。”“哈哈，这有朵花，闻闻看！”

杰米喜欢坐小船荡在湖面，喜欢骑四轮的自行车，或者和朋友喝杯酒，“我喜欢和别人一起分享时光！”杰米有时会独自去距离自己家不远处的一个健身房，使用拉伸器械，练习瑜伽和游泳，然后去附近一个中餐馆吃饺子。

琳后记：

净化心灵，不必逃离尘世

杰米·劳德聋盲并且哑，却是她先“发现”了我。2011 年 5 月 26 日，是帕金斯盲校 2011 年度教育领导力国际项目的毕业典礼，我受邀作为嘉宾出席，早到的我，坐在外厅的沙发上看着人来人往，看到两个女性在我不远处停下脚步，手握在一起，用手指的推送在无声地交流些什么，其中一位也就是杰米朝向我的方向，明朗而充满兴趣的微笑，我走上前，认识了她们，后来才知道这就是杰米的招牌笑容，如同甜润的苹果。

手语也有个人特色，克里斯汀的简约，而杰米的可爱，我喜欢看杰米白嫩干净的手指上下翻飞，喜欢看她不断地问：“这是什么？”然后好奇地摸一摸，喜欢看她年轻的脸和孩子般的笑。

毕业典礼上，有帕金斯盲校学生的合唱，当他们空灵的合声响起，全场静谧，那时杰米的身边坐着她的精神导师帕姆。就在典礼前，一个朋友发给我短信，说在旅行在看海，觉得心灵受到了净化。而我，此时此刻，听着盲童的天籁之音，看着杰米带着好奇的表情，用手指努力在“听”，满面春风。人群中的我，内心却被彻底涤荡。

我们一直觉得要逃离都市，避开人群，才能回归内心的安宁，其实，在人群中，你的心灵仍旧可以被净化，这取决于，你和谁在一起，你在做什么……

注释：

海伦·凯勒（Helen Adams Keller，1880～1968 年）：美国盲聋女作家、教育家、慈善家、社会活动家，在 19 个月失去视力和听力，她在安妮·莎莉文老师的帮助下，学会了阅读和说话，并掌握了英、法、德等五国语言，她先后毕业于帕金斯盲校和哈佛大学拉德克利夫学院。主要著作有《假如给我三天光明》等，并致力于残疾人事业，被美国《时代周刊》评为美国 20 世纪十大英雄偶像，荣获“总统自由勋章”等奖项。

聋人电传通讯设备：Telecommunication devices for the deaf，TDD。

布莱根妇女医院：Brigham and Women’s Hospital，哈佛医学院附属医院。

07 小任

简介：80 后，盲人，上海市盲童学校毕业生，于上海师范大学英语专业本科毕业后回盲童学校任教。

盲人不仅需要接受教育，而且可以胜任高等教育

在小任三四个月大的时候，家长发觉他的视力有异，就诊以后，最初的诊断是视网膜母细胞瘤，家长对他能否存活都感到担心。在七八个月的时候，抱给一位眼科老前辈去看，确诊为早产儿视网膜病变，是出生后吸氧过量造成的。后来家长带他到全国各地去治疗，辗转于上海的多个医院、其他城市的医院、奥比斯空中医院，还学过气功，也试过无数种药物。在学龄前，他记得站在天桥上，可以看到下面汽车的颜色和形状。家长满怀期望，希望他配上一副眼镜就能和别的孩子一样去上学，但在阿托品散瞳过程中，眼压急性升高，小任的视力瞬间骤降，只有蒙蒙的光感存在，2 年以后彻底陷入黑暗。

小任先在上海市盲童学校上了一年学前班，因为那时盲童的年龄都偏大，担心他自理能力不够，所以让他走读了 1 年，之后寄宿。他在这里读了 6 年小学，3 年初中，4 年高中，在 2002 年，成为上海师范大学首次录取的盲童学校的 3 个高中生之一，主修英文专业。在大学的校园里，他和其他同学过一样的生活，这是个充满爱的班级，很多团员、党员在去食堂，去洗澡时都招呼他一道同去。毕业以后，他选择回到盲童学校做英语老师。

在大学的时候，小任没有上电脑课，因为那时普通电脑程序与盲人实用的电脑有很大区别，他是靠自学和在碧海银沙这样的盲人聊天室里学来的，盲人之间互助的氛围很好，谁有问题大家马上互相帮忙。而现在的盲童学校，电脑是一项必须和基本的课程。

期望与鼓励让残障孩子进步和成长

在小任认识的盲童中，有人考了高分回家向家长高兴地汇报，但是家长觉得就是考了高分又能怎么样，将来还是在残障的世界里，这种负面反馈对孩子的打击特别大，容易导致叛逆。小任还遇到过，爷爷奶奶对盲童的成长非常关心，但父母却觉得无所谓，

孩子感觉到无论怎么做，都不被周围的世界认可，自己都不会变得不同。

“要求与不要求，期望与不期望，对孩子非常不同，家庭就是孩子最初的社会，如果对他没有社会价值的预期，没有任何压力，那孩子的成长速度是很慢的。”

除了特教教师的坚持，家庭的永不放弃是至关重要的，要让盲童觉得仍旧被期望，依旧被要求，这才能让盲童健康成长。

不要失去心态的平衡，与纵向的自己比较

小任从没有觉得情绪或心理上有过什么重大的打击，一个原因是他从小就知道自己的身体不好，和别人不一样，在心理上一直有准备；另一个原因是，6 岁到了盲校以后，发现同学们都很阳光，一同学习，一同奔跑，一同欢笑，没觉得看不见是个多大的问题。

“人总是喜欢比，这是常见的心态，但是不要横向比，因为一定面临很多困难。心态的平衡对自己的日常行为、接人待物、对事物的感受影响巨大，要和自己的纵向相比，看看是不是进步了一点。”

小任还没有女朋友，曾追求过异性，但没有成功。对于很多和小任一样婚育年龄的视障人士，常面临两个选择：和一个经济情况和教育程度相对较低的健康异性组成生活上的拍档，但是往往日后会在精神追求、生活习惯上产生巨大分歧；另一种是和自己认识的素质很高的盲校同学走在一起，但是家里人往往对两个盲人的生活安全感到担忧。

他是如此聪明，谈吐得体，可我也知道，根植于文化传统中的对残障的理解，对生命价值的认同，目前是残障人士婚恋的一道鸿沟，这种转变尚需时日。但是，世界这么大，一定会有个她，在默默地等着他。

08 孙兴怀

简介：复旦大学附属眼耳鼻喉科医院院长，教授，博士生导师，复旦大学上海医学院眼科学与视觉科学系主任，中华医学会眼科学分会副主任委员兼青光眼学组副组长，前任上海市医学会眼科学分会主任委员，中国医师协会眼科医师分会副会长兼自律维权委员会主任委员。

青光眼的危害

青光眼是一组直接损害视神经视觉功能，主要与眼球内压力（眼压）升高有关的临床征群或眼病，造成视神经的萎缩和视野的缺损缩小，而且全球不可逆性致盲眼病的第一位就是青光眼。中国青光眼病人总数居全球首位，其中原发性青光眼在我国人群中的患病率是 0.52%，在 50 岁以上人群，达到 2.07%，在确诊的青光眼病人中，致盲率在 9.04% ~10%，是我国最常见的致盲性眼病之一。青光眼性失明，就目前的医学治疗手段来说是无法使其逆转而恢复的，因此青光眼的早诊早治至关重要。

在欧美发达国家，青光眼及时得到诊治的概率也只有 50%，原因包括发病慢性、进展隐匿、缺乏重视等等原因。比如说上文中美国的盖儿，很可能是先天性远视造成的低视力，然后合并闭角型青光眼急性发作。

孙兴怀教授每周在自己的门诊病人中都会发现 1 ~2 位年轻白领患有晚期青光眼。这些白领都是本科以上学历，每天都在电脑前工作，持续用眼，却在体检时才意外发现一只眼睛已经看不见了，达到低视力或盲的程度。为什么会发生这样的现象？其实这里涉及主视眼与非主视眼的问题。与双手不同的是，每只手都独立工作，当一只手发生功能障碍的时候，很快就能体会到，而视觉具有双眼相互补偿的作用，如果损害的是非主视眼，而不是主视眼，只有在遮挡或闭上主视眼睛的时候才会发现另一只眼睛的问题。所以在日常生活中，单眼的慢性视觉损害更容易被忽略。

因此，让大众掌握更多的医疗卫生保健基本知识，提高整个民族的医学素养非常紧迫。

青光眼的早期发现

青光眼的类型和表现多样，有原发性与继发性、开角型与闭角型等病理类型，有眼压突然升高的急性或不知不觉进行性损害的慢性表现形式。而且青光眼的症状有时不只局限于眼部，还伴有明显的全身症状，比如头痛、呕吐，甚至这些全身症状掩盖了眼部表现，病人先去神经内科、心内科、急诊室就诊。

孙兴怀教授在临床工作中对陪伴原发性青光眼病人就诊的一级亲属（父母、兄弟姐妹、子女）连带检查，经常可以筛查出亲属也患有青光眼，但亲属们丝毫没有意识到。他主持进行的对青光眼病人一级亲属的筛查研究表明其一级亲属患青光眼的风险比普通人群高约10倍，这样的筛查模式可以明显提高早期青光眼的发现率。可见，在人力、经济及医疗资源有限的情况下，应该重点筛查有青光眼家族史的人群。

因此无论是在大众整体的医学知识普及上、青光眼家族史的重点人群中，以及眼科以外的其他相关临床科室医生，都需要继续教育，以免延误了青光眼的及时诊断和治疗时机，造成不可挽救的视功能损害。

青光眼的规范诊治

我国对于青光眼的临床诊治水平参差不齐，在领衔的知名眼科机构，青光眼疑难病例的诊治水平甚至高于欧美发达国家。但在整体层面上，存在普遍性水平不够高、规范性不够强的问题。无论治疗还是研究，存在一定的“跟风”倾向。由于种族与地区的差异，比如说闭角型青光眼这个病种主要集中在亚洲，应该重视针对中国人群的临床研究，不能一切跟随欧美国家的研究设计。关于眼压测量上，在青光眼的诊断中，Goldman 眼压计测量是金标准，这是一项简单又经济的检查，但并没有被广泛推广。越来越多的年轻医生依赖 UBM 来代替房角镜检查，用 OCT 来分析视神经。青光眼检查设备层出不穷，在一流的医院有越来越先进的装备，但仪器会有假阳性、假阴性的概率，无法全部代替医生的亲自检查，并且国情所需，在贫困地区医生也要会看病，医生们不能放弃基本功的训练。

青光眼患者俱乐部——积极快乐的人生

“以善待人”是孙兴怀教授的家训，这也延展开来融入他的工作和人生。他认为医生需要有上乘的心理素质，每天面对病痛与泪水，需要一定的承受能力，并且对病人需要付出发自内心的人文关怀。医生的足迹不能局限于诊室和病房，不能只在专业上精进，应该对整个社会作出更多的贡献。

很多青光眼病人缺乏基本的医学知识，并且问题相似，集中回答不仅提高了医生的效率，也为医患搭建了一个长期交流的平台。在上海市医学会的支持下，1997 年复旦大学附属眼耳鼻喉科医院领衔创建了“上海市青光眼患者俱乐部”，每 2 个月，在上海市医学会会堂，用半天时间，由青光眼专家来进行科普教育和解答。有一位患青光眼的企业领导，曾经很悲观，觉得青光眼如果治不好就不想活了。当他在参加青光眼患者俱乐部活动中看到俱乐部里一位老先生抄笔记带回家读给不能出门的患青光眼的老伴听，一位年迈的外婆带着幼小的患先天性青光眼的外孙赶来听课，以及青光眼老病友热情地讲述与疾病积极斗争的经历……沉重的思想包袱放下了，心境豁然了，在一片互相关怀的氛围里，觉得其实可以和别人结伴前行。这个俱乐部，不仅让医患交流通畅、缓解病人的心理压力，更多地了解青光眼，也提高了病人对治疗的依从性，更好地配合长期的治疗与自我保健。

“培养一个爱好，保持一份友情，做一点家务，有一点社交，多一些户外活动，少一些香烟烈酒，多一些好奇参与，少一些自我封闭，解除心中苦闷，保持乐观情绪，培养新兴趣，攀登新目标。这些对青光眼的防治十分重要，我们不仅要最大程度地保有和提高病人的视觉质量，更想让他们有积极快乐的人生。”

15 年的时间，这个俱乐部从未间断，并且从中发现有 1/3 慢性青光眼病人首次就诊的时候视力已经是低视力或者盲，这让医生们更加意识到青光眼基本知识的普及对早发现和早治疗至关重要。

09 孙葆忱

简介：中国低视力领域的奠基人，国际防盲协会中国国家委员，曾任卫生部视光学研究中心顾问，全国及北京低视力专家组组长。1983 年在北京同仁医院建立了我国第一个低视力门诊，1986 年研制成功我国第一套国产助视器，1988 年出版了我国第一部低视力专著——《临床低视力学》。

- **在眼科医生束手无策之际，低视力门诊是提高视觉质量的最后机会**

低视力的视觉康复，是指通过视功能训练、光学和非光学助视器验配、环境的改善及相应服务设施的提供，提高低视力人士的功能性视力。对于低视力人群，认为完成治疗便是工作的结束是不正确的，还应进一步进行视觉康复，改善他们的生活质量。

在眼科医生无能为力之时，如果还想提高视力，低视力门诊是病人的最后一道机会。

美国 1953 年开创低视力门诊，1983 年孙老在北京同仁医院开办了中国第一个低视力门诊，他们根据国外的书籍来建立低视力门诊。那时候世界卫生组织希望在中国建立防盲合作中心，而对低视力领域并不扶持，孙老他们却锲而不舍，他请国际知名的低视力专家 Fonda 教授等人来中国建立一个低视力培训班。1983 年同仁的低视力门诊初开之时，引起全社会的震动，人们知道了，迈出医院眼科的大门，并非就是一个终点，仍旧可以驶向下一站，进行低视力的康复。现在北京同仁低视力门诊成为了世界卫生组织合作中心单位。

在 1986 年，孙老研制开发了国产成套助视器，通过鉴定及批量生产，结束了无国产助视器时代，为全国开展低视力工作打下了良好的物质基础。1988 年出版了我国第一部低视力专著——《临床低视力学》，为在国内开展低视力工作提供了理论及经验依据。

- **好的视力都是相似的，不好的视力各不相同**

低视力的成因各不相同，每个人都有不同的故事，需要个性化的康复。

在 1985 年开始对盲童教育改革进行的研究，使 50% 以上有残余视力的盲校学生，不再学习盲文而是利用光学和非光学助视器学习普通课本，使我国盲童教育有了突破性的发展。从上海开始推广的低视力分班就读，把盲和低视力孩子分开教学，低视力班的孩子成绩可以达到普通学校中等的水平。

关于低视力，家长和老师，同样需要接受教育。孙老给一个盲校的孩子配备了不同种类的助视器，他一直都生活在模糊的世界里，不知道什么是清晰，什么是不清晰。突然使用望远镜看到校园的树枝，看清爸妈的模样，非常震惊，使用近用助视器能够看普通印刷的小说，而不需要盲文。家长和老师却开始担心孩子把仅有的一点视力也损伤掉。孙老的团队给盲校孩子筛查了所有眼病，从中组成了低视力班，经过 2 年的观察，使用助视器后没有人视力恶化。

孙老曾经的一个病人，是名高级知识分子，不能看书等于没了半条命，他多次有轻生的想法，在低视力门诊给他进行了黄斑变性旁中心暗点的训练，改变注视点，还佩戴了近用助视器以后，他的精神面貌发生了很大变化，又开始享受阅读和人生的乐趣。

白化病病人视力都较差，散光度数高，但没有人规定矫正视力时不能使用望远镜，孙老给一个孩子配了望远镜让他参加高考，这个孩子考上了大专。

但还有一个现象，来源于几千年遗留下来的关于“富贵”与“独立”的解读，很多人生活条件很好，就什么都不想自己做了，即使有助视器，也不使用，而是让陪护的人读给他听，这种独立自主的意识应从文化意识层面加强。

眼科医生最先需要加深对低视力的认识和培训

中国的低视力研究开展了近 30 年，但发展很慢，直至今日，很多大型的眼科中心也没有专门的低视力人才。

很多医生缺乏低视力领域的认识和培训，就想不到让病人进行低视力的康复，比如青光眼术后，眼压控制良好，治疗就此结束，其实通过基本的眼镜的验配，病人还可以进一步提高视力，医生需要加深对治疗目标的进一步认识。眼科医生要站在病人角度考虑这种视觉提高的可能性，本领域治疗的终结，并不等于病人希望的终结，如果眼科医生都不懂得，病人可能在无望的人生中昏暗很多年。

目前，很多转诊到低视力门诊来的病人并非完全的适应证，因此低视力门诊的医生需要全面掌握眼科病种，而不是只专长于视光和低视力领域。低视力领域，要对眼科知识终身学习，要针对眼病有全面的了解，目前的情况下，并不建议年轻医生专职从事低视力，因为有各种具体困难，包括收入不高、同等时间情况下接诊病人少，并且眼科经验可能掌握不全面，建议年轻医生可以选择部分时间做低视力工作。

有一个误区是：认为低视力领域因为没有手术，不是高技术，验配眼镜就可以了，而且诊治一个病人需要太久的时间，也冲淡了医生的兴趣，所以发展很慢。建议各大眼科中心能建立低视力门诊，按照流程规范，开展低视力康复工作。

10 郑远远

简介：北京同仁医院低视力门诊主任，主任医师，副研究员，原北京市防盲办公室主任，中国残联北京市残联低视力专家技术指导组委员，中国康复协会、中国预防医学会理事，中国关心下一代工作委员会全国近视防控专家工作指导组成员。

导致低视力的病源多，但专科医生不足

盲的概念并不仅限于绝对黑暗，而是双眼中的好眼的最佳矫正视力在0.05以下一直到无光感的范围都属于盲，低视力的定义是双眼中相对好的眼睛最佳矫正视力低于0.3以下，但大于0.05。低视力病人在视力、视野和对比敏感度等方面均可能存在问题，而且大部分病人用手术、药物或常规屈光矫正都无法改善视功能障碍，只能通过助视器和各种康复手段让有限的视力得到最大限度的利用。

我国14岁以下儿童低视力发病率为4.3/千，儿童盲及低视力的主要原因是先天性遗传性眼病，如黄斑部营养障碍、白化病、先天性小眼球小角膜、眼球震颤等，第二类是屈光不正和弱视，还有一部分儿童是角膜病、青光眼、眼外伤等未能治愈所致。老年人占低视力的3/4，主要是白内障、黄斑变性、糖尿病视网膜病变、青光眼、角膜病等。比如对于黄斑变性，低视力门诊既给予药物治疗，也提供视觉康复仪器验配。

低视力门诊是通过助视器来帮助提高低视力病人的视觉功能的，常用的助视器一般包括两大类：一种是光学助视器，一种是非光学助视器。光学助视器包括看远的和看近的，看远的包括各种各样的望远镜，近用的包括手持放大镜以及近用眼镜助视器等。近用眼镜助视器外观与老花镜相似，用于看书、写字时双手能够自由活动。立式放大镜助视器可以避免手抖，使字迹保持清晰。远用助视器用于出行携带，看清远方物体，避免危险发生。应该根据病人的需求来选择远用或者近用助视器，也有的需要同时准备好几个助视器。非光学助视器是指通过改善照明，增加对比度的措施来提高病人的视功能。近几年来，我国电子助视器发展迅猛，它会为病人解决看近问题带来更多的方便。

从立法层面督促眼科医生重视防盲与低视力工作

很多病人，特别是后天致盲的，由于还不能在心理上进行足够的自我认同，不能主动接受甚至抵触从残联获得帮助，并不了解残联可以提供诸多的资源。比如北京市残联可以帮助病人配手携、便携的小助视器，解决一定的近距离阅读问题。

在医学领域，需要加强对医学生及眼科临床医生关于低视力知识的强化培训，因为关于视觉功能，病人的首先诉求还是医生。只有医生们掌握低视力领域的理念与最新进展，才能在诊治手段无能为力的时候，想到病人可以通过助视器验配等方式进一步提高视觉质量。

郑远远主任赞同从立法的层面上形成有效机制，督促医生积极参与防盲工作，促使医生在临床工作中，一旦发现低视力或盲的病人，依法定程序上报残联，这不仅利于掌握流行病学资料，更可让一个人的医疗服务和可享受的社会服务无缝隙衔接。

11 Steven M.Rothstein（史蒂文·洛斯坦）

简介：美国帕金斯盲校校长，1829 年至今帕金斯历史上第九任校长。

我们看到的是，一切尽有可能

帕金斯盲校始建于 1829 年，是美国最早也是世界上最伟大的盲校之一，是海伦·凯勒的母校。赛缪尔·格瑞德利·豪威是盲校的创始人并担任校长超过40年，对于服务他人并改善人类的生存状态有深刻的理解，认为盲或盲聋的孩子值得被教育并能实现自给自足，他的这种理念一直影响帕金斯至今。

帕金斯至今共有9位校长，每一位都为学校服务多年，史蒂文·洛斯坦是现任，他秉承将学生作为完整的人进行教育，传授科学知识、培养日常生活能力、培训职业技能、并提供社交和娱乐的机会，永远专注于开发学生的潜能，相信和发展他们的独特与追求。帕金斯已经将教育的范围扩大到多重残疾、极低年龄的残疾儿童和他们的家庭、中晚年失去视力的人们以及发展中国家的残疾人，帮助他们成为对社会有贡献的人。

洛斯坦校长曾是一家非营利机构——“公民能源公司”的共同创始人，这家机构为美国和国际上的低收入人群提供能源与医疗上的福利。他是工商管理硕士，对私人机构、政府机构以及慈善组织的交互相扣有着深入的理解。他觉得帕金斯的工作是世界上最棒的工作，让他和教师、学生与家庭互动，每天看到学生的乐观与坚持，一起经历学生的成长与成功，从那些穿越过重大挑战的人身上学习，让自己的情感与逻辑、左脑与右脑充分结合。对他来说，作为一个校长，重要的是：

第一，相信员工、学生和他们的家庭，他们每个人都有不同的知识与技能，需要找到使每个人的效用最大化的方法并实现它。比如在海伦·凯勒来到帕金斯之前，聋盲哑的她并不知道如何交流，帕金斯的老师们要想出对于她的解决方案，而且很多想法并非全要学校原创，而是员工、家长、支持者、朋友们带来的，要倾听人们的想法并鼓励他们。

第二，预见和设计帕金斯的未来和增长在哪里，走什么样的路和如何走，制定一个被董事会接纳和采用五年的战略。

第三，把自己擅长的领域做好，相信过程中的合作伙伴。

持续的挑战：招募，留住，激励

帕金斯盲校创建时的环境决定了它成为一个准公立性质的私立学校，为了帮助帕金斯启动，州政府为最早的20名学生提供了一部分学费，并至今仍由州政府任命学校的一部分理事。为了让学校运行下去，帕金斯始终需要寻找私人基金支持，这是一个挑战，但也让帕金斯始终保持了灵活性与主动性。帕金斯的第二位校长用非凡的筹资才能给帕金斯奠定了结构建设和经济基础。

在上世纪70年代，帕金斯盲校建了2座楼来满足由于风疹大流行而导致的大量先天性盲聋孩子的需要，这个项目在赤字的情况下运行了很多年，直到政府资金投入进去作为部分补充。在80年代，帕金斯的教育家们认为应该在盲童的婴儿和学步期就介入，但是没有找到任何支持资金，帕金斯的理事会决定动用帕金斯自己的经费来提供这项服务，目前这个项目每年在美国教育450名盲的婴幼儿。

如果这是完成漂亮的工作，是员工做的，如果是糟糕的工作，也是员工做的，是教学系统里的老师、诊室里的治疗师、餐厅里的营养师等等这些人造就了帕金斯的每一天。这也是一个持续的挑战：招募他们，留住他们，激励他们。

从招募方面来讲，帕金斯力求能提供一个合理的收入，也许不像其他行业那么多，但洛斯坦校长的理念是：要将大多数的经费放在教师的薪水和福利上，留住高质量的员工。经费增加的方式有政府投入、私人捐赠以及通过银行的自有账户进行投资。另一方面是节省开支，在过去的两年中，帕金斯在节省能源、提高效率等多个方面减少了200万美金的开销，这也同样可以用于提高员工薪资。但经济手段只是一方面，非经济的手段同样重要。

从留住员工方面，既然一个人从事这个领域，必然对专业有浓厚的兴趣，帕金斯通过培训、其他国家体验执教、提供多种学术成长的渠道来让员工在专业上不断成长。

从激励的角度，让员工增加满意度，做最好的自己。这是一贯秉承的理念，比如说在1890年，安妮·苏利文还没有受过高等教育，她也有视觉障碍是帕金斯的毕业生，21岁的她成为了6岁的海伦·凯勒的导师，安妮自创的教学设备和方法不仅帮助了海伦·凯勒，也成为了世界盲聋教育的基石。海伦·凯勒说过，自己人生最重要的一天就是安妮·苏利文走入她生命的那一天。

慈善的本质是“Make change——改变！”

服务于残疾人，有系列的事情要做：温饱、医疗、教育……这是一个持续性的过程，而不是一次性的行为，只有从系统和制度上做出改变来实现长期效果，才算是富有成效的，不是针对于症状，而是针对于症结。

“我们应该感激上天，让我们来到这个世界，出于感谢与责任，我们应该回馈；在离开这个世界的时候，最重要的不是有了多少钱物，而是给这个世界带来的影响，对你的朋友、对你的家庭、对你所在的社会，我们每个人都只在世界上停留很短的时间，应该尽可能地产生效果。”

洛斯坦校长认为慈善的本质是“Make change——改变！”在特殊教育领域，慈善并不仅意味着帮助那些无法自助的人，他坚信慈善是使对方能力增长而变得独立，受之以鱼，不如授之以渔。他寻求慈善的资源，是为了让学生不需要一生都依赖慈善，他寻求帮助，是为了让学生学会自助。帕金斯教会学生读写、使用现代化辅助设备、培训工作技能，这样学生可以有自己的独立生活、家庭和事业，而不是靠社会来支付自己的人生。

我参加了一次帕金斯面对全市开放的音乐会，让我吃惊的是，一支来自剑桥地区的专业乐队每隔几个月就到帕金斯盲校义务演奏一场，已经坚持了20年。帕金斯重视志愿者工作与公众的参与，不但有人专职协调与管理志愿者，设计活动，积极向公众宣传，并且要求所有高级管理者、项目负责人，在考虑他们工作的时候不要忘记志愿者可以参加的部分。洛斯坦校长认为问题的关键是如何看待志愿者工作，并且尽可能多地提供可以让志愿者参与的机会。

“我们不把志愿者叫做帮助我们，而是提供一个机会来丰富他们的生命，让自己的人生变得更有意义。是的，他们的确在帮助我们，在帮助盲、盲聋的孩子，并且让孩子的生活变得不同，同样，他们也得到了回馈，并不是在物质上，而是在自己的内心和社会评价上。”

帕金斯认同志愿者们的服务，感谢他们，让他们看到自己可以对别人的生命做出的影响，并且保持志愿服务在时间上的灵活性。有些人周末有空，有些人只有周四能来，有些人愿意参加大型活动，有些人只能冬季来，还有人已经没有间断地在35年里的每一天都来到帕金斯，而在开始的时候，她也没有想到自己会做35年。

在2010年，帕金斯共有1200名志愿者，一年中服务总时间超过5万小时。

帕金斯的国际使命

在美国9%的盲人上专门的盲校。帕金斯盲校目前容纳了200位住校生，高峰时期超过300名。但是在世界范围内，帕金斯盲校每年和4万名盲童产生交互联系：有让孩子继续住在家里的日校，盲文和有声读物图书馆每天给新英格兰地区的孩子发邮件，有面向公立学校以及老年人的扩展服务，参与到学前教育中，培训美国其他普校的教师，给美国其他学校提供教育支持，支持发展中国家的学校、老师还有项目。

在世界上，有450万儿童因为盲没有上学，其中100万合并了其他残疾，拥有更少的上学机会，帕金斯希望在这世界的每一个角落，每一个盲孩子都能上学。帕金斯从1987年开始了国际项目，和世界上超过60个国家上百个地区的教育机构建立了伙伴关系。

洛斯坦校长曾去过多米尼加共和国，在那里见到了一个第一天来盲校上学的13岁女孩和她的父亲，他们住在偏远的山村，这个盲聋女孩从没有上过学，在遇见一位去过帕金斯培训后又回到多米尼加执教的老师之前，所有人都告诉这位父亲，这样的孩子不允许入学。当帕金斯盲校开始帮助多米尼加共和国特殊教育领域的时候，只有10个学生，10年过后，已经先后教育过400个盲或盲聋的孩子。洛斯坦校长感到振奋的是，这个校园里的孩子和世界上其他孩子，就像曾经在帕金斯的海伦・凯勒一样，学习如何变得独立。

1989年，在希尔顿基金的支持下，帕金斯开始教育领导力国际项目，至今已经培训了来自70个国家的200位老师。洛斯坦校长对这些来自其他国家的老师们赞不绝口，他们放弃家庭、孩子和其他事务，来帕金斯参加高强度的培训，无比敬业和投入，他们回去以后，会为他们的国家，所在的地区马上做出重大改变，无论在教室授课、教学方法、研究工作或是为政府制定规范上。

注释：

赛缪尔・格瑞德利・豪威：Samuel Gridley Howe。

12 徐洪妹

简介：上海市盲童学校校长，上海市特级教师，华东师范大学学前教育与特殊教育学院国家公费师范生兼职导师，全国低视力康复专家技术指导组成员，中国教育学会特殊教育分会盲教育专业委员会委员。

冬天的午后，我等在校长办公室的阳台上，放眼无障碍的校园，有两个班级的学生在上体育课，小学生练队列，初中班在跑步。一个白化病的孩子，轻轻眯起眼睛，一边慢跑，一边仰起面颊，接受太阳的亲吻，纯白的发丝上光芒跳跃。

我就静静地远远地站在那里，内心里温柔的、安宁的、感动的情愫在流淌……

人，都可以奔跑，朝向阳光的方向。

只有爱，是不够的

1987 年，徐洪妹校长刚进盲校的时候，从老领导和老教师身上学会如何对待残疾孩子，他们像对待珍爱的宝贝一样来培养这些孩子。工作 5 年后，1992 年她在美国费城盲校接受一年的计算机培训。那时个人计算机刚刚出现，但她意识到计算机对特殊教育领域意义非凡，对盲人生活的改变也许远超过对健康人群的影响，计算机如同盲人的眼睛，是重要的缺陷补偿。在美国这段时间，很多活动都是以学生为中心设计的。后来，徐洪妹校长在日本也看到，一个残疾人进了电梯，所有人都后退让路，除非残疾人需要，大家并不主动相助，而是尊重残疾人的自助。从中国到国际，从校园到社会，在进入特殊教育的最初，徐校长从残疾人所及的每个地方，学习如何去对待残疾人，关心、爱护、平等、尊严……

我和徐洪妹校长从校园里走过，看着她的目光充满喜悦地抚摸每一栋建筑和路过的每一个孩子，这份工作对她来说充满乐趣，对学生生理与心理的研究没有止境，让教学方法不断贴近学生的实际，看到各种各样的手段起到作用补偿盲童的缺陷，让他们成为更加完整的人。现在校园里低视力的学生有 70 余位，有 22 种不同眼病，一个家长带着孩子到处做手术，最后没有办法进了盲校。医院判了“死刑”的眼睛，盲校希望通过教育“起死回生”。

盲校的孩子从小读到海伦·凯勒、张海迪这些故事，感觉到残疾人也能获得成功；但到了初中，有的才真正意识到自己是残疾人，心情可能跌到谷底，这个时候通过学习技能和体育，比如足球，当他学会踢足球时，家里健康的弟弟还没学会踢，这个时候反而被羡慕了，形成了自信；到了高中通过高考、职业技能赢得社会的尊重。

"只有爱是不够的，对盲童的研究，对特殊教育的研究，是我学习的原动力。一个残疾人，一个可能会成为社会负担的人，如果成为健康快乐、学业有成的人，并且让自身家庭更加幸福，让弱势群体整体积极向上，让社会的文明程度提高更加和谐，这就是工作的意义所在。"

按需施教，育残成才

上海市盲童学校形成了高等教育以下完整的盲教育体系，有低视力、盲、合并智力障碍的三类学生，我国低视力的标准是最好的那只眼睛矫正视力在 0.05～0.3 之间；低于 0.05 以下属于盲，其中一些是没有任何光感的全盲。低视力孩子可以尝试学习明眼文字，全盲的孩子一点也看不见，多重残疾的学生可能从来不说话。并且年龄跨度大，有幼儿部、小学、初中和高中，年龄从6～22 岁。

盲校的目标是"按需施教，育残成材"，针对不同残疾的学生提供不同的教育方法，甚至是个别化的教育方法，挖掘出每一个学生的切入点，打下扎实的基础，智力正常的孩子教学内容参照普校，在盲校高中结束后可以考大学。从 2002～2011 年，已经有 55 位学生考入上海师范大学、华东师范大学、上海第二工业大学等高校的特殊教育、法律系、英语系、心理系、社会工作者系。比如第一届毕业生中一个回到盲校工作，一个在社区里开了心理诊所，还有的到普校做心理咨询老师。虽然就业形势仍旧比较困难，但享受高等教育也是残疾人的权利，教育提供了自给自足的能力和开创自己事业的土壤。

盲校每个班级最多不超过 12 位学生，这是法律规定，让特教老师可以有更充分的时间去面对每个孩子的特质。除了基础的文化课，还训练个性凸现、音乐、体育、手工，以及职业教育等等。盲校 80% 以上的学生都会乐器，这不仅是教育的一项内容，也是一种建立自信的治疗，也可能是未来生存的需要。有一个多重残疾的孩子来到盲校的时候不会开口说话，一个星期也学不会拿调羹，但是老师们没有放弃他，一点一点挖掘潜力，现在这个孩子可以唱歌到十级的水平。在残奥会上，盲校派出的运动员先后获得过 4 块金牌。2010 年 10 月，盲校孩子的文艺节目在上海世博会闭幕式上演出。在 2011 年第八届残疾人运动会，盲校的男女门球队通过层层选拔，进入比赛……这些对盲校的孩子来说，并不仅仅是技能，而是形成健全的一种途径，一种自强不息的精神教育。

社会接纳盲童的程度还没有那么高，很多父母都把盲童关在家里。盲童一旦走出家门，来到盲校很开心，这里是学习和生活的乐园。但徐洪妹校长认为，只有特教的老师们守卫盲校这方乐土是不够的，更多的时间，残疾孩子生活在校园以外的社会。残疾并不是一个人的本意，有些是先天发育，有些是后天造成，有各种各样的成因。面对残疾人这个弱势群体，需要有平等与尊重的心态，需要有爱心和关怀的行为，这不仅是社会和谐所必需，也是一个健全人拥有健全人格的真正表现。盲校也教育残疾孩子有一颗感恩的心，社会给你千分爱，你要还社会一颗心。

不要以为身有残疾，就离健康很远

上海市盲童学校 183 位学生中，33% 的学生是早产儿。现代医学的进步，出生时体重只有 500 克，甚至低于 500 克的早产儿，有时都可以被救活，但是如果这样的孩子大脑没有充分发育，出现了多重残疾，如何展开今后的人生呢？

当医疗的进步如同快马加鞭，关于保障、关于教育是否能够齐头并进？生命的存在，并不只是为了证明医学和医生的能力，而是要看用什么来贯穿人生的始终。徐校长希望医生在医院之外仍能考虑到盲校里这样的孩子，比如说，在早产儿方面，盲校和上海市眼防所建立医教结合的模式，帮助检查学生的眼睛，然后验配助视器。

“特殊教育一定要和医学紧密联系起来！”

多重残疾的孩子很难使用普校的教材，盲校的老师就自编教材，最理想的是让这样的孩子学会一项技能，比如足底按摩，或是至少能帮助做家务，哪怕只是实现生活自理。多重残疾的孩子确实很难为国家和社会创造 GDP，但他们如果能够参加社区和家庭的活动，至少就让自身和家人提高了原有的生活质量，他们的贡献更多在于对社会道德风气的建设。

徐洪妹校长最希望学生们成为健康快乐的人，学业有成。做一个健康快乐的人，身心都要健康，不要认为自己是残疾人，健康就离自己很远。有一次徐校长招生，看到一个孩子手脚特别纤细，因为父母整天把他关在家里，不让他到外面去，即使外出也尽量抱着推着。但是到了盲校以后，那个瘦弱的孩子对体育很感兴趣，慢慢地被学校运动队发现，锻炼越来越多，成为一个强健的帅小伙，运动队的一员，从背影看上去，绝对想不到他有任何残障。

“我们学校的孩子虽然视力不好，但其他器官和常人一样，健康的体魄可以和其他孩子一样，即使多重残疾的孩子，也需要选择性的锻炼。”

13 Marianne Riggio（玛丽安妮·雷吉奥）

简介：帕金斯盲校国际项目教育顾问，希尔顿－帕金斯项目协调官员。

这个世界，每一分钟，就出现 1 名盲童

帕金斯国际项目秉承的理念是：每个孩子都可以学习；家庭的参与，家长和教育工作者的合作至关重要；为评价成绩，有必要建立质量评估指标；培训更多的特教老师为项目的成长铺路；全纳教育帮助盲童接触社会。

他们在全球的 65 个国家建立了伙伴关系，加强特教教师的技能，帮助家长，发展高等教育项目。1989 年，上海市盲童学校率先在国内开展多重残疾教育，自 2001 年帕金斯盲校的国际项目和中央教育科学研究所合作，成立希尔顿－帕金斯项目，旨在为中国培养视障早期教育和多重残疾教育方面的师资，当时只有北京、上海、广州、杭州等 6 个大城市的盲校参加此项目，至今已发展到 17 个省市。

在世界范围，有 450 万盲或视觉障碍的孩子没有上学，其中的 100 万合并多重残疾。在 1989 年，针对全球视觉障碍、聋盲、或多重残疾的孩子都缺少受教育机会的状况，帕金斯盲校在康拉德·希尔顿基金的支持下开设了一个“教育领导力”国际项目，

至今已经有来自世界的70个国家的200名特教教师接受过培训。

残障人士对社会的贡献，是对文化和道德的贡献，不能用GDP来评价

“我们现在可以救活极度低体重早产儿，我们可以抢救成功严重残疾人士，那我们就应该保证他们能有高的生活质量。”

雷吉奥女士她们做了很多关于家庭关系的工作，帮助家庭和他们的孩子建立紧密强大的连接，使家长感觉能够胜任成为孩子的一部分。因为在有些文化中，家长觉得害羞和尴尬，需要帮助他们理解孩子的残疾并不是父母的过错，他们能够帮助自己的孩子，他们依旧是合格的父母，并帮助这些孩子最大可能地融入到家庭和社区中去，做有贡献的成员。

她觉得人们经常拿有能力去做到的事情来评估人生价值，例如，挣多少钱、做什么工作，但是残障人士对社会的价值，并不应该取决于他们对财政上作出的贡献，而是对文化和道德引发的思考与建设。

我想，无论从医学还是哲学的角度，所有事情的发生都是有概率的，健康健全的，或不健康不健全的。一个人可能幸运地恰好属于健康健全这个队列，而对不健康不健全人群的救治不仅体现了科学技术的进步，在这个过程中，残障人士参与社会活动中对社会风气和美德的建设，促进社会的文明与和谐就是他们的一种贡献。

琳后记：

我不知道这是不是大多数特教老师的特点，高梅有温柔和煦的眼睛，和安宁从容的内心，她在上海市盲童学校工作了14个年头，专长于视觉障碍合并多重残疾领域。随着经济的发展和现代医学的进步，很多发育不全或严重损伤的生命得以存活，多重残疾孩子的教育问题逐渐凸现。高梅正是为了进一步提高对多重残疾儿童的培训来到帕金斯盲校“教育领导力”国际项目的，这一期的学员来自中国、印度、阿根廷、孟加拉、保加利亚、加纳、菲律宾、波兰、罗马尼亚、越南。高梅的房间到处是书籍、手册、讲义，摞得高高的笔记，这些来自各国的特教老师心无旁骛，课上课下讨论的都是盲童教育。

2011年5月26日，是“教育领导力”国际项目本年度的毕

业典礼，每位学员的往返费用、10个月的住宿、每日3餐都由希尔顿基金出资，无论特教老师来自何处，都可以安心培训毫无后顾之忧，但典礼现场，没有来自希尔顿集团的任何一个Logo或是任何一个发言。

典礼中，介绍了来自各国的学员，他们每个人都和高梅一样，有着多年的特教经验，返回自己的工作岗位即刻就可以传播更新的理念，实施更先进的教学手段。典礼现场，我对希尔顿这个家族肃然起敬，不是因为他们没有发出高调的声音，因为现代慈善模式应该基于慈善捐助的可持续性，在慈善领域的声誉与企业或家族在商业的成功理应成为一个良性循环，无论他们在现场是激昂演讲还是悄无声息，我对他们都充满敬意，只要尊重而无伤，无论哪一种方式，重要的是做了好事实事。作为一个旁观者，我想，很多企业与家族，应该把“最受尊重的企业与家族”作为一种追求，因为，这见证了他们对这个世界所做出的贡献，给别人的生命带来的改变。

注释：

康拉德·希尔顿：Conrad N. Hilton，希尔顿饭店集团的创始人。

14 Mary Beth Caruso（玛丽·贝丝·卡鲁索）

简介：帕金斯盲校外展服务负责人，自1990年开始牵头外展服务项目，视力康复师，社工，聋盲项目新英格兰协会顾问，获盲与视觉损伤教育及康复协会东北总部杰出教育奖。

医疗活动的终结，却是教育的开始

“医生说抱歉，只意味着医院医疗活动的终结，并不是一切的结束，在我们这里，只是个开始。医生不可能有很长的时间用来和盲孩子交谈，我们这里的老师可以让这个时间延长，我们和盲孩子讲话，倾听那些担心和忧虑，给他们时间，让他们知道不是只有自己是盲人，有很多人存在同样的问题，可以和经历相似的人共享很多资源。”

帕金斯盲校除了传统的学术项目外，还在一些主要地区有针对盲或视力损伤的孩子小学到高中阶段的外展服务，包括一周去家访三次，或开办社交、创新性活动、培训等一系列短期课程。比如，在暑假，有针对高中生未来职业规划的课程，有烹饪课。

我看到刚刚结束的为期一周的社交课程，这一期有8个孩子，以往一般是10～12个人参加，她们是15～19岁盲或视力损伤的女孩，学习如何触摸衣服的质地，分析颜色，并在老师的带领下购物，学习化妆、做发型、皮肤护理，她们每个人穿着一套自己搭配的职业装或小礼服，拍出甜美的定妆照。这个项目希望孩子更加懂得自尊、社交的技能以及收获生命中的友谊。

“希望他们可以有和同龄人一样的人生体验，他们首先应该被当作儿童来看待，而不是盲童。”

活到老，学到老

外展服务曾有一个为超过55岁老年人开放的项目，包括在社区服务和在帕金斯校园内的培训中心两部分，这个项目开办了19年，但因为经费的原因在2010年关闭了。他们和很多志愿者、视觉重建的专家、老年学习中心、教育工作者合作，帮助有视力障碍的老年人建立一个安全、幸福和积极向上的生活。

卡鲁索女士觉得年龄只是一个数字，从不因年龄而拒绝学员，不会因为年龄的关系就觉得他们没价值了，而是依旧值得付出努力去培训，相信他们还可以做更多更好的事情。

老年人外展项目一周有4次课程，关于厨艺、艺术、培养休闲时间的爱好等等，其中有位90多岁的老人，先学会使用盲杖，自己一个人前来上课，乘坐公交车，然后步行到盲校。

“一个人可以一直学习，直到生命的终点；一个人可以尽可能地独立，直到生命的终点。”

注释：

视力康复师：Certified Vision Rehabilitation Therapist (CVRT)，经由 Academy for Certification of Vision Rehabilitation & Education Professionals (ACVREP) 认证。

社工：Licensed Certified Social Worker (LCSW)。

聋盲项目新英格兰协会：New England Consortium of Deafblind Projects (NEC)。

盲与视觉损伤教育及康复协会东北总部：Northeast Chapter of the Association for Education and Rehabillitation of the Blind and Visually Impaired (NE/AER)。

15

Tom Miller（汤姆·米勒）

简介：帕金斯盲校“早期干预及学校服务”教育伙伴项目负责人，自1974年开始在盲、聋盲及多重残疾教育领域工作，现任马萨诸塞州机构间协调委员会专科服务分会主席，马萨诸塞州早期干预协会主席，盲及视力损伤教育与康复协会婴儿及儿童早期分会主席。

给每个孩子人生最有希望的开始

帕金斯教育伙伴项目是为从出生至22岁有特殊学习需要的人士而设置的，这个团队的教育工作者将知识经验和技能传播到新英格兰地区（美国东北部的6个州）：学校、家庭、训练中心以及社区。他们和家庭成员、其他教育工作者、学校系统、早期干预机构一起为有视觉障碍、盲、聋盲或其他多重残疾的人士服务。

这个项目由3部分组成：早期干预项目——从出生至3岁；早期学习中心——3岁至6岁；社区服务项目——为普校提供支援服务（从3~22岁）。

比如针对出生到3岁的早期干预项目，提供三种形式的服务：

1．家访：每个孩子都有一个视觉障碍或盲聋教育方面的老师走入家庭、儿童看护中心或社区基地进行拜访。每次拜访，老师和家庭成员一起，评估一个孩子的视觉功能、听觉功能、触觉技巧、定向和运动能力。同时，针对孩子的成长，老师设计活动，例如大肌肉运动技能或精细运动技能，自理能力，社交，沟通能力，感觉刺激，认知功能。

老师不仅和家庭成员一起工作，还参与到小儿眼科医生的临床诊疗中，确保有效的医学和教育的结合。

2．学校日：有些家长和孩子能够参加每周一次的学校日，孩子在老师的指导下参加触觉、语言、游戏和运动活动；家长们和社工在一起，得到情感上的支持，在学校日，志愿者和教育系的学生也来协助工作，有些家长平时觉得孤立和困惑，但在这里可以和其他家庭交流的很好。

3．培训和咨询服务：为家长和其他专业人士提供为视觉障碍的孩子生长发育所需的知识技能，比如教学策略，对环境和资源采取调整。

医生，病人，教育，我们要做的，是把空隙填满

米勒主任给我画了3个交叠的圆圈："医生、病人、教育服务，我们要做的，是把空隙填满。最终孩子们的视力可能无法修复，但是通过这样一种伙伴关系，共同努力来提高使用现有视觉的效率和能力，并充分开发其他感官来学习。"

孩子在很小的时候就从医院被推荐到这里来，"我们让医生了解特教教师的作用，让老师知道医生在做什么，让视障人士讲述他们的需要"。这其中最核心的是家访，因为有的孩子太小或多重残疾，不方便到学校，在家里不仅方便而且能够培训所有的家庭成员，和每个孩子还有他的家庭成为伙伴关系，制订个性化的家庭计划，来实现整个家庭和孩子的目标，给孩子的人生以尽可能好的开始。

注释：

马萨诸塞州早期干预协会：Massachusetts Early Intervention Consortium。

盲及视力损伤教育与康复协会婴儿及儿童早期分会：Infant and Early Childhood Division of the Association of Education and Rehabilitation of the Blind and Visually Impaired。

马萨诸塞州机构间协调委员会：Massachusetts Inter-Agency Coordinating Council。

盲 & 低视力篇结束语

有一次，我站在上海繁华路口的人行道上等候红灯的时候，轻轻地闭上眼睛，听到周围车辆的噪声和人潮的涌动，突发莫名的恐惧，30 秒后，睁开眼睛，看见阳光，泪水竟涌出。对于健全人，只有 30 秒的体验，无助感就席卷而来，而对于盲人，这种黑暗却伴随一生。

在世界范围内，盲都被视为残疾之首，希望我们都能尊重、关心和帮助盲人。

胡适说：你要看一个国家的文明，只需要考察三件事：第一看他们怎样对待小孩子；第二看他们怎样对待女人；第三看他们怎样利用闲暇的时间。对于一个新世纪的文明国度，我想加上一句，还要看他们如何对待残疾人这样的弱势群体。

乳 腺 癌

——重新定义你的美

Life is so beautiful

乳腺癌篇

——重新定义你的美

2010年10月3日，周日，我在美国的医院里参加完半日会议，走向地铁的时候，看到查尔斯河畔成为粉红色的海洋，粉红的T恤，粉红的头饰，粉红的花束，粉红的气球……这是美国癌症协会每年在美国各地举行的乳腺癌健步走活动，从1993年开始，这已是第18个年头。

粉红的人群，是乳腺癌病人和她们的亲友，和很多健康但致力于公益的人们，他们为提高乳腺癌防治的公众意识呼吁、为治疗和研究筹款、为庆祝新生而欢唱。

在Hatch Memorial Shell表演台上，有名人的致辞，有专业的演出，但你更会感觉到，病人和他们的家庭，还有平凡的大众，才是欢乐的真正主角。

这让我思考，我国的粉红丝带活动仍在起步阶段，我们需要明星等知名人士发挥影响力，促进乳腺癌防治知识的普及，但粉红丝带活动的内涵，并不仅是宣传照片和大型演出，它的内涵应该是——病人和她们的家庭，应是疾病世界的主体。

没有女性会不担心自己的胸部，但关于乳房的健康与你的生存，你知道的究竟有多少？你的爱人，会为之思考多少？

写下这一章，献给所有女性，我们爱自己的形体，但我们更要爱自己的健康。

写下这一章，献给真正关心女性的男性。是女性的乳房，哺育了男孩的成长；是女性的乳房，安慰过男人的渴望。

16 Marilyn Kass (玛丽莲·卡萨)

简介：女性，美籍，经营一家创意广告公司，出生于1958年，2006年被诊断为乳腺癌，2009年出现颅内转移。居住地：波士顿。

不知何时，乳腺癌开始出现在你的人生

2004年，当玛丽莲第一次见到马帝的时候，感觉到的惟有彼此的不同。玛丽莲是在创意群体中生活的广告人，而马帝是常春藤联盟名校毕业生和哈佛教授的典型代表。玛丽莲注重饮食，以素为主，规律运动；而马帝不吃早餐，喝零度可乐，大吃奶酪和冰激凌。他们彼此都经历过一次婚姻，玛丽莲带着一个收养的中国女孩弗朗西尼。

在最初的2年，玛丽莲总在考量马帝对待这场感情的认真程度，但当乳腺癌走入了他们的人生，马帝的忠诚不印自证。

2006年11月，在玛丽莲快要迎来48岁生日的时候，被诊断为乳腺癌。震惊之后，她觉得像经历了一次俄罗斯轮盘赌，简直无法相信以前的钼靶检查竟能漏掉现在已经长到了长径为3.6厘米的肿块。这个诊断带来的感觉，就像是在风和日丽的野餐中，突然听到路边的车子爆炸。

可能失去一只乳房，这个前景是否让人抑郁呢？也不完全是，虽然玛丽莲仅剩的权利就是转变看待事物的角度，既然乳房已经完美了48年之久，为什么不能放它们单飞呢？这一年中，大部分的时光玛丽莲都过得很好，请了一个私人健身教练让自己从腰椎间盘突出症后恢复形体。唉，肱三头肌又要回到原来的尺寸，肱二头肌重新松弛，在最初，这个念头比失去乳房更让玛丽莲沮丧。

2006年的12月，玛丽莲即将开始每2周1次的术前化疗，这将持续16周，她向女儿说了实话："医生会给妈妈很强的药物让肿块缩小，但药物可能让我疲劳，恶心，掉头发。"

"哦，妈妈，那你就不能出去参加聚会了。"

在第3次化疗的时候，玛丽莲发现像高尔夫球般大的肿块真的缩小了，这些没有杀死自己的东西让自己变得更强壮了，她拼命吃健康食品，减了体重，而且发现上天给了自己那么多馈赠——女儿一直那么甜，马帝超出预期的好，自己有持久的乐观。

在化疗期间，头发掉光的玛丽莲参加了美国癌症协会举办的

一个讲座——“看上去好一点，感觉更棒一点”。这是一个帮助女性病人从癌症治疗后的容貌变化中恢复的课程，包括化妆与假发的使用，不是空洞的理论，而是非常实用，相当于一剂抗抑郁的处方。这个讲座有14个女人参加，玛丽莲环顾四周:“哦，我比她们年轻，我更苗条，我带着漂亮帽子，我看起来不像病人……”这时的玛丽莲仍尽可能久地拒绝承认自己得了乳腺癌，就像一个塑料袋拒绝变得真空。

活着，就是天堂的感觉

2007年的3月，在玛丽莲最后一轮术前化疗的时候，感觉很好，不再有冷汗，不再筋疲力尽，不再需要整天躺着什么活动都不能参加。但化疗医生却说，也许她不再需要手术了。在很多情况下，这是个好消息，意味着肿瘤消失了；但也许恰恰相反，怀疑癌症转移到骨骼，不再有手术治疗的意义，意味着一切已经太晚。

玛丽莲不是个专家，但也知道一旦癌症离开了乳房，到了脑、肝或骨骼，大多数人只剩下短暂的光阴。

单身妈妈，孩子年幼，乳腺癌……玛丽莲流了太多的眼泪，并且胃部翻江倒海般的恶心。

弗朗西尼怎么办啊？她曾是一个孤儿，难道要再次成为孤儿吗，责任感能让自己坚持活下来吗？

玛丽莲想起7年前去中国的那次旅程，收养了弗朗西尼，发誓要永远照顾她，向中国的工作人员保证永远不会遗弃她，向弗朗西尼承诺永远和她在一起……如果自己变成一片废墟，那女儿也会不幸地成为一片遗瓦吗？

玛丽莲做了尽可能多的检查，然后陪马帝一起到加勒比海。几个月前，能和马帝出游，是那么令人期待，庆祝最后一轮化疗和享受阳光，而现在心情跌倒谷底，没有什么是值得期待的。

应该离开弗朗西尼一个周末吗？哪怕只是1个小时？应该让她开始习惯妈妈不在身旁的日子吗？玛丽莲打算用这个周末来制订一个计划，把所有想做的事情和不想再被困扰的事都列出来，无论还剩下多久的时光，都要充分利用。

刚到加勒比海，在房间里还不到5分钟，玛丽莲就接到了医生的电话，可是她还没有做好心理准备，这么快就知道骨扫描的结果。幸运的是，这是好消息，刚做的检查和去年11月几乎一致，没有新问题，排除了转移癌的可能。

置身于橡树、海边、阳光之中，已经是天堂了，但这个消息带来的才是真正天堂般的感觉。可以在乳腺癌的常态下继续生存，这就是生命中最好的消息，一切如此完美，玛丽莲终于可以不深陷恐惧之中了。

化疗已经离她远去，她比药物的毒性更强大，但癌症细胞没有，她赢了第一轮赛跑。

妈妈，你又有了癌症，这不是你的错，我爱你！

乳房是身体的一部分，玛丽莲还没有做好心理准备放它走，但这也由不得她。2007 年 4 月，手术医生根据玛丽莲肿块的大小以及能否做到术后切缘清晰建议她选择乳房全切除，当然也可以尝试第 1 次做肿块切除，但需要做第 2 次手术扩大切除或全切除的可能性非常大。想到要有 2 次手术的可能性，而自已连 1 次都不知道怎么应对，玛丽莲最初打算选择乳房全切除，但她想多听听建议，就又咨询了别的医生，确定保乳手术加上之后的放疗和乳房全切除有一样的预后，她又改了主意，在 2007 年 4 月 27 日做了超声引导下的左侧乳房外上象限部分切除，并移除了 17 个淋巴结，其中 3 个发现有转移。

到了 2007 年的 7 月，玛丽莲还在和术前化疗带来的神经病变做斗争，那种手脚的麻木感还在，又准备接受每天 1 次，持续 8 周的放疗。2008 年的 4 月，虽然不再有治疗，但疲劳成了生活的主要部分，这种疲劳不是那种熬夜到很晚的感觉，而是不知为何一切力气都被抽提走了的那种绵软。

2009 年 12 月，玛丽莲在拂晓中因头痛醒来，那不是寻常的头痛，而是来自头颅的深部。对于一个乳腺癌病人，癌症转移是一个威胁，核磁共振检查显示有一个鸡蛋大小的肿瘤压迫小脑，玛丽莲开始出现了一些平衡方面的问题，一些细小的功能比如说打字也变得不稳定。这是玛丽莲确诊乳腺癌的第 3 个年头，发生了转移，进入了乳腺癌的第 4 期，这个消息让玛丽莲深感崩溃。

弗朗西尼一起承担了妈妈癌症加重的事实，两人大哭一场，玛丽莲不再能每天送女儿去学校并接她回家，觉得自责又心痛，弗朗西尼尽了全力来安抚妈妈：“妈妈，你又有了癌症，这不是你的错，我爱你！”

交出一切所能给予的，在你还活着的时候和所爱的人分享

到了 2010 年 1 月，玛瑞莲的头疼剧烈到整夜无法入睡，什么姿势都无法舒适地躺下。玛丽莲接受了 Cyberknife 立体定位射波手术，为期 5 天，每天 1 小时。这是一项没有创伤和麻醉，实时影像导引定位的对肿瘤的放射治疗。

这个时候，马帝说："我们结婚吧！"

玛丽莲和马蒂已经认识了 5 年，最近的 3 年，是在手术、化疗、放疗和康复训练中度过的。他们讨论过婚姻，但玛丽莲总是很消极，两人以前都经历过婚姻，目前的形势也离庆祝所差甚远。身体早已愈合，头部在恢复，马帝始终在身边，还能向生活索取什么呢？可是，结婚，为什么不呢？一切顾虑烟消云散，玛丽莲终于有了新的可以策划和关注的事情，不再是癌症转移的玛丽莲，而是准备披上嫁衣的玛丽莲！

在婚礼前的 2 个月，一直没有完全熄灭的头痛卷土重来，这个肿瘤侵犯了脑干，专家们站成两派，一些主张手术，一些认为手术风险太大，于是玛丽莲又开始了新的化疗，这次头发还在，但手脚皲裂烧灼一样的疼痛如同在烈焰上跳舞，连在房间里走路都成了问题。

玛丽莲开始把自己的婚礼想象成一场告别晚会，确保邀请了所有想见的亲友，马帝也这样做了。她想让她的告别成为一场美丽的盛宴，一次深刻的致谢、一个热烈的拥抱和一个持久的回忆，成为对每一个人的礼物。

她把来自母亲的项链改成了很多副耳环和戒指，分给自己的姐妹和侄女，她只是想给予，想还在人世的时候就把所有珍藏都交付出去和所爱的人分享。

玛丽莲从没向人提起的是，直至今日，她还在怀念已经去世十多年的母亲，就像一根心头的刺，随着时间变得柔软了，但是那种哀伤仍在。她恨这样的疼痛会同样地发生在弗朗西尼身上，女儿和自己一起经历了每个打击，她生活在随时会失去妈妈的恐惧中。

"我会永远和你在一起，我在你心里。"玛丽莲轻轻地对弗朗西尼说。

在婚礼前的 1 个月，玛丽莲又经过了一系列检查，然后等待着这最终的审判。需要头部再次靶向放疗吗？需要开颅吗？需要

增加化疗吗？而这时，医生来信：从所有的检查上看，肿瘤目前没有进一步增长。

玛丽莲让马帝来看这封信，两人大笑并怔怔地注视对方，然后把这封信转发给所有亲友，来分享这个好消息。

这是她生命中最幸福的日子，她太喜欢活着的感觉了，太迫切希望和马帝结婚了，太享受和朋友们互相拥抱了。反差是个有魔力的东西，当玛丽莲设计婚礼的时候，从没想过这真的将成为一个庆祝的盛会，充满愉悦、感激和爱！

琳后记：

2011年12月，玛丽莲的病情又有小的波动，又开始了一次化疗。

她写信给我："哈，我又要没有头发了"。我回信给她："你是那种天生的发光体，和头发无关"。

玛丽莲有一种与生俱来的感染力，你很难觉得她是个病人，她对我比我对她更好奇，生病的她比健康的我更爱生活的点滴。每次见她，我们很少谈到疾病，就自然而然地谈工作、旅行、手工、烹饪……她会在厨房忙个不停，把朋友们的胃填满。

已经离开波士顿的我，想念着他们一家的笑容，玛丽莲的活泼、马帝的温和、弗朗西尼的羞涩。想念马帝端上来的烤鸡、玛丽莲的拿手私房菜和追逐着宠物狗的弗朗西尼。

我想念着夏日的一个傍晚，赤脚坐在玛丽莲家的阳台上，喝她调制的酒，微风轻轻抚过，这个优雅又热烈的女人，举杯："琳，cheers！"

我在内心，祈祷奇迹，尽可能久地眷顾玛丽莲旺盛的生命力。

17 伊清（化名）

简介：女性，34岁，3年前患乳腺癌，没有乳腺癌家族史，26岁生育。居住地：上海。

乳腺癌与你近在咫尺，并不遥远

伊清在事业单位工作，在单位组织的体检时发现右侧乳腺有问题，被建议去大医院复查。她去了一家大型三甲医院，被认为是小叶增生，服用了2个月乳癖消。在2008年8月的时候，乳头有血性的液体溢出，再去这家医院复查，医生说你这么年轻，不会有事的，做了乳管镜，没有看出异常。2008年9月她去复旦附属肿瘤医院就诊，经过钼靶检查后，医生说结果不好，右侧乳房可能要全切。

伊清回到单位把手头的工作整理移交一下，和领导和同事们半开玩笑半认真地说，要是自己一周能回来，说明没事，一周之后不见人影，就随意安排吧。伊清患病，也在单位引起恐慌，身边人远比明星大腕或听说到的事情更易引起内心震动，年轻的女同事都到乳腺专科进行了二次复查。

2008年10月6日是伊清的手术日，她的主刀医生三十多岁，曾在美国深造过，不仅有先进的理念，也对病人有理解的情怀，术前就和她谈，你这么年轻，要不要乳房再造。伊清中午进了手术间，晚上才出来，当她清醒时第一句话问的是“几点了”，听说已经是晚上，心里觉得一定糟了，手术时间太久了。手术的当夜，丈夫睡在床边，护工看着输液管。第二天早上，护工问：“小姑娘，你怎么都没哼哼？”“你们都睡了，我还是不要叫了。”这一个夜晚，伊清不眠，她想不出自己为什么会得乳腺癌，23岁结婚，26岁生育，亲属里也没有得乳腺癌的，难道是贪吃鸡翅？难道是哺乳结束时没吸净积奶？她想不出所以然，但这一夜，她就调整好了心态，一定要每天好好地爱自己。

这次手术是右侧乳腺癌改良根治术加上采用背阔肌进行乳房重建。手术中冰冻切片显示的是原位癌；但取材的部分需要进一步做成石蜡切片，进行最终的病理分析。在过了一周以后医生告诉她：淋巴结的石蜡切片显示已经转移了，需要进行化疗。伊清办好了大病医保的手续，开始了6轮化疗。

主动休息不够的时候，生病是一场被动的休息

化疗时的伊清，觉得太无聊了，母亲给她买了很多橡皮泥，这是她小时候挂念着却不能买很多，长大了可以买很多却没时间玩的东西。

“生病挺好的，我终于有空捏橡皮泥了。”伊清发现自己很有手工天分，开始在博客里展示五彩缤纷的橡皮泥作品。

伊清化疗的时候，女儿没有太悲伤，因为她给女儿讲蝴蝶的蜕变：“你在换牙齿，妈妈在换头发，当你的牙齿长好了，妈妈的

头发也会变漂亮了。”伊清觉得不知道是否有长久的人生陪伴女儿，那就应该让女儿更早地作为一个独立的个体从自己的生命中分离。她和丈夫达成了一致，让五岁的女儿慢慢知道妈妈生病的事情，知道什么是疾病，什么是生命，而不是生活在谎言构建的童话世界里。小小的娃娃因此长大很多，懂得要心疼妈妈要保护妈妈，在家里拖地板，会炒番茄鸡蛋，给妈妈煮馄饨，自己乘公交车去上学……

伊清觉得孩子对这个世界的看法就反映了父母对世界的看法，父母的言行影响孩子的人生，她想让孩子有对世界善意的心、欣赏的眼睛和美好的情怀，这也许是她能留给孩子最好的礼物。

生病是一个机会，让你看到前所未见之处

伊清天生就是很容易开心的性格，不常哭，只是当时听说要做乳房全切除的时候，哭得稀里哗啦，丈夫说，“老婆别怕，有我在”，他一直在身边，不离不弃。亲人的爱是最强的动力，当白发苍苍的父母为了她的病四处奔走的时候，她发誓一定要好好活着，报答父母的恩情；难能可贵的是公婆也对她非常关心，把她当作一个女儿看待，嘘寒问暖，每当她有些感冒咳嗽的时候，比她还要着急；在伊清病情不明不知道能否重返工作岗位的时候，她看到了好多位真心对她的同事；在她手术后，领导派给她相对轻松的工作，鼓励和支持她早日康复，但她认识的另一个在外企工作的病友却在合同到期时就失去了工作；她也有几个好友常来看她，对她说：“拜托，你好好休养，你爱自己就相当于爱我们了。”

疾病像一个突然而至的沙漏，滤过了很多不明朗和以前难以印证的东西，让她很快地看清生命中那些更纯粹的人与事。更重要的是，人会更看清楚自己。伊清觉得自己以前是容易操心、比较急进的一个人，现在觉得和缓但持之以恒也很好；以前总是把工作尽可能多做，现在觉得学会休息也是一种能力。她觉得每个年轻的生命都要养成良好的生活习惯，对疾病预防为主，没病的时候，享受每一天；生病了以后，也要开心每一天。

为了预防肿瘤复发，伊清需要打诺雷德，这是一种降低雌激素水平的药物，俗称卵巢去势，让她提前进入了更年期。而这些并没有让她自卑，失去女性的魅力。她说：“我变成更年期的老太太，在和三十多岁的丈夫谈恋爱。”积极乐观的心态依旧让生活

留下美满的轨迹。

伊清很感谢她的主治医生，每当去门诊复查，医生微笑着说，“你来了”，就像看到一个老朋友，她觉得病人对医生信任，医生对病人好，是互动的过程。同时，她觉得作为病人也要理解医生，医生一天需要看的病人太多了，对其中某一个病人保持关注并不容易，双方多换位思考，就会少一些冲突。

伊清的疾病心理经过了3次变化：刚开始患病，很希望时刻在病友中间，交流经验，从很多走出来的病友身上得到关怀和知识，哪怕只是陪伴，也减少了孤独，是受助者；然后，发现疾病没有把自己打败，可以慢慢的回归正常生活轨道，想从疾病中挣脱出来，不想总是谈论和被谈论疾病，想远离疾病的群体；再后来，当过去更久的一段时间，觉得自己身心更加强壮了，非常想回馈，做一个志愿者来帮助和自己有一样经历的人。伊清现在是肿瘤医院妍康沙龙网站的管理员，用她的话讲，就是用工作之外的时间，给这个园子当个“园丁”，发发消息，播下爱的种子。

琳后记：

经历过病痛，才会格外珍惜健康；思考过死亡，才清晰意识到生的价值。

18 茜媛 & 茜媛妈妈（化名）

简介：茜媛，女性，42岁。2011年3月确诊乳腺癌，术后诊断为浸润型导管癌，HER2阳性，居住地：上海。

有乳腺，就有患乳腺癌的可能

在2011年2月春节期间，茜媛摸到乳房上有一个肿块，觉得可能是小叶增生，3月去体检时发现右乳外侧的肿块有2.8cm×2.4cm大小，体检中心建议她到上一级医院复查。她到了区妇幼保健医院，做了钼靶检查，被告知看不清楚，3月11日她到了一家知名的肿瘤专科医院，医生触诊之后，高度怀疑是乳腺癌，但需要再做核磁共振，当天预约住院并在3月22日住进病房。

茜媛饮食有节制，家族里没有肿瘤病史，生育也不晚，她想不出自己有任何的乳腺癌高危因素，初听到这个消息，头脑很懵，独自在医院闷闷地坐了一会儿，做好最坏的打算，然后回家。她没有告诉丈夫这个惊人的诊断，因为茜媛在1998年右乳内侧做过纤维瘤手术，丈夫还一直认为这次也是同样的性质。茜媛觉得丈夫比自己心事要重，而且茜媛一直没有工作，家里全依靠丈夫支撑，不想让他再增加心理负担。但是住院后，术前需要家属签字，所以丈夫也就知道了，他说："以前觉得癌症这个字眼与我们距离很远，今天在医生办公室不断听到，才相信发生在我们身上。"

最近茜媛问丈夫，会不会觉得我们家特别倒霉，他说并没有去想运气的问题，最开始想到的就是"严重不严重，要紧不要紧，人在才是最重要的"。

茜媛一开始没有告诉儿子自己的病情，包括手术时都没有告诉他是肿瘤，只说这是个小手术。但第一次化疗回来，开始掉头发，儿子说你这就是化疗，所以陆陆续续地告诉了孩子实情，值得欣慰的是，儿子对此接受得平静和理性，也没有因此影响学业。

茜媛的主刀医生建议她选择保乳手术，而茜媛担心手术不彻底希望全部切除，但是医生告诉她根据她的肿瘤分期是否保留乳房对生存期等等没有根本性的影响，最后还是做了保乳手术，术后病理显示为浸润型导管癌，并且接受了术中放疗，这也是一项较新的治疗技术，可以更好地减低复发率。

每一天都是上天的馈赠，珍惜生命里的每一刻

在茜媛30个同班女同学里，算她在内，已经有3个患有乳腺癌，另外2位已经故去，当她听说同学去世的消息，那种物是人非、横跨阴阳的感觉让她抑郁了好几天，她不想让自己成为别人眼中需要被照顾的病人，也不想走到哪里话题都围绕疾病，她连婆婆和丈夫那一方的家属都没有告诉，只有自己的丈夫、儿子、父母还有一个同学知道她的病情。

对于茜媛来讲，乳腺癌对她来说需要承受的不只在身心上，还有是在费用上，茜媛没有城镇居民医疗保险。茜媛觉得最大的帮助来自家人的支持，她的父母住得很近，每天都来给自己家做饭，她从来没有掉过眼泪，父母也没有当她的面哭过，还曾经安慰她，早期乳腺癌算癌症中治疗效果好的一种。当茜媛掉头发的时候，母亲觉得非常难过，但茜媛说自己没心没肺的，倒不觉得难过。

茜媛说自己以前喜欢和生活较真，现在觉得要调整心态，乳腺癌是每个女性的噩梦，经受这场大病，我以为茜媛会对生活的起落大发感慨，但她只是淡淡地微笑着说，从来没有什么豪言壮语，只想过好每一天。

什么都比不上一家人平安健康地相守

我小心翼翼地和茜媛妈妈通了电话，我不知道怎样才不会触痛一位悲怆的母亲。但让我瞬间释然的是，茜媛的理智至少一半来源于家庭教育，她的妈妈同样不需要安慰，能够清晰平静地看待这件事情。

茜媛在化疗过程中很痛苦，一共要做 8 次化疗，已经做过第 5 次了，前几次反应很大，一个星期都不能吃东西、持续呕吐，第 5 次更换了药物，反应小了很多。

对于一位母亲，最痛的也许不是乳腺癌发生在自己身上，而是发生在自己女儿身上。茜媛妈妈每次看到女儿呕吐、掉头发，内心都恨不得去代替她，那种爱莫能助的感觉比发生在自己身上要难过得多。茜媛妈妈在背后流过很多次眼泪，茜媛爸爸很乐观，觉得女儿一定没有问题，最坚强的反而是茜媛自己，只用了几天时间就说自己又活过来了，茜媛妈妈觉得自己也要表现得很坚强才行。

茜媛妈妈是位非常用心的妈妈，她对女儿疾病和治疗细节的记忆精准超过女儿自己。茜媛的乳腺癌属于 HER2 强阳性，这种分型做靶向治疗效果好，但总费用需要 35 万，对于茜媛的家庭和她的父母，非常吃力。“我们砸锅卖铁也要给女儿治，减少复发的风险。”茜媛已经开始了第一次靶向治疗，现在是每周 1 次，在 8 次化疗结束后靶向治疗每 3 周 1 次，一直要持续到 2012 年 7 月 5 日。在 8 次化疗结束后，茜媛还要经历 25 次放疗。

茜媛妈妈总给女儿打气:“生这个毛病，没什么可怕的，是一种慢性疾病，要调整好心理，恢复心情才能恢复身体，治疗过程很痛苦，治疗结束会像常人一样。”但她说其实一点不害怕，也是不可能的，这样的事情发生在谁家，都一下子接受不了，但还是要有信心。茜媛妈妈有个老友，在四十多岁患乳腺癌，现在已经七十多岁，状态还很好。这位老友经常来安慰茜媛妈妈，国外有的治疗，中国基本都有，现在乳腺癌复发的风险比以前要小很多。茜媛妈妈的几位好友都知道茜媛的情况，都到处寻求治疗资讯，给茜媛妈妈打电话。

茜媛妈妈说："什么都比不过一家人平安健康地相守。"

19 江华（化名）

简介：女性，1970 年出生，40 岁时确诊乳腺癌，原居上海；母亲于 45 岁的时候因乳腺癌去世，父亲因直肠癌去世。

比噩梦更像噩梦的是周而复始的噩梦

在 1992 年 2 月，江华的母亲 44 岁的时候，摸到自己一侧乳房有包块，乳头渗出一些液体，但那时忙着搬家，没有在意，4 月在公交车里被扶杆挤到胸部，渗液变得像血一样，才不得不去医院，诊断为乳腺癌，并于 5 月份在一家二甲医院作了乳腺癌根治术。手术结束后，医生说很好，术后只作了放疗，由于知识所限，江华一家没有详细问询病情，医生也没有讲是哪一类哪一期的乳腺癌，有没有淋巴结转移这些细节。在当年 12 月，母亲剧烈头痛、咳嗽，检查时已经全身多处出现了转移，并在 1993 年的 2 月过世。

那时姐姐已经嫁人不在家乡，江华和父亲照顾母亲。在母亲第二次住院的时候，住在已经被钢丝床加满的走廊，家属只能坐在一个小板凳上陪夜。当时母亲头痛欲裂，经常流露出轻生的想法，也会听到其他乳腺癌病人疼痛的尖叫，还有的病人化疗后光头无力地垂在枕边。那些夜晚，那些场景对江华来说是一场噩梦，让她用了很多年的时间去化解和淡忘。

2009 年 1 月，江华的父亲走路时沿着大腿流下鲜血，随后被确诊是直肠癌晚期，并且肝脏有转移。父亲手术后化疗，并且做过肝部肿瘤的射频消融，当锁骨下淋巴结、背部又出现癌症转移的时候，选择只保守治疗。母亲患病的场景又在眼前重现，江华尽量忘记那些抑郁的回忆，想在父亲人生的最后一程，每天陪他高兴地度过。

江华知道乳腺癌有家族遗传因素的影响，这种恐惧促使她从 25 岁开始每半年就体检一次。2009 年 11 月在上海的一家三甲医院筛查出一侧乳腺有小结节，但只作了 B 超没有做钼靶，被告知是良性。在2010年5月，她进行了一次全身PET检查，竟连结节也没扫到。2010年10月28日，她陪同学去一家知名的肿瘤专科医院看一位老专家的门诊，检查江华后老专家转身对助手说“开住院单”。江华呆住:“为什么？不太好吗?”“不太好。”“需要手术吗?”“需要手术。”这位老专家被称作“钼靶手”，江华看病那天还有以后的复查，经常能看到刚被诊断的女性流着眼泪从诊室里走出来。

2010年11月2日是手术日，术后诊断为浸润型导管癌，病灶1cm大小，前哨淋巴结没有转移。江华术后进行了30次放疗，在化疗上使用的是“年轻方案”，不同于老龄女性的6次大化疗，而是每3周1次的4次大化疗加上每周1次的12次小化疗。

这时候江华开始反复进出医院，行踪没有办法瞒过父亲，只好向父亲说了实情。一个家庭里两个肿瘤病人对坐在床上，心情只有用黯淡来形容。2011年6月，父亲离开了人世，江华也不想继续留在上海，就迁往了其他城市。

对于父母的病情，江华反思都是发现得太晚，特别是母亲的休息和营养都不到位。

我只想好好地看着我的孩子长大

在2011年7月治疗结束后，江华去了美国一个月，那里有她的姐姐，她的丈夫也觉得换个环境也许对她的康复更有帮助，但带着6岁的孩子，一个月后她回来了，她并不太适应国外的生活，这里才有她熟悉的一切。

江华高中毕业后开始工作，在别人的公司做销售，然后自己创业，认识了现在的丈夫以后，两人一起经营公司，这场疾病在经济上没有给她造成任何困扰，在心理上，给她支持最大的也是丈夫始终的爱和细心的关怀。在她化疗头发眉毛掉光的时候，儿子怯怯地有点害怕妈妈，等她的头发重新长出来，儿子再也不让她剪短头发。江华做的是保乳手术，只留下一条线状的淡淡瘢痕，手术后身体外观恢复如初，但她觉得在内心上，这场疾病让她觉得身体里埋置了定时炸弹，不知道什么时候再次爆发。

曾经追求的一切不再重要，太多如同浮云，她对生活不再要求:“我只想好好地看着我的孩子长大。”

琳后记：

如果人生可以重来，我也想做医生

江华告诉我，前几天她的丈夫做了个梦，梦中听说有个机会远赴德国培训然后可以当医生，丈夫想到孩子这么小，江华的身体也不一定吃得消，但还是给江华报了名。醒来后，和江华讲了这个梦，江华说如果这可以是真的，你梦里的决定就是我的梦想。她小的时候很想做医生，可以帮助别人，如果人生可以重新来过，她希望自己也可以做医生。

“钼靶手”的提示

给江华确诊的那位老专家素有“钼靶手”的称号，多年的实践经验，经手万千病例让他的外科基本功底深厚，术后的反复印证让他对病情的判断精准。我感慨的是，随着影像技术等辅助检查的发展，医学的早期诊断技术日臻完善，年轻一代的医生擅长于科研与掌握新的理念，特别是在级别较高的医院，越来越依赖辅助检查设备，而忽视了医学最基本能力的培养与应用。不能忘记的是，我们的国家人口众多，医学资源分布不平衡，在艰苦的条件下，在检查设备缺乏的情况下，医生同样要会看病。

20 路得（化名）

简介：女性，42 岁时被诊断为乳腺癌，在深圳进行手术治疗后，于复旦大学附属肿瘤医院进行化疗等后续治疗。

生命力需要体现，生命的价值需要展现

我坐在肿瘤医院报告厅的角落，看妍康沙龙的合唱团在钢琴老师和声乐老师的指导下排练，休息间歇，她们或者大笑或者不满，都急着发表自己的意见，七嘴八舌吵吵闹闹的样子让我不禁莞尔。她们都有头发，或真或假，通过衣着的修饰，胸前也看上去和别人毫无两样，如果没有人告诉你，这是一群乳腺癌病人，你不会想到她们跨过了多少关口，超越死亡，才恢复了鲜活的气息。

排练结束，路得素雅飘逸地走到我面前，告诉我一个多月以

后，妍康沙龙要去给服刑的犯人们演出，“会有警车很威地来接我们”，另一个病友在旁边大声地说。她们要去给未成年人罪犯唱歌，这是一种生命对生命的感化，希望这种爱可以传下去。

路得说：“总在家里唱歌是自娱自乐，生命力需要体现，生命的价值需要展现。”

女儿 12 岁时，我教会她投资；13 岁时，让她懂得风险；14 岁，让她开始参与慈善

路得是做零售起家，在 2004 年，还在广州生活，她发现过中秋节的时候，有一种小灯笼很漂亮，就和 12 岁的大女儿商量，批发进货，然后到公园零售，差价达到 80%，这在零售业中是个很高的利润。这次，女儿总共挣了 80 元钱，非常高兴。

第 2 年，路得几个朋友也知道了这件事，想让他们的孩子由路得的女儿带头，一起锻炼一下。这支童子军规划得很好，进货、包装、销售地点的分布……可是中秋那天，暴雨如注，不但公园没有人，连自己出门都很困难，几家朋友聚在路得家里，大人们吃着中秋晚餐，孩子们蹲在一旁哭。

路得对女儿说：“去年我们学会投资，那今年我们学会什么叫做风险，人生中随时可能遇到天灾人祸，无论考虑进去还是没考虑进去，只有接受，风险永远都和利益并存。”

路得喜欢摄影，是一个“驴友”，没生病以前去过很多地方，拍了很多照片，也很喜欢画画。2006 年的时候，路得和女儿说，搞一次慈善画展如何，通过和联合国儿童基金会联系，举办了一期“童心绘彩——我要上学”，包括路得的女儿，有 130 个孩子参与，献出了 210 多幅画，各界人士参与拍卖，共筹集了 30 万人民币用于西部女童教育。这些孩子们没想到自己的画作，可以卖到二三千元，捐到慈善业来改变西部孩子的命运。联合国儿童基金会组织都不知道有她这样一个策划人的存在，她让孩子们站在舞台上，让他们去发言，去感受慈善的意义，而她只是低调地远远观望。

“现在的孩子们通过各种学习班，换来成堆的证书，意义在哪里？通过这个活动，让孩子们知道，她们的努力，她们的画作，可以转换成让别人受益的行动。”

路得出生在土生土长的中国家庭，但她倡导现代的财富观念，听到巴菲特 2006 年捐赠个人财富的 85%，路得的孩子们对她说：

"你也可以捐。"她现在成立了自己的基金会，主要关注乳腺癌领域。"我是来自中国企业家的一员，中国的企业家并不乏爱心善举，只是有时不知道善款可以放心地投到哪里，我让他们看到透明和公正的公益，也希望更多的人加入慈善的团队。"

路得让自己的孩子通过艺术来提升自己的美感，通过思考来拓宽自己的眼界。衣服并不需要那么贵，适合就好，大女儿一直很节俭，很会淘衣服。

"我要教会孩子三样东西：第一教会她们生存，有能力，懂投资；第二教会她们做饭，懂美食，有品位，知道什么是生活；我还要教会她们什么是生命，通过妈妈的疾病，了解别人的需要，和如何面对困难。"

信仰使我懂得坚强，信仰让我变得柔软

真正体验生命，是在危难当中，人在软弱的时候，会显露自己的完全。患病前的路得，性格中有太多刚强的东西，包括对待家庭关系，看到自己以前在企业里的照片，整个人都是紧绷绷的。她养病期间，陪在自己身边的是 2 个孩子，还有前夫的姐姐。她是个虔诚的基督徒，觉得信仰帮到了她，为她在人生中做好铺垫。听到患病的消息，她也并没有大悲大喜，仍感到生命的喜乐。她觉得疾病是一个提醒，以前的人生轨迹运行得太快，突然的刹车，让她想明白了很多东西。

"信仰让我变得坚强，信仰让我变得柔软，我更喜欢现在的自己。"

琳后记：

富二代的身上本该流淌着优秀的血液

"富二代"这个名词目前和太多的负面消息联在一起，炫富、肤浅、拼爹……为什么他们能够成为"富二代"，那是他们的父辈或者勤劳勇敢，或者聪慧过人，富或贵，必有原因，富二代的身上本来应该流淌更优秀的血液。通过路得和她 2 个懂事的孩子，可以看到，富二代的问题，往往来自富一代的影响，他们的人生需要合适的引导，他们的价值需要以正确的方式展现。

21 Michele Annette Gadd
(米歇尔·安妮特·盖德)

简介：哈佛医学院外科学助理教授，麻省总医院乳腺外科医生，在乳腺癌领域工作18年。

提前切除双乳，可以预防乳腺癌吗？

我听同事说过他认识的人的真实案例，一个20多岁的上海白领女性，母亲和阿姨都死于乳腺癌，她还没有结婚，也没有稳定的男友，要求医生给她作了双乳切除手术。就这个问题，我询问了米歇尔·安妮特·盖德医生。她说，在美国，这也并不罕见，经常会有女性询问关于预防性切除双乳的问题——这意味着什么，能解决什么？

没有精确的方法可以告诉病人患乳腺癌的风险大小，但如果携带BRAC1/BRAC2突变基因的话，从人一生的时间来看，有80%的可能性会患乳腺癌。在麻省总医院的乳腺外科，有的女性知道自己携带BRAC1/BRAC2突变基因，前来直接要求做双侧乳房全切除手术，因为双侧乳房存在同样的风险，预防性切除双乳会把患乳腺癌的风险降低90%以上。也有一些携带这2个突变基因的女性问："我要怎么办，才能早期发现癌症或预防癌症的产生？"其中有些选择增加做钼靶检查的频率，或每年做一次核磁共振检查，而不是手术切掉双乳。有些决定不拖到人生的晚期，而是在合适的时候，预防性地切除双乳，在更晚一点的时间切除卵巢，因为携带这2个突变基因的妇女也有很高的风险发生卵巢癌，只不过卵巢癌在人生中发病时间相对较晚。

预防性切除乳房，并不是只有那些50岁左右、绝经后的女性才考虑的，而一般是在50岁之前。比如一个女性，她的母亲在35岁就得乳腺癌了，而这个女性也携带BRAC1/BRAC2突变基因，那这位女性也许要考虑，在30岁出头的时候就要做乳房切除。当然这也取决于这位女性是否结婚，有孩子吗，想要怎样的生活和做什么样的决定。但如果一个女性已经70岁以上了，才发现自己有BRAC1/BRAC2突变基因，那不推荐做预防性切除手术，因为并没有太多年份来发展癌症了。

并不是所有来到麻省总医院癌症中心的女性都经过了基因检测，因为BRCA1/BRCA2是最主要的乳腺癌易感基因，但不代表覆盖了那些目前还无法检测的致癌基因。如果一个女性有非常强的乳腺癌家族史，并且有强烈的手术意愿，盖德医生也会给她进行预防性的乳房切除手术。在美国，绝大多数选择预防性乳房切除的病人，会选择同时进行双侧乳房的整形重建（例如乳房植入物进行填充）。

在美国，全切还是保乳？

在美国，很多医生习惯做乳房切除术，因为这是多年以来常用的方式。年轻的医生会更多尝试肿块切除手术（保乳手术），什么时候全切，什么时候保乳，并没有明确的答案，有医生的判断与感觉，也有病人的要求与决定。在麻省总医院癌症中心，大约会有20%的病人做了乳腺肿块切除后，术后病理发现手术切缘阳性，需要做第2次手术。一些病人觉得即使肿块很小，也想做根治手术，这样她们就不用担心再做第2次手术了，或是不想术后进行放疗，或是因为看到一些做了根治手术的病人效果很不错，也想做根治手术，因此取决于很多情况。

盖德医生只在几种情况下才会给病人做乳房切除术，其他都尽量保留乳房。当一侧乳房出现了多个肿瘤病灶，或是需要移出超过20%的乳房容积，就需要将乳房全部切除。另外，已经作了肿块切除手术的病人，做过放疗后，仍然复发了，就需要再做根治手术。还有一种情况就是，放疗医生认为病人不适合做放疗，比如说硬皮病的病人如果患有乳腺癌，就不能做肿块切除手术，因为术后的放疗会对病人引发严重不良反应，因此需要进行乳房的全部切除。

对癌前病变不能掉以轻心

在以前，如果前哨淋巴结病理检测呈阳性，病人需要进行第二次手术来清理淋巴结。我在美国听新闻的时候，听到了关于乳腺癌前哨淋巴结研究的新进展，而盖德医生说，从2011年2月开始，她们已经根据最新的研究结果改变了治疗策略。最新的数据显示，如果乳房的肿瘤长径小于5厘米，做的是肿块切除手术，术后病理显示前哨淋巴结阳性，没必要再做第二次手术清除腋窝淋巴结，因为放疗和化疗会把这些病变消除掉。对于她而言，在临床手术方面的新进展，一是关于淋巴结的处理，二是不断研究保留乳头的手术，远离乳头，能让今后的外观受到最小的影响。

盖德医生的研究专长之一是乳腺癌的癌前病变，她指出，当通过活检发现一些乳腺癌的高危险因素的时候，比如说非典型乳管增生（ADH），小叶原位癌（LCIS），小叶不典型增生（ALH），乳腺平坦型上皮不典型性（FEA）等，绝不能轻视。例如活检发现了非典型乳管增生，当再取更多的组织，20%的概率会发现这个病人已经患癌症。

医生的“单位时间”

盖德医生觉得很重要的一个问题是——医生能够给病人多少时间？随着一个医生的成长，每个单位时间的经济收益是个问题，想给病人更多的诊疗和问询的时间，但也需要看诊更多的病例，来维持自己的生活。但每当看到一个病人，站在她的立场上去想问题，想象如果是自己置于同等境地，面对的是什么和做什么样的抉择，还是很重要的。她的格言就是“对待别人就如同你所期待被对待的那样”。病人有时已经被疾病吓坏了，医生需要给她们足够的时间，进行彼此的接触，看着她们的眼睛，倾听她们的需要。

盖德医生和威廉·杰拉尔德·奥斯丁医生一起工作，多数情况下，病人选择乳腺癌手术的同时进行乳房重建，因此他们进行联合手术。

对于是否可以用口服药物、外用按摩油等方法来增大胸部，盖德医生表示，除了通过整形手术，她不知道如何可以增大女性的胸部。对于现在美国年轻女性患乳腺癌的可能原因，据猜测也许和牛奶中含有的激素有关，因此现在很多人开始给孩子喝有机牛奶，目前不知道这是否会真正有益。但她要给出的一个基本建议就是，已经患过乳腺癌的妇女应避免使用外源性的激素，因为这样会增加发展乳腺癌的风险。

22 邵志敏

简介：教授，博士研究生导师，复旦大学乳腺癌研究所所长，上海市乳腺癌临床医疗中心执行主任，复旦大学附属肿瘤医院外科主任兼乳腺外科主任，复旦大学附属肿瘤研究所副所长，中国抗癌协会乳腺癌专业委员会主任委员，中华医学会肿瘤分会常委，上海市乳腺疾病防治委员会副主任委员。

中国乳腺癌的现状和危险因素

与西方发达国家相比，中国属于乳腺癌低发地区，但近20年，尤其在大中城市，发病率增长迅速。以上海为例，女性恶性肿瘤中乳腺癌占20%，居全国第一，并且已连续20年位列上海地区女性恶性肿瘤之首。

在年龄上，与西方高加索人群相比，中国人群发病年龄早，中位年龄为50岁，而美国女性是61岁；中国的年轻病人比率较高，比如说上海市40岁以下的乳腺癌病人占总数的16.4%，显著高于高加索人群。西方国家发病高峰以75~79岁为峰值，而中国近10年，形成了以50~54岁为主峰，以70~74岁为次峰的双峰态势。

性早熟、晚结婚或不结婚、不愿意生育或不愿意母乳喂养，都是乳腺癌发生的重要诱因。育龄妇女经常服用丰胸、避孕药物，以及中年女性为了美容驻颜、延缓更年期而长期服用雌激素等，都使女性患乳腺癌的风险成倍增长。

从“可耐受的最大治疗”到“有效的最小治疗”

目前比较明确的认识是对于乳腺癌一期病人，主要是手术治疗，并对术后有复发高危因素的病人采用术后化疗，如果是保乳手术则再加全乳放疗。对二期和三期病人则做根治性手术或改良根治术，术后给予化疗或内分泌治疗，部分病人还需要接受放疗。对一些病灶较大的二期和三期病人要给予术前化疗，以缩小病灶体积，再为其进行手术，这使原来没有手术机会的病人得到了手术切除的机会，也可以提高保乳手术的比例。对于不适宜手术的四期病人，则以药物治疗为主。化疗主要适用于术后有中度和高度复发危险的病人。对于HER2阳性的病人，可联合生物靶向治疗，主要药物有曲妥珠单抗等。内分泌治疗仅适用于激素受体阳性的病人。越来越多的前哨淋巴结（无论腋窝还是内乳区）阴性的病人不再接受腋淋巴结清扫，目前进一步研究集中于将避免腋淋巴结清扫的指证扩大到前哨淋巴结有微转移的病人，甚至那些前哨淋巴结阳性的病人。

乳腺癌的治疗已从过去的“可耐受的最大治疗”理念转变为现在“有效的最小治疗”理念。乳腺癌的局部和区域治疗已从减轻治疗损伤、简化治疗程序以及注重生活质量等一系列人性化考虑入手。

中国的几个在乳腺癌领域的领衔专科，乳腺癌诊治后的生存率与欧美国家一流的肿瘤中心乳腺癌 5 年生存率相似，已达到国际先进水平。比如上海市乳腺癌临床医学中心采取多学科综合治疗团队模式，在 2010 年，乳腺癌病人术后 5 年生存率已从 10 年前的 79. 8% 提高到 89. 9%；美国乳腺癌病人 5 年生存率在 2000 年是 84. 0%，在 2010 年提高到 89. 0%。

乳腺癌综合治疗的规范化

中国在三级医院治疗的乳腺癌只占 40%，其他在地区或县级医院进行，治疗的策略和规范有很大的差异。不同学科，不同医院，甚至不同科室之间对病人的治疗往往“各自为政”，没有全面评估病人的病情，或只对病人进行本学科的治疗，缺乏综合治疗的整体概念和规范把握，这可能导致一些可以治愈的病人由于不规范治疗延误了病情。

区域间卫生和经济发展不平衡，让乳腺癌在诊治理念和实践上有很大的地域差异，这是目前保乳观念的低普及率和保乳治疗的非规范化的问题所在。在技术手段上，比如手术中必须进行切除病灶边缘的冰冻病理检测，但很多医院缺乏快速冰冻切片设备和技术，对于接受保乳手术的浸润性乳腺癌病人，术后必须进行放疗，部分医院不具备放疗设备和正确界定放疗靶区的水准。手术方式的选择也需要考虑病人的意愿，但在观念意识上，很多病人心中，“保乳”相当于手术不彻底，这种观念根深蒂固。

乳腺癌的治疗应该建立在外科手术、放疗、化疗、内分泌治疗等多学科综合治疗的基础上；将规范化治疗和个体化治疗相结合；正确看待和应用传统方法和新方法；规范化治疗和地区经济情况、医疗技术水平相结合。我国的《中国抗癌协会乳腺癌诊治指南与规范》2011 年版在筛查与诊断、局部治疗、康复治疗等方面都增加了新的指南，比如乳腺组织和前哨淋巴结活检、放射治疗、术后康复与随访、乳房重建与整形等等。

早诊早治，宣传深化

国外的研究显示，通过钼钯检查发现的乳腺癌中，原位癌占 20% 左右，一期癌占 70% 以上。40 岁以上妇女每年进行一次 X 线片或钼钯检查，此外还有乳房超声检查和乳腺活检，都是乳腺癌早期诊断的方法。

国际癌症研究中心（IARC）的经验认为，乳房钼靶筛查可使 50～69 岁女性病死率降低 35%。对上海肿瘤医院乳腺外科的分析显示，在 2007～2008 年，无症状乳腺癌比例占全部病人的 7%，原位癌和早期浸润性癌的比例由 1990 年的 3% 提高到 2008 年的 15%。虽然乳腺癌的发病率呈加速上升趋势，但非浸润性癌、早期乳腺癌特别是无症状乳腺癌被发现的比例明显提高，这得益于近 20 年中国城市乳腺癌机会性筛查的增多，钼靶等影像学技术的发展、大众防癌意识的增强。但基于卫生与经济的现状，中国目前尚未建立在全国范围内有组织的乳腺癌筛查机制，普查的覆盖面很小。

目前大众对乳腺癌的认知依然停留在最基本的层面，比如说大多数女性都对乳腺癌的理解停留在肿块和需要手术的层面，而对特殊类型的乳腺癌如 HER2 阳性乳腺癌几乎一无所知。乳腺癌病人中 20%～30% 是 HER2 阳性乳腺癌，肿瘤细胞恶性程度更高、更易发生复发和转移、并且预后较差。使用抗 HER2 的单克隆抗体，可以显著的抑制有这种蛋白高度表达的乳腺癌细胞的生长，这是一种高特异性的生物靶向治疗，主要适宜 HER2 过度表达的乳腺癌病人，因为仅接受常规综合治疗，HER2 阳性乳腺癌病人的生存时间仅为 HER2 阴性病人的一半。

因此，乳腺癌的防治宣传在预防阶段，要引导大众重视乳腺癌的早期信号、并定期体检；确诊后，要引导病人进入专业的医疗机构接受规范治疗；在治疗过程中，医护解答病人和家属的疑问，并进行生活方式等健康教育；在康复时，鼓励病人参与集体和社会活动，增加与他人交流的机会。还要加强对特殊类型的乳腺癌如 HER2 阳性乳腺癌的防治知识宣传，而且所宣传的知识要规范化和专业化。

23 Jose Baselga（约瑟·巴塞尔加）

简介：哈佛大学医学院教授，麻省总医院肿瘤中心副主任，血液学肿瘤学首席专家，凯伯纳名誉主席（Bruce A Chabner Chair），乳腺癌 HER2 靶向治疗的先驱。

化疗的意义所在

使用雷洛昔芬进行化疗预防可以使乳腺癌的发病率下降50%。对于化疗预防，如果一个人在乳腺癌方面只有很低的发病风险，那50%的风险下降率只是很低的一个数字，因此对于给谁来服用这些药物，仍是有争论的。巴塞尔加教授认为化疗预防，对那些存在患乳腺癌高风险因素的少数人，是有帮助的，比如原位癌和非典型增生就是进行化疗预防的两个适应证。

在麻省总医院肿瘤中心，在三种情况下使用化疗：一是在手术前，减少肿瘤的体积，便于手术，称为新辅助化疗或术前化疗；二是防止肿瘤复发，称为辅助化疗；三是针对转移癌的化疗。化疗医生和手术医生每天一起看病人，一起讨论决定每个病例的方案。

在麻省总医院肿瘤中心，也做了很多关于乳腺癌的术前化疗，但主要用于研究用途，结合治疗中的病理检测，了解发生了怎样的进展。虽然有很多理论，假设在术前化疗，治疗效果可能会更好，因为化疗药物分布全身，会减少转移的概率，但这只是一个理论，至今还没有确证。而研究证实，术前是否进行化疗，和仅在术后进行化疗的肿瘤复发率是相同的。

给病人进行术前化疗最常见的原因是，为了施行保留乳房的乳癌手术。比如说病人有个很大的肿瘤，需要做全乳房的切除，而手术的趋势是倾向于使病人身体和心理上经受的创伤更小，医生和病人都不希望乳房全切除。因此，术前化疗让肿瘤缩小，手术变简单，避免乳房全切，甚至当手术后，医生需要看病人以前的病历才能看出来，哪一侧胸部做过手术，因为每一侧看起来仍旧很完美。但这要取决于肿瘤大小、乳房大小、肿瘤数量和位置诸多方面。比如一个肿瘤直径大于2cm，比如说有3cm，但病人本身乳房体积很大，对手术医生来说，还是可能在保留乳房的情况下移除肿瘤的，但是如果病人本身乳房很小，移除掉这个直径

3cm 的肿瘤就没有办法留下乳房，因此通过术前化疗缩小肿瘤的体积，使保留乳房成为可能。

关于肿瘤化疗，美国、英国等国家都有各自的指南，对于这个问题，巴塞尔加教授认为需要做基于每个药物的不同研究，研究每个化疗药物的区别，每个药物在自己国家人种上如何应用，研究每个个案的区别，因为有些药物也许要减少剂量，有些药物接受程度并无差异，进行临床试验进行本民族的调整非常重要。

推动，推动，推动，永不气馁，向前，向前，向前！

巴塞尔加教授是家族里第三代医生，他的祖父、父亲都是医生，妈妈是护士。他的个人理念是“从不认为想当然，向自己的极限挑战”，他带领团队的理念是“让病人的生活变得更好”。在他的眼中，每个肿瘤都是神秘的，是什么在驱动它的生长，这就是他研究的重点。每个病人都是一种神秘，为每个人找到最合适的治疗方案，让医生兴奋。他和基础医学的科学家交流的非常多，力求去发现新的靶点，研究出可以靶向针对肿瘤的治疗，然后带回临床。

在美国每年有 23 万妇女被诊断为乳腺癌，每年有 4 万人因此死亡，在所有的乳腺癌病人中大约 20% 是 HER2 阳性，HER2 是一种蛋白，让恶性细胞快速生长和扩散，HER2 阳性病人更容易复发和远处转移，并且对常规的化疗效果差。生物靶向治疗是继化疗和内分泌治疗后的又一种有效治疗手段，巴塞尔加教授在 HER2 方面的研究历史将近 20 年，是 HER2 抗体治疗的先驱人物并在 1996 年在全球领导了第一个抗 HER2 治疗药物临床试验。他现在的研究团队有超过 120 个临床和基础方面的肿瘤学家。

目前让约瑟·巴塞尔加教授最为振奋的进展有三方面：

一是将世界上第一个抗 HER2 的药物赫塞汀和第二个抗 HER2 的药物拉帕替尼联合使用。

二是 CLEOPATRA 试验证实在经典抗 HER2 的药物赫塞汀的基础上同时使用帕妥珠单抗可以进一步延长转移性乳腺癌的无进展生存期。

三是依维莫司不仅通过 mTOR 通路对雌激素受体阳性的乳腺癌病人有效，也可以针对耐受了赫塞汀的 HER2 阳性的乳腺癌病人使用。

琳后记：

离开约瑟·巴塞尔加教授的办公室，耳边回响的是他的那句“Push，Push，Push，Don't give up，Go Go Go！”，与你共勉！

注释：

雷洛昔芬：Raloxifene。

赫塞汀：Herceptin，曲妥珠单抗。

拉帕替尼：Lapatinib。

帕妥珠单抗：Pertuzumab。

依维莫司：Everolimus。

24 胡夕春

简介：复旦大学附属肿瘤医院化疗科副主任，主任医师，教授，硕士研究生导师，上海市肿瘤化疗质控中心专家委员会委员，中国抗癌协会乳腺癌专业委员会常委，中国抗癌协会临床肿瘤学协作专业委员会学术委员会委员，国家食品药品监督管理局审评中心审评专家，美国临床肿瘤学会（ASCO）会员。

肿瘤个体化治疗大势所趋

1000个乳腺癌病人，在化疗医生眼中如同1000个哈姆雷特，每个都如此不同。在众多的肿瘤类型中，乳腺癌的诊疗技术无疑是发展最快的。提起乳腺癌，我们的认知已经扩展到不再只想着“一刀切”或是化疗，而是包括手术、化疗、放疗、内分泌治疗、分子靶向治疗等兼顾局部和全身的综合治疗，并且在方法和药物选择上因人而异。

例如对激素受体阳性的早期乳腺癌进行术后规范的内分泌治疗，能有效减少肿瘤的复发率。对于预后较差，肿瘤侵袭性强的HER2阳性早期乳腺癌，在早期采取针对HER2的生物靶向药物，能将乳腺癌复发风险减少52%，病人死亡风险降低33%。

胡夕春主任曾有一位60多岁的女性病人，在乳腺癌术后近7年的随访中发现了颈部、纵隔处的淋巴结肿大，细胞学穿刺结果提示肿瘤再次席卷而来，对肿瘤复发的恐惧，对化疗毒性的担忧让病人心情跌入谷底。针对她绝经后激素受体阳性、无病间歇时间长和没有有症状的内脏转移等特点，为她进行了内分泌治疗，疾病得到了控制，病人生活质量得到了提高。现代生物技术的发展使人类越来越接近肿瘤发生的本质，一些全新机制的药物和方法不断问世，但每个个体都各具特质，乳腺癌具有至少 4 个分子亚型，但即使同一个亚型的乳腺癌也差异很大，因此乳腺癌的治疗是一门艺术，把依据循证医学证据的规范化治疗和个体化治疗有机地结合起来，为每一位病人打造个体化的治疗方案，成为趋势。

不能彻底消灭肿瘤，就要与瘤共生，带瘤生存也是生存

乳腺癌虽然是目前治疗效果较好的肿瘤之一，但复发率较高，我国乳腺癌病人的总体复发率高于 40%。一旦出现复发或转移，治疗难度将大大增加，而转移性的乳腺癌也被视为不可治愈的疾病。许多人对肿瘤的恐惧是因为对它不够了解，越来越多治疗手段的应用使带瘤存活的癌症病人越来越多，把肿瘤当作慢性病是种生存的姿态。

胡夕春主任观察到很多长期生存的病人都能够正确面对疾病，能够仍旧秉承平常心；而发病之后的焦虑、抑郁，就很可能使治疗效果无法达到最大化。一个最佳的方案，是医生站在病人的立场上，从病人的疾病特点、身体耐受情况、经济承担能力等多方面考虑最终制定的，这个过程中，病人如果能够积极面对，配合医生的治疗，多和医生沟通，包括身体的感受和经济情况，也有助于医生形成一个合适的治疗方案。在肿瘤内科医生的治疗中，"支持" 渗入到每个处方里。胡夕春主任曾有一位脑转移的乳腺癌病人，下肢已经瘫痪伴尿便失禁，然而她的病房每天仍有笑声。家人始终在床畔，为她做按摩康复，家人给她打气，医生给她鼓励，她人生的最后一段历程，健康不再完整，但得到的支持与快乐会让人生少一些缺憾。

"如果离开最终不可避免，我们一定要让每个病人幸福和没有痛苦地离开。"

有时，去治愈；常常，去帮助；总是，去安慰

"有时，去治愈；常常，去帮助；总是，去安慰"，这句箴言说明了医学做过什么，能做什么和该做什么，更是肿瘤内科医生

的真实写照。对大部分乳腺癌术后的病人，强调根据循证医学的证据，足量足疗程的应用化疗、放疗等措施，尽可能地减少复发，达到治愈。对于晚期乳腺癌，治愈是奢望的，医生要运用多种医疗技术，尽可能地帮助病人，在疾病的快速进展期甚至危及生命时选择化疗，尽快的控制疾病，在化疗已达到最大疗效或毒副作用已不能耐受时适当停止化疗，使机体得到休养生息的机会，尽可能在治疗和维持良好的生活质量之间找到平衡。技术之外，医生常常要用温情去帮助、安慰病人，一个关切的眼神，一次细致的体检，一次真心的交流，都能使病人得到鼓舞，坚定与病魔斗争的信心。

润物无声，记住，总是，去安慰……

25 Alphonse G. Taghian（阿尔丰斯·坦津）

简介：麻省总医院乳腺癌放疗首席专家，在放疗领域特别是加速部分乳腺放疗方面受到国际广泛公认。

在确保疗效的基础上，缩短疗程，减少损伤是放疗的发展趋势

目前在阿尔丰斯·坦津医生的放疗中心，主要开展的放疗方法有：

1. 常规放疗　保乳术后进行6～7周，每周5天，可以单纯照射乳房，也可以照射淋巴结区域。

2. 大分割放疗　主要通过增加单次照射剂量，将治疗总时间减少到3～4周，仅限于不需要进行淋巴结区域放疗的病人。这项治疗主要是在加拿大进行的大规模临床试验，目前被美国广泛接受，坦津教授所在的中心2009年开始进行这项治疗。

3. 部分乳腺放疗　坦津教授所在的中心从2003年开始采用部分乳腺放疗，这是1周之内完成的治疗，但是有严格的适应证，适用于T1N0期的浸润性癌（肿瘤直径不超过2cm，淋巴结阴性），以及导管原位癌（DCIS）。

现代女性，大多有很大的工作压力，兼要照顾家庭，放疗除了使其受益，还力求尽可能的方便，这也是放疗演变的一个趋势。但一些妇女充满忧虑，如果癌症发展到了淋巴结怎么办？对于这

些女性，就要给她们全乳足疗程的治疗，但一些妇女非常忙，鉴于疾病诊断期别足够早，在确保疗效和严格符合适应证的情况下，可以给她进行一周的部分乳腺放疗。

坦津教授带领的中心在5年前开始应用调强放疗技术，这是通过使用更高级的特殊装置的外放射治疗方式，可以减少对邻近的重要器官如心、肺的照射剂量，对于偏大的乳房，由于提高了照射剂量的均匀性，还减少了乳房组织硬化、水肿和色泽改变等副作用。

心脏损伤的问题在多年后凸现，但是放疗医生不能掉以轻心

如果进行右侧乳房放疗，不必担心心脏损害问题，但照射左乳房的时候，需要顾虑这个问题。射线对心脏的影响不会当时显现出来，而是需要10~15年的时间，这也是很多放疗医生对心脏损伤重视不够的原因，因为病人近期不会有不适主诉，当心脏问题15年后发生的时候，心内科医生也可能忘记追溯到这个病人15年前做过放疗，病人也不觉得15年前的放疗和现在的心脏病有什么关系，也许认为仅仅是年龄等原因。

放疗产生的心脏问题可以是任何形式的：心包炎、心肌梗死、冠心病等，这往往是化疗和放疗共同作用的结果。如果这个病人年轻，使用了三种化疗药物，都有心脏毒性，在这之上，放疗如果不重视心脏损伤的预防，就会使心脏的毒副作用叠加。如果化疗是必需的，那化疗就是不可避免的，化疗应用于淋巴结阳性的病人，可以提高生存期，但是对于放疗，通过知识和科技，通过细致的设计，是可以避免这种心脏损伤的。

坦津医生的团队正在进行的研究之一是，通过呼吸调整胸壁与心脏的位置，在屏气时进行放疗，从而减少心脏的暴露。

另一项研究是在2011年的8月刚刚开始招募病人，进行质子治疗，在美国，也只有大型放疗中心才有质子泵的设备，费用非常昂贵，但是相对于心脏损伤而言，亦是值得的。

坦津教授呼吁所有的放疗医生，要非常注意保护心脏，化疗会有很高的风险产生心脏问题，放疗医生不能再增加心脏问题了。

淋巴水肿重在早期发现，及时干预

坦津教授目前牵头进行一项长达5~8年的关于淋巴水肿的研究。关于淋巴水肿，往往是观察再观察，当手臂变得更加肿大才

治疗却晚了，虽然有很多种方式可以检测淋巴水肿，但多数并不精确或是难以重复。当一组研究人员使用一种检测方法，另一组使用另外一种方法，那就无法进行对话和比较。他期望建立并在全球推广同一种检测方法，用于进行淋巴水肿的早期干预。钼靶给出的启示是，妇女以前会在感到明显的乳房肿块时才发现而错过最佳治疗时机，当钼靶出现后，可以及早发现触摸不到的微小癌。坦津教授希望在淋巴水肿中也推行这种模式，当病人术后复查时，每次都坚持检测手臂，出现淋巴水肿，早期发现和干预，这并不是要开发出一种新的治疗方法或设备，因为目前所有手段都对严重的淋巴水肿收效甚微，而一些标准化的方法，如袖套和一些加压、按摩，就可以起到减少淋巴水肿扩大的50%的有效率，对于一个轻度的淋巴水肿及早干预，要比治疗一个巨大的手臂更容易获得痊愈。

我喜欢团队合作，我为年轻人打开大门

“当医生变得太忙就容易忽视人类的天性，当一个人只想到工作任何工作就会只成为工作。当这个妇女坐在你面前，她有孩子，要上班，如果失去工作就不能维持生活，极度的痛苦和焦虑，这种人类的情感，如果医生只多放1分钟进去，就可能换另一种方式来对待这个病人，我经常教育住院医生，你不是在治疗癌症，而是在治疗一个人。”

坦津医生把团队合作作为基本理念，乐于给年轻人创造机会，让他们有梦想、有驱动，去做更好的科学和更好的自己，这源于一个朴素的逻辑：“我的父亲告诉我，有人在他的手下工作，将来我会在别人手下工作，再将来别人的孩子在我手下工作，再将来我的孩子在别人手下工作，他对待别人的孩子就像他希望别人对待他的孩子，而当我的孩子需要帮助的时候，我也希望有人能像我帮别人的孩子那样帮助我的孩子，我为年轻人打开大门。”

注释：

常规放疗：Standard radiation therapy。

大分割放疗：Hypo-fractionated radiation therapy。

部分乳腺放疗：Partial breast irradiation，PBI。

26 陈佳艺

简介：复旦大学附属肿瘤医院放疗科副主任，副教授，硕士生导师。1998～2000 年在法国巴黎十二大学附属 Henri-Mondor 医院和 Gustave Roussy 肿瘤研究所接受外籍专科医生培训。

放射治疗是肿瘤综合治疗的组成部分

放射治疗是相当一部分肿瘤综合治疗中重要的组成部分，来自国际权威的肿瘤流行病学资料显示，对于恶性肿瘤生存的贡献中，放疗的比例是 40%，几乎和外科相当。原因是大部分肿瘤在起始阶段总是首先局限在局部或区域淋巴结的范围，逐渐发展为全身性，只不过这个过程有时候长，有时候短而已，因肿瘤的生物特性而异。

放射治疗在某些肿瘤中是一个主要的治疗手段，比如鼻咽癌，没有手术方法，但放疗可以让 I 期病人达到 90% 以上的控制率。在其他一部分肿瘤，包括乳腺癌，是一个重要的手术补充，它和手术相辅相成，原则上都是局部治疗，但可以有效弥补手术的不足，并保障了保乳手术后的低复发率，避免所有病人接受创伤过大的乳房切除术。

乳腺癌术后的放射治疗，就是在乳房保留手术和高危病人乳房切除术后的放疗，可以降低 2/3 的复发风险，同时长期随访证实，每避免 4 个局部复发，其中就会有 1 位病人避免因复发而死亡。所以手术治疗对于大部分乳腺癌来说只是综合治疗的一步，可能是第一步，也可能不是第一步，比如有的病人首先要接受术前化疗。现代的医学已经有大量数据显示，初次治疗的完整性是达到生存最大化的必要条件，复发以后的疗效完全不能和初次治疗相比。单纯局部复发的病人有一半以上最后会转化成远处转移，而且远处转移目前无法治愈。

从放疗设备上看，在复旦大学附属肿瘤医院，可以完成三维适形，调强，包括部分乳腺照射，术中放疗，以及拥有所有的精确放疗设备。我国放疗的情况目前是由于资源分布、准入制度等，低于市级的医院基本上不开展放射治疗也就是说基本上没有放疗科，在市级以上医院，在过去的 10 年，放射科学发展得非常快。与欧美发达国家相比，在设备上没有太大差别，国际上有的先进设备基本都有，只有在质子治疗方面，只有少数单位具备相关设备，但经治的病例不多，还没有累积更多的经验。

乳腺癌的治疗，不应该让病人不恰当地错漏过某一环节

对于放疗的认识，普通大众都不够了解，因为多数人只要到医院就诊过，对内外科知识可能略知一二，但一般人不会到放疗科去也不会关心放疗，甚至医学生、其他专业的医生也不够了解放疗。当放疗科有一些参观和来访时，最经常被问的是“这个地方可以进去吗，安全吗，会被辐射吗”，可见非放疗领域的人士对放疗都不太了解。

放疗科的病人主要依靠外科医生转诊，美国的多学科治疗已成为法律，美国医生有义务把病人送到下一位医生手里，在这一点上我国的医疗体系还在建设中。在某些医院会由一个外科医生的判断来决定总体治疗方案，由一个医生的专业权威解决多个学科的事情，如果限于首诊医生的知识面，没有及时向下一步综合治疗的医生转诊，让病人失去了后续治疗的机会，这种情况不仅仅出现在放射治疗，有时候也可发生其他治疗手段如内分泌治疗、靶向治疗的遗漏。与欧美发达国家相比，我们的差距并不在技术，而是理念与共识、团结协作，以及工作流程和体系的建立。

“我们的乳腺癌治疗团队，手术、化疗、放疗、护理团结得很紧密，不会让病人不恰当地错漏过某一环节。”

凤凰浴火，是为重生，不能只浴火，而不重生

流行病学资料显示：欧美乳腺癌病人中老年人多，而我国年轻病人偏多，医务人员需要更多地考虑，不只是让病人活下去，而是能以完美的身心回归社会。病痛的记忆应该成为可以翻过去的一页，而尽少地对未来的生活产生影响。

相比其他癌症而言，乳腺癌心理状态复杂得多，我国乳癌病人心理特点之一，就是自我承担责任的能力偏弱。曾经有个三四十岁的病人，各项指征都显示可以选择保乳手术，但是家人认为不能保乳，会复发，命重要，一定要全乳切除。三年之后，经历过疾病的震惊与伤痛，病人进入了人生的平稳期，开始后悔当初的决定。这样的年轻病人，如果在可以保乳的时候而选择了全切，今后会感觉到形体变化太大，甚至由于淋巴结清扫，腋下区域活动受限，工作与旅行都产生了困扰，身体的毁损让心灵不易修复。

经常有家人代替病人去做决定或家人的意见成为主导的情况出现，并且家人在手术后代替病人做生活中的很多事情，这样反而让病人恢复得更慢，而且家人疲劳了，开始抱怨了，病人就会伤心。经常困扰病人的反而是这些生活琐事，而不是病情和治疗。

陈佳艺主任建议女性病人要与自己的内心进行深刻和理性的对话，承担自己可以承担的责任，抉择自己可以把握的抉择。

我要维护你的尊严，直到最后一刻

如果面对乳癌病人没有时间交流，病人会格外难过，她们有时有心理准备，自己的病不一定治得好，或只有几年余生，但非常希望自己被理解，能有人好好讲话。“因为同为女性，会更多地理解女性的这种痛，所以，我要维护你的尊严，直到最后一刻。”

在过去的几年，陈佳艺主任曾听到几个老病人讲道:“医者父母心，不管治的好不好，医生都是我们的再生父母。”这让她对医学格外的敬畏，在医学院校期间 +，如何与病人交流，这是需要终身学习的一课。漫长的职业生涯，是个每天自修的过程，医生的节奏要慢一点，多讲几句，为每句话负责，有的病人，几乎记得医生说过的每一句话。在医生的职业生涯中，不断增长的是技术，未必增长的是理念与情怀。

病人也需要尊重医生，有时病人会说不用这个行不行，只做二个疗程行不行，这里面有经济困顿的因素，也有对医学不了解的缘故，在可能的情况下，对医生提出的最合理方案需要依从，这也是医学的专业性所在。

27 Gwendolyn E. Mitchell（格温多琳·米切尔）

简介：哈佛医学院麻省总医院职业操作护士，乳腺癌中心病人就诊通道护士，2008 年获新英格兰地区黑人护士协会杰出护士奖。

提前倾听，打破坚冰

格温多琳·米切尔护士从 1966 年开始在麻省总医院工作，先在不同的科室轮转，然后在呼吸内科工作，1980 年她离开麻省总医院，去了一个心理健康中心工作了7年，同时为美国癌症协会的教育领域做志愿者。1987年，她获得了教育专业的硕士学位。当麻省总医院乳腺癌中心招聘的时候，她觉得这就是命运对她的安排，她曾经的离开，是为了回来，而这个位置，就是她该来的地方。

格温多琳护士来到麻省总医院乳腺癌中心已经15年了，在最初的时候，她们发现病人被转诊到这里时，非常紧张，因为刚被诊断为乳腺癌，在这第一次会面中需要得到非常多的信息，她发现如果在病人预约的就诊日期之前就给她们打电话，会让所有必要的相关事宜做得更好。

这个电话可能是5分钟，也可能是1小时，关键是在这个过程中，倾听病人，不仅是乳腺癌，不仅是疾病，而是她所遭遇的一切。在谈话中，病人可能谈自己的孩子，可能在电话里哭，因此她来就诊的时候，格温多琳护士知道她需要见社工寻求心理帮助，或是需要能帮助她的孩子的人。这个谈话了解到病人的需求，也询问医生需要掌握的信息，比如疾病史，提醒病人带来以前的影像学资料，并鼓励病人带人陪同，因为这次会面会给她们很多信息，有个人一起帮忙听一听很重要，建议病人提前把问题写下来，因为往往见到医生时太紧张了会忘记问题。倾听非常重要，这是一种治疗，并且可以使治疗效果更好一些。

在这样做之后，病人来的时候放松了很多，他们已经和有时间来倾听的人谈过自己的病情，知道对这次会面需要抱着怎样的期望，医生已经把病人的部分病史输入了电脑，在病人到来之前就已经对她有所了解。把坚冰提前打碎，这个模式沿用至今。

在麻省总医院的乳腺癌中心，根据格温多琳护士的记忆，在15年前的时候，一年可能有1～2个男性乳腺癌病人，现在每年大概会有5个男性乳腺癌病人。男性乳腺癌病人的心理特点是觉得非常尴尬，因为这通常被认为是女性疾病，内心极其难以接受，男性病人往往希望和男性来交谈这个问题，因此，乳腺癌中心有男性志愿者来和男性病人交谈。

这个倾听的旅程会出现很多人，曾经有一个年轻的女性不是乳腺癌，也被转诊到这里，格温多琳护士通过交谈，发现她严重的乳腺炎症是自己割伤造成的，就把她转诊给精神科医生，把一个年轻女人从自我伤害中拯救出来。

护士，可以做的事情有很多

格温多琳护士给予很多拥抱，这种肢体上的接触可以带来安全感。一个10年前的病人来到医院，看到她时说："我永远都忘不了来这里的第一天你给我的那个拥抱。"这种简短的会面，让世界上的一个人与另一个人建立一种亲密的联系。她还希望加入幽默感，并不是疾病这个问题不严肃，而是如果可以幽默的话，为什么不呢?

轮转过呼吸内科、手术室、癌症中心等部门，格温多琳护士并不觉得乳腺癌领域有什么特别的不同，原因之一是她要求自己对待每个人都一样，无论是从情绪还是从身体，有所不同的是在乳腺癌中心可以更多地看到女性的力量。同时，这15年，她也发现了女性观念的转变，越来越多的女性接受并要求做病理取材进行诊断，而不是像更早一些的时候排斥或拒绝。

从9年前，格温多琳护士开始每年参加马萨诸塞州的乳腺癌健步走的募捐活动。她最早参加乳腺癌健步走的时候，是为了荣耀她的病人，她把幸存的乳腺癌病人的名字印在自己的T恤衫上。近些年，参加健步走活动主要是为乳腺癌中心筹款，用于帮助那些没有经济能力的病人，筹集善款的过程，也是教育大众提高乳腺癌意识的过程，她一共为乳腺癌中心筹款超过6万美金。

注释：

职业操作护士：Licensed Practical Nurse, LPN。

28

黄嘉玲

简介：原复旦大学附属肿瘤医院乳腺外科护士长，
妍康沙龙创始人之一，从事乳腺外科护理工作37年，
获上海市第六届优秀护士称号。

凭专业导航，借时间疗伤，用坚强自救

2003年，乳腺外科组建了以"关爱、支持、互助、促进康复为"为宗旨的"妍康沙龙"，将乳腺肿瘤治疗领域专业知识以讲座形式帮助病人，比如说对住院病人每2周一次的全面启蒙教育，针对出院后的病人，举办"妍康学苑"，以期提高病人治疗依从

性，从而提高疗效。在护理上，注重护理科研，提高护理技术，强调乳腺癌护理的专业化。让乐于成为志愿者的老病友到病房中和新病友交谈，成为情感护理的一种补充。并将病人感悟印成刊物，激励新病友。

乳腺癌刚刚发生的时候，很多病人焦虑得无法入睡无法正常工作，有很多情感上的应激，她们重新考虑自身在家庭中的作用和生存的意义。而 1 年之后，可以看到她们从躯体上、精神上逐渐恢复人类的生机，这不仅是医学上的治疗过程，而是人类的重新自我认知，是身心的重建。

“我们不是仅仅把她当作乳腺癌病人，而是一个完全的人来看待，身体、感情、关系……”

生命是个过程，不要每天都用在筹划未来，而要活好当下

“当我们成立妍康沙龙的时候，只想到这会给病人带来什么，从未想过这会给自己带来什么，现在感觉，我们的所得远远大于我们的付出。病人用她们的伤痛，懂得了什么是生命，而我们，只是通过了这一份工作就懂得了什么是生命。”

妍康沙龙的病人也教育了医生，在 2006 年 11 月第 9 届全国乳腺癌会议上，病友把《今天是你的生日，我的祖国》改编成《今天是你的生日，我的教授》，因为这是乳腺外科的老主任沈镇宇教授从医第 50 个年头。在听过病友们深情饱满的唱了这一曲之后，一位医生告诉黄嘉玲护士长：“台上有一个我的病人，我看到了她从未有过的风貌，一切都是值得的，我们做的永不算多。”

随着社会竞争的激烈，作为一个女性，黄嘉玲护士长感到太多的母亲都把时间用来展望、设计、筹备明天，而忘记了要和自己的孩子开心的过好当下。

“我们讲了太多以后会如何，而忘记今天该怎样。生命是个过程，要过好每一天，看它美好的延展。”

没有什么比活着更美

黄嘉玲护士长回想到一个临终弥留期的乳腺癌病人，虽然她完全了解自己的状况，清楚地知道时日不多，面对她很信任的主治医生，还是用微弱的气息耳语：“我……要……奇……迹……出……现……”

面对手术、放疗、化疗很抵触的病人，黄嘉玲护士长能够理

解，理解那对疾病的不甘和幽怨。的确，即使康复，那隐隐约约的痛永远都在，但是谁都无法估量出人类对生存的渴望和眷恋的力量，没有什么比活着更美。希望每一个病人在疾病之初就积极主动治疗，让生存更久，让生命更美。

29 Jean O'Toole（简·奥图勒）

简介：麻省总医院物理疗法中心理疗师，在物理疗法领域工作 41 年，10 年前专职于癌症领域。

物理疗法是为了重拾以前的生活节奏

简·奥图勒理疗师在 1970 年本科毕业，专业就是物理疗法，之后她又攻读了公共卫生专业的硕士。她已经在物理疗法领域工作了 41 年，从 10 年前开始专职于癌症领域，病人多数都是乳腺癌病人。

理疗师是为了在病人残障或疼痛时，将更多的知识和技能加入到综合诊治中，目标是通过提高病人的自主性和独立性来恢复病人的生活质量。

奥图勒理疗师属于乳腺癌治疗团队的一员，并不是所有乳腺癌病人都需要物理疗法。但如果病人不能打开柜门，不能捡起来衣服，抱不起来外孙，这全都围绕于功能，理疗师们从病人那里了解，她们的需要，她们的期望，这样才能帮助病人回归以前的生活，重拾以前的生活节奏。这是一种有选择性地、功能性地重建。

大量的基于临床试验的医学证据来指导理疗师的工作，物理疗法有很多适应证，比如由于放疗和手术切除出现了局部的收缩，也许还合并水肿的问题，如肩部、臂部的淋巴水肿；比如癌症相关的疲劳，锻炼对疲劳很有用。

在我的想象中，物理疗法可能需要大量的理疗仪，但我在麻省总医院物理疗法中心看到的多是健身器械，奥图勒理疗师她们是通过对病人的教育和大量的锻炼，来赋予病人能量，让病人自我提高，恢复自己或打造一个全新的自己。

奥图勒理疗师是坦津医生领导的淋巴水肿项目研究人员之一，他们每月一起开会，一起讨论，一起写论文，一起做项目。

身为女性，为乳腺癌病人工作是一项特权

每个人都有不同的疾病历程，疾病对每个人的影响也都不同。奥图勒理疗师只能想象癌症的诊断对一个人是多么具有毁灭性，作为女性，她感觉幸运的是，还未亲身经历过这种被诊断，作为一个理疗师，她对成为麻省总医院乳腺癌治疗团队的一员充满感激，对病人全面的诊治需要团队的努力，这是她的强烈感受，她的心得是将病人始终放在中心参与所有决策并让病人也成为团队的一部分。

她说，自己从病人身上所学到的，不是能简单说完的，可以单独写成一本书，和这些病人一起工作是一件美好的特权。她们的勇气，她们的抗争……她们每天都在教育医护人员。每一天，对每个病人做到最好，倾听她们的需要，满足她们需要被满足的需要，尽量去实现病人的目标，而不仅仅是医务人员自己的目标。

30 Carol Sullivan（卡罗尔·沙利文）

简介：麻省总医院营养科营养师，专司癌症中心癌症病人的营养问题。

不只关注饮食中的营养，还要看拿什么来滋养人生

卡罗尔·沙利文营养师在营养科工作了 6 年，3 年前开始专司癌症中心，对于癌症病人，她觉得一场小小的一对一的谈话非常重要，让她们可以信任你，让她们感到你知道她们为何而来。和其他类型癌症病人不同的是，乳腺癌病人带来的问题非常相似，比如说最常被问到的是豆制品可以吃吗？

豆制品含有的某些成分在癌症的预防上也许有作用，但一旦已经患上乳腺癌，这些成分也许对某些抗癌治疗有干扰，因为：①豆制品里的异黄酮在化学结构上和雌激素相似；②异黄酮和雌激素竞争受体，因此降低了体内的雌激素水平，从而降低患乳腺癌的风险；③异黄酮同样也可能增加了雌激素的活性，这也许加速了癌症的发展，特别是对那些激素敏感的癌症。

乳腺癌病人如果想在饮食中加入豆制品，应该和医生以及营养师讨论：肿瘤的期别、是否已经绝经、体重情况、以前的膳食

情况和摄入豆类的习惯、肿瘤是受体阳性还是阴性？

在沙利文营养师这里，严格执行美国饮食营养协会推荐的《Oncology Nutrition》，目前，对于乳腺癌病人是否应该避免还是限制豆制品的摄入还不是很清楚，但一个中等量的摄入（每天不超过下述食品的3份），被认为是安全和可以接受的；但大量和高浓度的豆类例如豆粉和异黄酮营养补充品不被推荐，因为它们有潜在的雌激素样作用并且目前缺乏关于其安全性的数据。

1份豆制品相当于下列任何一种之一：（每杯相当于250ml）

豆腐：1/2杯

黄豆（烘干的）：1/4杯

豆奶：1杯

豆酸奶：1杯

大豆面粉：1/4杯

豆豉：1/2杯

沙利文营养师认为教会病人自己如何生活最重要。关于乳腺癌治疗结束后，如何锻炼的问题，她建议，对那些从没有运动习惯的病人来说，建议从走路开始，每天10分钟，逐渐增加，达到一周共150分钟，这是对心脏有益的最小量，是个需要实现的最小目标。如果非常超重，要询问医生，运动是否安全，可以以每周1磅（约454克）的速度减重。每个个体都不同，有的病人在随访到第6个月的时候，才能达到每周走路150分钟。家庭和朋友的支持至关重要，需要她们一起督促和营造环境。

让食物赋予生活色彩和力量

乳腺癌病人经常去医院、服药、抽血、休养……往往感觉失去了对身体和生活的控制感，但吃什么还是她们可以控制的。

“让食物赋予生活以色彩和力量”，卡利文营养师说，“有些人控制食物极其严格，完全避免糖分，吃尽可能多的蔬菜；也有人几乎不吃水果和蔬菜。你要告诉他们，一勺冰激凌并不能把她们打败，有时仍要享受它，特别是和亲朋好友在一起的时候，只吃蔬菜也是不健康的。这取决于他们的情况，你要帮她们的食谱里加进去健康的成分。”

注释：

《Oncology Nutrition》：参见美国饮食学会（American Dietietic Association）

31 Kristen Mahoney Shannon
（克莉斯蒂·曼哈尼·香农）

简介：麻省总医院癌症中心“癌症风险评估中心”主任，遗传学家，高级基因咨询师，美国国家综合癌症网络家族高风险评估乳腺癌与卵巢癌小组成员，自1997年开始从事肿瘤风险评估，该基因检测中心是哈佛医学院仅有的2个基因检测中心之一。

基因，我们无法决定，听它讲述你的未来，看看有什么可以掌控

由于多数的基因检测是给胎儿和新生儿做的，当香农主任15年前来到麻省总医院癌症中心的“癌症风险评估中心”的时候，并没有太多的病人，随着研究水平的纵深发展，随着像她一样的遗传学家不断对医护人员和病人进行教育，经过了五六年的时间，医务人员开始对基因检测日益重视，意识到给病人广泛的信息，让他们来做一个综合的决定非常重要。

癌症基因检测被应用得越来越多。在有下面3种情况之一的时候，可以考虑进行基因检测：①已经患有癌症，担心自身会不会再患有更多的癌症，或担心自己的家庭成员的患病风险。②一位直系的家庭成员或多个家庭成员患有癌症，想知道自己的患癌风险是否增加。③自身存在一些可能增加患癌风险的健康问题：比如有些人有多发良性结肠息肉，可能增加患结肠癌的风险。

我们不能改变遗传而来的基因，但得知基因信息，可以有很多种方式从中受益：①发现将来患癌症的风险，因此有利于进行合适的筛查、药物治疗以及手术等。②在某些病例中，对新近诊断的癌症提供治疗的最佳时程。③了解家庭中癌症的原因，并判断家庭成员患癌症的风险。

香农主任看得最多的癌症类型是乳腺癌、卵巢癌、泌尿系统肿瘤、胃肠道肿瘤、皮肤癌、黑色素瘤、甲状腺癌的病人。比如说一个人的爸爸、姑姑患有结肠癌，他可以来进行基因咨询或基

因检测，得到多久需要做一次结肠癌筛查的建议。

对于已经诊断为乳腺癌的妇女，有些人 BRCA1/BRCA2 基因突变，对侧乳房患乳腺癌的风险高达 50%，并有患卵巢癌的风险。根据她的年龄，香农主任可能会给出同时切除卵巢的建议，来避免卵巢癌的发生，并且要密切随访另一侧乳房，甚至同时做另一侧乳房的预防性切除。因此，基因检测可以提供很多信息，如何长期随访一位病人。

很多身为母亲的乳腺癌病人非常焦虑，当她携带 BRCA1/BRCA2 突变基因时，她的孩子，无论男女，每个人都有 50% 的可能性携带这种突变基因。如果她的女儿也做了基因检测，没有 BRCA 基因突变的话，那么女儿患乳腺癌的风险和常人相比可能没有明显差异，或者风险略高，因为 BRCA 是目前已经证实的乳腺癌基因，可能还有很多未被发现或无法证实的基因，并且女儿和母亲具有同样的环境因素。

检测 BRCA1/BRCA2 基因突变需要的是血液样本，目前美国只有一个实验室被授权做此检测，因此，是将病人的血液采集后运送到那里进行检测的，但最近开发的检测试剂盒将被应用，香农主任所在的中心今后也可以在本地进行此项检测了。

BRAC 基因突变是在乳腺癌中被最广泛检测的，香农主任这里还检测 PTEN 突变与 Cowden 综合征，以及 p53 突变和 Li-Fraumeni 综合征，因为患这 2 种综合征的人得乳腺癌的概率增加。

遗传学家的作用是帮助病人面对基因信息，消化它，使用它，共享它

一个医生，只宣判一个病人，一个遗传学家，却宣判一个家庭。

“当我对病人说，你不只有这一种癌症，你还非常有可能患另一种癌症，并且你也应该告诉你的孩子，你的姐妹，因为这是一个家庭的问题，这无疑是一个压力巨大的挑战。”

“有些人纠结于要不要知道自己可能携带某种癌症基因，这让他们觉得恐惧，想要逃避；有些病人和自己的家庭成员之间联系不多，在不同的城市居住，现在给他们打电话不是去问候而是告诉他们可能携带和自己一样的致病基因，这多么难以开口；孩子只有五六岁，病人却开始担心孩子的未来。”

香农主任觉得她的作用在于尽可能帮助病人做一个艰难的决

定，并且帮她渡过癌症诊断的这个过程。“我在这个团队里，我也加入和她们的谈话，不仅关于她们新近诊断的癌症，帮助她们面对和处理这些信息，并且和家庭成员共享这个信息。”

注释：

癌症风险评估中心：Center for Cancer Risk Assessment，CCRA。

美国国家综合癌症网络：National Comprehensive Cancer Network，NCCN。

家族高风险评估乳腺癌与卵巢癌小组：Genetic/Familial High-Risk Assessment: Breast and Ovarian panel。

32 Julie Berrett-Abebe （朱莉·巴雷特·阿比比）

简介：麻省总医院乳腺癌中心社工，心理学学士，社工系和教牧硕士。麻省总医院于 1905 年在全美第一个成立医院内的社工部，目前约 100 名社工。

生命如此脆弱，生活不可预知，但人类比自己想象的更强大

来到社工部的病人来自医护人员的引荐，或者病人自己的要求，她们带着各种问题而来。医生们的注意力放在应用并增长技术，几乎没有半小时或 1 小时交谈治疗之外的问题，病人有时很想和丈夫谈谈看法，但家人们往往避开有关病情的话题，而社工，是一个具有专业知识并可以倾诉和依赖的人，陪伴她们这一段旅程。

“很多问题是关于自信和身体残缺损伤的：我觉得自己太丑了，我都不想看我的瘢痕，我觉得我不再有吸引力了，我不知道在两性关系中我怎么办？”

也有很多问题是关于意义，“当我诊断为乳腺癌，天塌了一半，生活怎样才对我有意义，我的很多朋友都在制订今后 20 年的计划，而我不知道那时候还活着吗？我怎么能成为幸存者，我担心癌症会卷土重来？我怎么计划我的余生？”还有些人有信仰，需要懂得疾病给予的启示。

还有很多问题涉及处理人与人之间的关系，“我怎么和别人交流这件事，我怎么告诉我的孩子，我应该用什么字眼，如果他

们问到了死亡这个问题，我怎么回答他？我怎么处理伤害的感觉，因为有时候别人说的话不是故意的，但我还是感到受了伤害，我该怎么回应?”

有些人觉得朱莉每天和癌症病人在一起，一定觉得非常压抑，事实上，大多数的时间却不是这样，她一而再，再而三地见证了人类精神的伟大，发现人类能够胜任自己从来没有预想过会发生的事，比自己想象的更强大。为乳腺癌病人工作，给朱莉的人生起的是积极作用，她发现人生中可能会发生很多事情，所以要清晰地做出对生活的选择。

帮助病人形成应对能力，在疾病中成长

“社工最重要的是帮助病人形成面对问题和解决问题的能力，你会发现她们会重新评估自己的生活，什么是最重要的，工作怎么解决，感情怎么处理。”

幸存者对幸存者的支持非常重要，朱莉主持一些幸存者导师的项目，病程较久的病人愿意和新诊断的病人去交谈，这对新病人而言是一种巨大的鼓励和支持，但专业社工的介入，非常重要。社工不仅了解医疗政策与资源，而且在咨询理论和交流技巧上受过专业培训，不仅从个案身上讲述经验，还了解人类关系的动态演变过程，帮助病人克服焦虑、紧张，干预病人不当的思考方式而减少应激，依从他们的治疗，如果人们有了抑郁等问题，就会需要更多的治疗更多的费用，而社工尽量预防它的产生。

朱莉在团队里的另一个作用是：也给医生、研究者、护士以情感上的支持，因为在诊治病人的时候，在这种亲密的关系里，也可能受到病人一定程度上的情感影响，感到抑郁和沮丧，她也给同事们疏导和支持。

当你感觉一切失去了控制，试着聚焦在那些细小但仍可掌控的事情上

在疾病中感到失去控制感是对病人一项重大的负面影响，有些人觉得不得不放弃追求更高的权利，有些人觉得日常事务也力不从心。要在生活中发现那些也许很小，但你还可以控制的东西，比如关注营养、针灸等等，这可以让自己感觉到至少做了一些什么，来帮助自我恢复。

“我看到的长期幸存者都是非常积极的病人，依从治疗方案，

并能很好地照顾自己，无论从营养、运动，还是情感上，从健康的关系中找到支持。”

人活在当下，并时刻准备谢幕

朱莉看到有些病人在为自己的离去而做铺垫的时候，总是怀有敬畏之心。“她们有很小的孩子，她们关注自己的疾病，不仅重视现在过的每一天，也希望孩子将来理解她懂她。我看到她们写下日记，收集相册，给孩子买特别的东西，这在感情上是非常艰难的一件事，但这是一件礼物，给予你所爱的人，承载永恒的爱意。我感觉病人应该会抱怨，为什么会是我，为什么我要承受这些，但我见到的大部分人却说:“虽然不应该是我，但是我要过好每一天。我觉得很荣幸，能和这些懂得享受此刻的人在一起工作。”

谁规定女人一定要有两个乳房，你可以重新定义你的美

朱莉给我看了加拿大瑞慕医生写的一个病人故事，一个女病人由于购买的保险不涵盖整形的费用，她积攒了5年，然后满心欢喜地预约了手术，希望能回归完整。但她消失了一段时间以后，回来告诉瑞慕医生，她取消了手术。她把衣扣解开，她不再戴文胸，右胸上的瘢痕被精致的文身掩盖，花朵和叶脉蜿蜒向上，跨过肩膀，像被微风吹拂一般垂悬在后背，一种令人震惊的美。她咯咯笑了，说自己遇到了一个艺术家，他们用这笔钱度过了浪漫的蜜月，她的丈夫让她不再怀疑自己的美，她不再需要手术了。

“重要的是，女性如何看待自己，第二，如何让你的伴侣正确看待你。”

“文化和社会让我们头脑里有这种印象，一个女人应该看起来是什么样子的，幸存者需要知道，这不是你的错，乳腺癌是常见的，瘢痕见证了你所经历过人生最严重的困难，失去了的头发也能长出来，你还会变漂亮，你要重新定义你的美。”

琳后记：

疾病给人的糟糕感觉就是，本来一切尽在掌握，按照自己设计而运行的世界却突然失去了控制。朱莉提出的这个面对疾病的原则，我想也很适用于其他情感的创伤，当你失去了或大大损失了对情感、财富、健康等等的掌控，要想摆脱内心的那种无力感，

试着把注意力一步步聚焦在那些你仍旧可以胜任、可以控制的事上，比如做一顿好吃的饭、养一盆欣欣向荣的花、和一个知己说说话、把衣服洗净熨干……逐渐恢复内心的平静，让健康、感情、事业逐渐痊愈。

注释：

瑞慕医生：Rachel Naomi Remen 医生，见《My Grandfather's Blessings》一书。

乳腺癌篇结束语

我看重人与人之间的缘分，有些人你认识了很久，但并没有交谈的愿望，有些人只是偶遇，却能心有灵犀。2011 年 6 月波士顿的一个会议，除了资讯和理念，最大的收获是认识了一位医学同行，一个美女姐姐。

当我们路过查尔斯河的时候，我指给她我所在的医院和麻省总医院，讲给她我的见闻。她远望着河面，眼神没有焦点，眼圈却红了。“其实，我对麻省总医院再熟悉不过。我的姐姐因为乳腺癌已经去世了，我在这里曾经陪过她三个月，从病房的窗口就可以看到河上的点点白帆。当她快要离去的时候，我对她说，我实在太伤心，我会尽量忘记你。波士顿是我的伤心地，想不到，我竟然是这种方式又回到了这里，又看到了这条河流。”

她说，她无法再讲下去，记忆的闸门一旦打开，不知道需要多久来平复内心。她说，她总是有很多遗憾如鱼鲠在喉，为什么自己没有早一点唤醒姐姐对疾病的意识，为什么自己不可以再陪她更多时间，为什么 3 个月的守候很多话仍然没有说透然后再也没有机会表达……面对重大疾病，她觉得作为家属，需要承载的绝不仅是经济的开销、精力的付出、内心的煎熬，而是那种你无论怎么做，都无法留住她的那种无力感。每当过年，整个大家庭各方面都是让人满意喜气洋溢的，但是她的姐姐是个不能被提及的话题，不仅是她父母，也是所有家庭成员永远抹不掉的心上的痛，是永远无法跨过去的槛。

“我想选择性遗忘……”

当我看到她时而凝思时而克制的神情，我想，她告诉了我，需要写这样的重要一笔——所有的困难，我们一定勇敢直面，当竭尽全力之后，如果结果还是无法让人承载，请记住应该铭记的，忘记可以遗忘的……

天空没有翅膀飞过的痕迹，但我们已经飞过。

糖 尿 病

——控制血中的糖，
尽享生活的甜

Life is so beautiful

糖尿病篇

——控制血中的糖，尽享生活的甜

33 赵凤琴

简介：女性，65 岁，患 2 型糖尿病 26 年，目前居住于北京。

抗糖达人，需要理智、活跃与快乐

赵凤琴阿姨可能是国内最有名的糖尿病患者之一，这源于她的理智、快乐和活跃。她给报纸、杂志、电台、病友特刊投稿，她参加各种类型糖尿病知识竞赛并频频获奖，到中央广播电台作过数字电视节目，作为热心听众，有时媒体的热线会打到家里。她写过《微笑面对糖尿病》，《用知识抗拒糖尿病》，《做一个理智的糖尿病人》，《让自我监测成习惯》，《甘做志愿者》等。我认识她的时候，她正准备给《糖尿病之友》杂志写白内障手术提高了她的生活质量。“我的双眼都做了白内障手术，术前视力 0.25 和 0.3，术后矫正视力竟都达到了 1.0。我只有轻度非增生性糖尿病视网膜病变，肾功能也正常。”

赵阿姨不会用电脑，也不上网，所有的稿件都是一笔笔写在信纸上。退休了的她依然很有条理和计划性，把投稿时间都列出来，然后跟进一下有没有被录用以及发稿时间。第一次看到发表的豆腐块时，她心情特别激动，发现自己可以掌握一种方式用来表达与分享。赵阿姨曾经在其他城市做过十几年的护士，也在工厂工作过，还做过校办图书馆的管理员，退休以后定居在北京。也许是曾学习过三年护理，让她有了学习和总结的习惯。

赵阿姨的父亲在40多岁的时候被诊断为2型糖尿病，她和父亲有着相似的生活习惯，爱看报，听广播，不爱运动。在赵阿姨39岁的时候，人是微胖的，后来变瘦了，自己还挺高兴的，后来想到自己值夜班的时候，别人问你怎么总去洗手间啊，回想起原来自己已经有糖尿病的症状一段时间了。首次检查时发现尿糖是4个加号，空腹血糖290 mg/dl（相当于16.11mmol/L），确诊以后使用过优降糖（格列本脲）、降糖灵（苯乙双胍）、消渴丸。在1992年的时候，血糖还是控制不理想，就住院了，开始应用胰岛素，一开始是国产的普通胰岛素和长效胰岛素，每天一共打4针，现在换成了优泌林30R，早12u，晚8u，并且早晚加用二甲双胍各1片，中午加1片拜糖平（阿卡波糖），现在各个时段的血糖都控制得很好。

赵阿姨不会唱歌，不会跳舞，不扭秧歌，也不会用运动器材，所以她选择走路，选择亲近自然，选择走入社会。她上午走路去菜市场然后做家务，下午去广场走几圈，她觉得病人之间交流很重要，她不仅参加过北京糖尿病防治协会，认识很多新病友，也会自发和病友们结伴游玩，交流心得，取长补短。

拥有美满的家庭，争做幸福的糖人

赵阿姨的老伴非常关心她，她拿回来的知识材料，老伴无一遗漏地阅读。他们一起讨论做饭除了控糖还要低盐低脂，还买了一个50元钱的配餐秤，看看1千克的面可以蒸几个馒头，包几个饺子，一个饭盒放4两米饭，她划个十字取出1份就知道主食吃了1两，她用固定大小的碗吃菜、喝汤。

“人对食物都有贪欲，老伴也很矛盾，既喜欢看着你吃，又不敢让你多吃，家人及时和你说‘差不多了’也很重要，我看报久了，他会说‘该出去走走了’。让糖尿病人不感到孤单，亲人的支持也很重要。”

合理喂养，老年人对隔代教育责无旁贷

随着社会竞争的日益激烈，越来越多的老年人承担了喂养照料孙辈的责任。赵阿姨提到一个非常重要的问题：“我们这一代的糖尿病无法逆转了，但把科学的知识灌输给孙辈，减少溺爱，不

要过度喂养，避免小胖墩，老年人是责无旁贷的。”

由于胰岛素注射的针头和测血糖试纸是自费的，和很多糖尿病人一样，赵阿姨有时也会把一个针头消毒后自己使用多次，测血糖时会考虑一下成本，她很盼望针头和试纸能纳入医保。

“不重复性使用一次性针头避免感染，需要测血糖时就测利于控制血糖和减少并发症，减少糖尿病人的经济压力，就会减少心理压力和增加幸福感。”

34 Chris（克里斯）

简介：1985 年在 50 岁时被诊断为 2 型糖尿病，美国糖尿病协会志愿者，居住地：波士顿。

志愿者工作，我只是希望我有所作用

在 2011 年美国糖尿病协会组织的全国范围的糖尿病健步走活动上，我见到了克里斯在分发知识资料。这个世界真小，我再次前往位于波士顿的美国糖尿病协会东英格兰地区分部的时候，又看到了克里斯，他坐在电脑前，群发邮件，原来我接到的一些电邮资讯，有一部分就是由克里斯这样的志愿者发送的。

在加入美国糖尿病协会志愿者团队之前，在不同的地域，在不同的机构，克里斯至少有 40 年以上的志愿者经历，他曾经还在红十字会工作，做各种援助工作，比如说帮助人们寻找到可以容身的地方。

克里斯经常通过美国一个志愿者网站寻找感兴趣的志愿者项目，相当多的非政府组织或慈善活动，会将长期性或临时性志愿者招募信息实时发布在这个网站上，有意愿的人可以高效率地检索到自己感兴趣的领域和能够到达的地区，从而加入到志愿者活动中。也有的非政府组织，只是把志愿者招募信息发布在自己的官方网站上。

克里斯在美国糖尿病协会做志愿者已经 3 年，大概每周服务 8 个小时，和好几个志愿者轮流负责邮件系统。他也参加临时性的项目，比如 4 月份举办的健步走活动，这取决于兴趣和时间。因为自己也患糖尿病，在他做过志愿者的机构中，他格外喜欢美国糖尿病协会。

为什么要做志愿者？克里斯觉得没有特别的原因，只是希望对其他病人有所帮助。这份没有任何报酬的志愿者工作，如果谈到收获的话，他认为是资讯、友谊还有一份年轻而自信的心态。

他微笑："让你的身体和精神保持活跃，可以延缓慢性疾病的发生，比如说阿尔茨海默病，而且你也不需要那么多睡眠了。健康的价格是高昂的。"

我要知道每天吃了多少

克里斯在 1985 年得了糖尿病，那时他 50 岁。他的血糖大概是 125 mg/ml，相当于 6.94 mmol/L，他一年去看 2 次医生，检查血糖，以便医生告诉他需要进行何种调整。但幸运的是，至今为止，克里斯只需要饮食和锻炼控制，还没有使用任何控糖的口服药物或胰岛素，也没有任何糖尿病相关的并发症。

克里斯知道要关注饮食，比如说不要贪吃土豆，通过走路的方式锻炼。克里斯现在和自己的母亲，姐姐一家住在一起，在一个屋檐下，5 个人中，克里斯，姐姐和姐夫患有糖尿病，克里斯的母亲以及侄女没有血糖的问题，其中克里斯的姐姐需要使用控糖药物。

有时让克里斯感到困扰的是，他总被提醒每一份食物中，含糖不要超过 5 盎司，这没有问题，但他可能会吃很多份食物，总的糖量却超标了，他觉得在糖尿病教育以及日常生活中，控制每天摄入全部总量的概念也很重要，而不是关注每一份的水平。

35 霍丽英（化名）

简介：52 岁，在 26 岁被确诊为 2 型糖尿病，双眼并发糖尿病视网膜病变。

就这样一点点看不见

霍阿姨小时候患有哮喘，从来不参加体育活动，体质一直不够好，学校集体看电影回来之后可能就会感冒发烧。在 1985 年的时候，双眼反复发生虹膜睫状体炎，在眼科就诊的时候，医生看到她的眼底呈现糖尿病视网膜病变的特点，询问了她的症状，才发现她出现多饮、多食、多尿，体重却减少已经几年了，随后的空腹血糖查出达到 15. 72 mmol/L，在她 26 岁的时候，被诊断患有 2 型糖尿病。在她确诊之后，家人之中陆续发现父亲、姐姐都有 2 型糖尿病，2 个哥哥血糖没有问题。

由于经济和知识的原因，霍阿姨的血糖一直控制得不好，更是从来没有想到眼睛的问题，随着视力的下降，她到过一些地区医院，被告知没什么办法的，也没有经过系统治疗。到了 2004 年，霍阿姨已经基本失去了可以独自外出的视力，到眼科看过一次，被告知现在眼睛的状况如同发霉的桂圆，是从里面开始坏掉的，而不是普通人的那种白内障，她没有积极治疗而是一直任其发展。她的身边，不断听说有人因糖尿病而故去，或者失明，但她竟然就这样拖了 26 年。

2010 年 10 月，霍阿姨感到看东西眼前红彤彤一片，知道自己可能眼内出血了。到了 11 月，由于糖尿病引起的右眼动眼神经麻痹导致右眼睑下垂，再次到眼科就诊，遇到的医生说要先控制血糖，而且手术难度大没有技术能力承担，霍阿姨感觉那一刻如同跌进万丈深渊，然后开始全身发抖，觉得今后要彻底“废”了。

霍阿姨的胰岛已经完全没有功能，需要完全依赖胰岛素，在内分泌科住院时曾出现了低血糖至 1. 7 mmol/L 的情况，进行了急救，在住院的两周时间改善了血糖。她又到眼科最好的一家医院就诊，这次遇到的医生被她盛赞“血管里流淌着道德的血液”。这位视网膜外科医生说:“虽然你的病看得晚了，如果早来，效果会好很多，但不管怎么样，你毕竟来了，因为看不到眼底，先做白内障手术，能挽救一只眼睛是一只。”由于右眼不能睁开，因此先手术左眼。2010 年 12 月，她只有光感的左眼进行白内障摘除和人工晶体植入，术后她可以扶着墙走路，摸索着做家务。2011 年 1 月进行了左眼玻璃体切割及硅油注入，矫正视力达到 0. 1。2012 年 1 月左眼取出硅油之后，因为继发性青光眼，又进行了控制眼压的治疗。在 2011 年 2 月，在右眼睑下垂恢复后进行了白内障手术，6 月右眼也进行了玻璃体切割及硅油注入术。

每个典型都是熟悉的陌生人

“我觉得自己对不起自己。”病情拖延了这么久，霍阿姨觉得对不起自己的人生。她知道自己学习的不够，只是有时看报纸，听听电视，但没有听过正规的医学专业人士讲授。

她说："糖尿病是甜蜜的杀手，一定要早治，不能道听途说。"

琳后记：

霍阿姨是一个让我感慨不已的病人，她提及自己的病情总是形容为"生不如死"、"很苦"，当她提及自己的手术医生，却反复说："运气好，碰到了有道德的医生，太好太好的医生。"她总希望我要是个记者就好了，把她喜欢的医生作为好人好事报道出来，虽然我觉得她的手术医生只是做了应该做的。

人的一生中，可能只遇到过几位医生，甚至是几十位医生，往往对一个个体的感受就形成了他对医生整体行业的印象。如果你真的在意病人对你的看法，真的在意病人对医生这个群体的看法，请一定用心对待每位病人，你只是在做你应该做的事情，病人却涌动着感念的情怀。

虽然在医生的职业生涯中，我们会遇到一些病人带着过高的期望，按现代的科学技术无论如何都难以满足他们的要求；但是更多的病人，带着殷切的情怀，来听你的一个说法。他们可能远在千里之外，可能在夜色中出发，可能需要节衣缩食，他们带着个人的希望和家庭的期盼，只为了可以在技艺高超的医生手里就诊。无论你是否能解决他的问题，请你温柔地对待他，原因是，他病了，而他，来看你。

36 George King（金良城）

简介：哈佛医学院教授，Joslin 糖尿病中心副主任及研究中心主任，美国亚裔糖尿病研进会创始人。

我们把病人做为一个整体

在 Joslin 糖尿病中心，我看到设置了不同亚专业的门诊，除成人内分泌科、眼科、足科、心血管科、神经病变门诊，还有儿童糖尿病门诊，性功能障碍门诊，心理健康与咨询门诊，孕期门诊，还有一个健身房。以孕期门诊为例，Joslin 糖尿病中心的创始人艾略特·乔斯林雇佣了怀特医生，她是一个年轻的女医生，在上世纪 20 年代，大多数糖尿病人没有孩子，因为 80% 的婴儿会死去，怀特医生指导的这个孕期项目使病死率降低了 50%。

自艾略特·乔斯林医生在1898年成立Joslin糖尿病中心以来，秉承的理念就是把病人作为一个整体。这包括至少如下两个方面：第一，不仅仅控制血糖，而是所有相关的事情，既然糖尿病是你必须面对的，那你至少可以部分掌控。就像面对衰老一样，适度运动，吃的更健康，就可能看上去更年轻一点。第二，确信Joslin站在最新诊治进展的前沿，给病人所有新的药物、仪器，使糖尿病的治疗更简便，效果更好。

Joslin糖尿病中心提供巨大的营养支持项目，因为食物摄入明显是糖尿病控制的重要一环，还有运动医学部、心理健康与咨询门诊也很重要，如果病人不能坚持进行治疗，健康水平会明显下降，并且社会心理因素在人类的15岁、25岁、35岁、45岁……都是不同的，所有这些都是糖尿病治疗的重要元素。

把这么多的元素集中在一栋大楼里，并不仅仅是方便病人就诊，不需要跑来跑去，对于医务工作者而言，也便于把病人作为一个整体考虑。如果眼科、足科、肾内科、心理科、营养科这诸多部门分布在不同的楼里或距离很远，医生或者研究者想问题的时候容易倾向于自己的专长所在，而忽略了其他器官和整体的问题。

“我们的会议也是把所有不同专业的专家召集在一起，鼓励并迫使健康提供者将病人看作一个整体的人，关心所有方面。”作为享誉世界的糖尿病中心，Joslin始终有120~140位的研究者、学生和访问学者，50%来自美国之外的世界各地。

“已经产生了糖尿病并发症的病人，其医疗及相关服务的费用是没有发生并发症之前的5~10倍。从政府层面，即使仅从经济的角度考虑，糖尿病能做到预防最好，或至少患病后能减少并发症；从病人的角度，如果没有并发症，生活也会更容易一些。”

糖尿病50年生存良好——“他们都是非常非常快乐的人！”

Joslin糖尿病中心正在对病程超过50年的1型糖尿病患者进行一项横断面观察性研究，这些病人平均年龄不到70岁，但已经来到Joslin超过50年。当时艾略特·乔斯林医生设计这个项目的时候，设定为病程25年，但在1970年时，调整为50年（胰岛素是1922年发明的，在20世纪70年代，整个美国也没有多少位使用胰岛素达到50年的糖尿病人）。他们想知道，为什么在逾百万的1型糖尿病人中，这些入选者可以存活这么久，他们在600位病程超过50年的1型糖尿病人中，检测遗传因素、环境、心理、生理，并发症如眼部、肾脏、神经和心脏功能，35%的人没有眼部严重并发症，只有13%有肾病，而一般情况下，30年病程的糖尿病病人都会出现这些并发症。从并发症的角度，这些人中有些可能由于基因因素，起到保护性作用，不发展眼部等并发症，但他们确实都是控制血糖和把握生活非常好的人，即使那些出现了并发症的病人，也很好地活着。金良城教授认为这是多因素的作用，从社会心理的角度，"很多病人从11岁就被确诊为1型糖尿病，他们的父母非常支持，结婚后，伴侣对他们非常关心，他们始终注重营养、运动，他们不仅是独立的人，而且良好的家庭氛围帮助很好地控制血糖。他们都是非常非常快乐的人，积极面对问题，而不是被问题打败"。

金良城教授在中国读到小学三年级，"我爱中国的文化，但中国文化注重'养'大于'动'，我们要注重那些能够消耗卡路里的运动。我在中国主要城市的领先的糖尿病中心都看到了非常好的营养项目，建设营养项目并如何覆盖更广泛的人群，不只是医学专家，也应是政府、经济学家、公共卫生领域专家都要考虑的问题。"

注释：

美国亚裔糖尿病研进会：Asian American Diabetes Initiative，AADI。

37 纪立农

简介：北京大学人民医院内分泌科主任，北京大学糖尿病中心共同主任，中华医学会糖尿病学分会主任委员，中国医师协会内分泌代谢医师分会副会长，北京市糖尿病学专业委员会名誉主任委员，国际糖尿病联盟（IDF）副主席。

中国糖尿病的现状与趋势

2007年全国性糖尿病流行病学调查显示，我国20岁以上成人中糖尿病患病率为9.7%，病人人数达9240万，只有40%的糖尿病病人知道自己的病情，还有60%的糖尿病病人未得到诊断。

糖尿病前期是指空腹血糖受损或葡萄糖耐量受损，大多数会发展成为糖尿病，这部分人群比例高达15.5%。那些已经诊断为糖尿病的，大部分人血糖控制不理想，有些还没有使用任何控制血糖的手段，并且控制血脂、血压，抗凝等治疗心脑血管疾病的综合措施使用不够。

目前我国尚没有糖尿病的预防体系，无论在大众的健康教育和生活方式干预上对预防代谢性疾病都明显不足；在医学体系上，也并没有系统化的措施来发现糖尿病前期的人群，缺乏对糖尿病前期进行系统管理和干预的体制；对于已经被诊断的糖尿病病人，我国慢性疾病体系正在建立中，目前基本是传统的以医院为中心治疗急性和重症疾病的体制，针对慢性疾病的体制尚未建立。因糖尿病是一种慢性的终身性疾病，糖尿病病人绝大部分时间都是在医院外。如何在医院外对糖尿病进行监测、治疗，形成我国的慢性疾病管理体系是一个亟待解决的问题；高达60%的未获诊断的糖尿病病人，更缺乏相应的健康管理，得到诊断越晚，病情更重，也会对家庭和国家造成更大负担。如果我国目前糖尿病发病的趋势得不到遏制，会在今后很长时间处于上升趋势，并且可能出现糖尿病并发症高峰期，如大血管并发症和微血管病变。

针对我国糖尿病发展趋势，我国需要有整体的应对策略。经济状况与社会结构的改变，导致了生活方式的改变，城市化进程的加速和科技的进步让体力劳动减少，竞争的激烈使紧张的情绪增加。糖尿病作为一种生活方式病，也需要国家从调整社会发展角度来改变局面。在针对大众的预防方面，需要有对高危人群及早发现的国家政策，特别是对糖尿病前期人群的早期发现与管理。

慢性疾病是“数字病”

创新是一个国家发展的灵魂，不仅要鼓励创新，也要把已获得的知识转化成行动。比如说《中国糖尿病防治指南》，是根据循证医学研究的证据制订的。指南是指导糖尿病防治的纲领性文件，应在实际的糖尿病防治中落实。但对现有的指南，推广和执行不到位，是世界各国的普遍现象。实际上，指南的落实是一个非常复杂的过程，涉及到医生的知识和行为，病人的知识和行为、医疗体制、人力资源、医疗资源等。产生指南中的知识需要研究，如何落实指南推荐的标准化诊疗也需要转化医学研究来寻找最佳的策略。

对于医务工作者，职责是延长病人的生命，并且让生活更有质量。与其他职业不同的是，需要对生命更加敬畏，需要内心秉持一份神圣。大众也需要对医生这个特殊的职业有充分的理解和支持，增加理解才能利于双方的沟通。

纪立农教授指出，很多糖尿病病人的误区在于靠自己的感觉来判断病情的好坏，而像糖尿病这样的慢性疾病，在健康管理上应该是“数字病”，要重视血液标本等指标学的检查，因为这些指标来自于流行病学调查和临床实验，是与病情轻重或风险相关的，数字是一种评价指标，控制数字是为了减少糖尿病并发症发生的风险。

另一个常见误区是，认为控制糖尿病的药物毒性大，服用越多越有害健康，因此不能规律地长期服用，血糖水平控制得也时好时坏。事实上，相对降糖药物和胰岛素的副作用而言，长期规律地使用更能减少糖尿病并发症发生的危险和延长寿命。另外，依靠药物，不能解决所有的问题，饮食和运动以及其他生活方式的调整，要贯穿疾病的始终。

健康的社会环境，更能提高社会的健康水平

我在美国 Joslin 糖尿病中心看到有专门的儿童糖尿病门诊，并且发现在美国医学系统中，儿科占据非常重要的位置。比如五官科医院也有专门的儿童眼科门诊，就连斜视手术也将 18 岁以下的划分到儿童眼科，与成人的诊治不在一起。对此，纪立农教授谈到，儿童主要的糖尿病类型为 1 型，而中国人群 1 型糖尿病偏少，因而中国儿童糖尿病相对欧美国家偏少，过去一直是儿童医院和综合医院的儿科来诊治这些儿童糖尿病患者，至今也是，我国糖尿病患儿整体的血糖管理水平不算理想。目前，中国肥胖儿童增多，2 型糖尿病的发生将增加，今后糖尿病患儿的数量将增高，相关医疗机构的处理和接待能力需要进一步加强。

曾经有个大学生给纪立农教授写信，他得了 1 型糖尿病，但不敢让周围的人知道，担心以后的就业、保险等等很多问题。但他需要 1 天打 4 次胰岛素，不让室友、同学知道几乎是不可能的事，所以他经常漏打胰岛素，而且他担心留下医疗记录，也不敢使用医疗保险，一个来自农村的孩子，承受胰岛素这笔费用就是个沉重的负担。当他过生日的时候，送给自己的生日礼物是一盒 BD 针头，因为很多人注射胰岛素时都不舍得一针一换，也不舍得

用这种痛感小的针头。这是一封让人心酸的信，对很多慢性疾病来说，得病不见得是个问题，但不治病却是个问题。

“在疾病的世界里，连像糖尿病这样的常见慢性疾病，都存在歧视，我们全社会都需要提高对疾病的认识，对生命的尊重，对病人的理解和关爱。”

38 许　迅

简介：上海交通大学附属第一人民医院副院长，眼科主任，教授，博士研究生导师，上海市视觉复明临床医学中心主任，上海市医学会眼科学分会主任委员，中华医学会眼科学分会委员兼眼底病学组副组长。

糖尿病视网膜病变症状隐匿，需要早期筛查、定期随访、及时介入

因糖尿病导致的眼病主要包括糖尿病视网膜病变、糖尿病黄斑水肿、白内障、视神经炎、葡萄膜炎、新生血管性青光眼等，以前三者最为多见。在 2010 年全球糖尿病视网膜病变病人为 1.0081 亿，危及视力为 3340 万，估计到 2030 年全球将有 1.5491 亿糖尿病视网膜病变病人，危及视力的达到 5130 万。我国近亿糖尿病病人中，约 30% 已经并发了视网膜病变，如此高的发病率与经济高速发展、饮食结构、生活方式改变具有密切的联系，而大众对糖尿病在眼部并发症的认识和即将产生的危害远远跟不上经济的发展和病人数量增加的速度。包括很多内科和眼科医生在内的医务工作者，对这一来势凶猛的情况也缺少足够的思想上和技术上的准备。

中国早期的防盲重点是沙眼，之后转入白内障，按照国际趋势，现在和不远的将来防盲的重点将是那些难可逆转的致盲性眼病，特别是糖尿病视网膜病变、老年性黄斑变性和青光眼。而白内障随着经济的发展，投入相应的财力在技术上消除白内障导致的盲已经没有太大的障碍。

由于不同国家和地区都对糖尿病视网膜病变采用不同的分型和标准，使病人的治疗随访以及医生之间的交流等出现障碍和困

难。许迅教授在国内倡导采用糖尿病视网膜病变的国际分型，因而采用眼底镜这一最简单和基本的眼底检查设备，就能完成对糖尿病视网膜病变的分型，有利于不同等级、不同亚专业眼科医生之间的交流，同时发达地区和不发达地区的医生都能采用统一标准对病人进行分型和诊断；也有利于不同国家和地区之间医生的学术交流和深入研究。一般来说，在诊断糖尿病以后，病人应该常规进行眼科检查、记录、和病情登记，眼科医生应根据眼底的病情和病人的具体情况定期进行随访。

由许迅教授牵头的一项国家十一五科技重点项目，初步发现在严重非增殖期糖尿病视网膜病变这一阶段就进行广泛视网膜光凝治疗，其治疗结果和远期疗效都要优于在增殖期才进行广泛视网膜光凝。

视网膜见证了血糖控制的前世与今生

许迅教授带领的团队在上海曾经做过一项研究，发现对糖尿病人进行早期视网膜病变的筛查和干预疗效显著，2 年以后这一社区因糖尿病并发症失明的病人比例远远低于其他社区。此外发现糖尿病视网膜病变具有代谢记忆现象，当病人长期没有控制好血糖，导致了视网膜病变出现，此时再开始控制血糖，视网膜病变的发生及发展并不能有效控制及逆转，已经查明的原因是长期高血糖触发了导致视网膜病变的信号转导通路的激活，产生瀑布样的级联反应。此时才考虑控制血糖，已经错过控制视网膜损伤的有效时机，它就像一本日记，记录了你血糖控制的昨天、今天和明天。

“我国的视网膜外科医生手术水平不仅和国际接轨，甚至更能胜任疑难棘手的病例，对此，我们并没有感到骄傲欣喜，而是应该看到我们在早期干预和宣传教育上做得还不够。”

视觉清晰，优质工作，健康生活

眼球体积虽小，但大脑容量的 40% 都与处理视觉信号有关，可见视觉的重要性。糖尿病视网膜病变在早期甚至于中期都可以没有明显的症状，在眼内大出血的前一天还可能有很好的视力，但是，一旦出现了严重的玻璃体出血，病人的病变就走向了晚期，也就是说错过了最为有效的治疗时机。视网膜好比一架传统照相机的底片，它的损坏目前还只能修理和治疗，尚没有办法进行更换，这一点不同于白内障。因此对视网膜的保护显得尤为重要和关键。

“视力大幅下降甚至丧失会带给病人的生存和生活以强烈的打击，这是一种需要早期检查、早期筛查、定期随访、及时介入的致盲性眼病。”

39 胡仁明

简介：复旦大学附属华山医院内分泌科教授、博士研究生导师，复旦大学内分泌糖尿病研究所所长，上海市糖尿病学分会副主任委员，中华医学会糖尿病学分会常委，中华医学会糖尿病学分会微血管并发症学组组长，亚洲糖尿病微血管研究会主席。

“大庆研究”证实生活方式干预可以有效减少糖尿病的发生

糖耐量异常是患糖尿病的高风险因素，在1986年，在大庆筛查11万人后，对其中577位糖耐量异常的人士进行研究，分成生活方式干预组（饮食、运动或饮食加运动综合组）和对照组。6年之后，生活方式综合干预组糖尿病发生率降低51%，然后不再进行干预，只是随访，在2006年，对照组93%的人发展成糖尿病，干预组是80%。从这个研究可以看出，在糖尿病前期人群中，开展饮食和运动的生活方式干预，可以长期持久地减少糖尿病的发生。

大庆糖尿病预防研究是世界上第一个随机分组的糖尿病预防试验，研究结果不仅在2008年发表在国际著名医学杂志《柳叶刀》上，也和其后出现的美国糖尿病预防计划（DPP）和芬兰糖尿病预防研究（DPS）被视为通过生活方式干预预防糖尿病理念的里程碑。“大庆研究”在糖尿病领域被全世界的糖尿病专家公认为重大贡献，但我国大众对大庆的认识往往还只停留在“石油之乡”，甚至大庆很多本地人都不知道这项研究，应当将“大庆研究”的成果加以宣传和推广。

2011年的9月，联合国在纽约召开预防和控制非感染性疾病防治高峰会议，主要包括心脑血管、癌症、慢性呼吸道疾病和糖尿病，把防治慢性疾病提高到国家和国际最高层面。中国政府表示中国正加紧建设符合中国特色的慢病防治体系，胡仁明教授认为，其中也包括建立符合中国特色的防治糖尿病的体系。

在所有的透析病人中，源于糖尿病肾病的超过30%

糖尿病肾病是糖尿病导致的微血管损害的一种，由发病到透析，病程一般是10年，而预防糖尿病肾病，需要进行早期筛查。在所有的透析病人中，美国、日本由糖尿病引起的占45% ~ 50%，中国大陆在2010年约占26%，在2011年已经达到30%，呈增高趋势，并且高峰尚未到来。其中一个原因是美国、日本对糖尿病肾病已经研究了几十年，已经发现的糖尿病肾病和接受透析的病人比例因此很高，而我国漏诊病人相对要高一些。中国糖尿病病人在这5年内快速增加，预测10 ~ 15年以后，透析的病人有1500万，遏制由糖尿病引起的透析势头，减少肾脏病变的发生，会减少个人和社会的沉重经济负担，而且这是个非常惊人的数字。我国政府、卫生部、上海市卫生局都已经认识到这个问题。

在糖尿病肾病领域，和很多其他医学领域一样，目前的现状是比较重视治疗，对于预防相对忽视。我国的糖尿病指南新近在检测微量白蛋白尿的基础上，增加了肾小球滤过率。透析不仅是一笔很大的开支，而且使病人生活质量下降，最好的办法是不要产生糖尿病并发症，当然最好的是不要产生糖尿病，要将防止糖尿病的关口前移，不只对糖尿病前期的人群，而是让广大老百姓都知道预防糖尿病行之有效的办法，这样才能遏制糖尿病肾病快速增长的势头。

医学教育的形式可以喜闻乐见，比如电视剧

胡仁明教授并不认为糖尿病一定是终身疾病，他在2011年的“东方论坛”会议提出了一个概念，部分2型糖尿病是可以治愈的，得到了至少华东地区专家的认同，并且在华东地区推广糖尿病指南的时候不提“终身疾病”，并没有证据证明糖尿病是终身疾病，也有一小部分病人不用药物，血糖可以控制良好，比如身体质量指数（BMI）小于35的病人，经过胃肠改道手术5年以后，83%的病人不需要控糖药物。

最近，胡仁明教授的一个身份是“总策划、总编剧、总导演”，他在医生领域做了一件前所未有的事，拍了一部科教电视剧——《抗糖路上爱相伴》，一共7集，每集30分钟。他动员复

旦大学内分泌研究所和华山医院的医护人员，还有国内有先进经验的地方，比如大庆，以病人的故事为主线，拍了一部医患的“真人秀”，让糖尿病患者走到台前，告诉大众应该怎么做，比著名影星的出演和知名教授的上课更加生动。

胡仁明教授的理念是要让大众内心至少掌握一个控糖的粗线条，在菜场怎么买菜，在饭店什么不要多吃。如果总分析早餐蛋白质吃多少克，卡路里怎么计算，现实生活中没有几个人能学会并且坚持，学得糊里糊涂可能没有好处，坚持不了会让心态变坏，而简单的、容易操作的方法是更宜于大范围推广和长期采用的方法。

目前正采用两条途径来推广这部抗糖电视剧：一是全国的社区卫生中心，中国一共有4.5万个社区卫生中心，这是保卫健康的第一阵线，提高这里工作人员的理论水平非常必要；第二是通过居委会，让广大居民观看。在金山区山阳卫生中心，所有的医务人员集中起来进行了一次试播，普遍反映觉得很有意思。一位医生说:“现在我知道了，在我们进餐时头脑里要有3面旗帜，我们可以深入浅出的向病人介绍饭店里烧的菜场买的‘红旗，黄旗，绿旗’，糖尿病患者‘红旗’不宜吃，‘黄旗’少吃，‘绿旗’适合吃。”

琳后记：

胡仁明教授是个很有想法的人，听到他拍电视剧，我莞尔一笑，这让我既意外，又拍手称赞。不是所有医生都能想出这样的点子，不是所有医生都这么有趣，也不是所有医生都能把视线放到医院之外，为公共卫生助一臂之力。

为什么有时老百姓会相信所谓的“神医神药”，一方面是我国大众的平均科学素养、特别是医学素养亟待加强，缺乏一定的甄别能力；另一方面，是专家学者有时有“语言障碍”，不能用简单生动的语言和大众沟通，不能用喜闻乐见的方式来传播医学。希望能有越来越多像胡仁明教授这样的医学人士，投身到公共卫生事业。真正的专家学者走进大众，伪科学的阵地就变小了。

注释：

BMI：Body Mass Index，身体质量指数，是用体重千克数（kg）除以身高米数平方（m^2）得出的数字，是目前国际上常用的衡量人体胖瘦程度以及是否健康的一个标准。

40 许樟荣

简介：中国人民解放军第306医院糖尿病中心主任，国家卫生部疾病预防控制专家委员会委员，中华医学会糖尿病学分会委员兼糖尿病足与周围血管病学组组长，内分泌学分会委员兼糖尿病学组副组长，全军内分泌学会副主任委员，国际糖尿病足工作组成员兼亚太区主席。

千里之行始于足下，脚痛不能只医脚

糖尿病足是指糖尿病患者由于合并神经病变及各种不同程度末梢血管病变而导致下肢感染、溃疡形成和（或）深部组织的破坏。在1949年我国的平均寿命是39岁，而现今北京、上海等地平均寿命是80岁，随着人均寿命的延长，即使是没有糖尿病，老年人的下肢血管病变和足病的发病率也会增高，随着中国糖尿病发病率的增加，现有9240万糖尿病病人中，糖尿病足病的人数随之增多。

在美国所有截肢的人中，1/2是糖尿病病人。在我国三甲医院进行的调查显示，截肢（含截趾）病人有1/5是糖尿病病人。这不仅仅是失去1或2个脚趾的问题，运动或工作能力受限或部分丧失，可能带来严重的家庭和社会负担。比如足病病人不仅需要人照顾，而且目前糖尿病患者截肢相关的平均医疗费用约3.3万，是一笔高昂的开支，并且预后并不好，因为糖尿病足病是全身整体状况的体现之一，标志着糖尿病全身并发症的冰山一角，截肢的病人，5年的生存率低于50%。

但是糖尿病足病的预防非常有效，首先要发现哪些病人容易产生脚的问题：年纪大的、病程长的、有其他并发症的（如肾病、眼病、神经病变、血管病变）、吸烟、鞋子不合适、脚上生脚垫（老茧）、脚部畸形、皮肤有病变比如皮肤变薄，这些人容易发生脚的溃疡。如果发现了一些危险因素，就要对他们加强管理教育，学会足部保护。比如：傍晚的足部和早晨要相差一个尺码左右，鞋子不要上午去买，因为很紧的鞋子挤压就可能形成破溃和感染；糖尿病患者神经感觉减退，由于下肢血管问题感到脚凉，烫脚的时候却感觉不到水温过烫，容易因烫伤导致溃疡截肢。只要多加注意，很多状况完全可以避免。

许樟荣教授所在的糖尿病中心，门诊、周围神经检查、血管、骨密度等检查室、病人教室、临床试验的药理基地在空间上比邻，和眼科、妇产科等多个科室进行联合门诊，每次病人完成关于全身情况和饮食运动等 14 张问卷，从 1993 年就开始建立病人的数据库，对病人全身情况进行评估，目前有全面数据资料的病人超过 2 万人。糖尿病足是全身糖尿病并发症的局部反应，脚痛却不能只医脚。

病人是医生最好的老师

对待糖尿病、高血压这样的慢性疾病，任何好的医生，都代替不了病人自身的努力。要规律服药、注意饮食、积极运动，要求是医生提出来的，却是由病人来完成的，医生的医嘱和建议要通过病人来实现，医生与病人的目标是一致的，共同的努力才能把病看好。二十年前医学对一些疾病束手无策，现在可以手到擒来，也可能 20 年后又有新的病种，又需要一个时期才能攻克，疾病与医术，永远都是“魔高一尺，道高一丈”的演变，魔与道永远不会休战。

“你需要痛苦着病人的痛苦，幸福着病人的幸福，要把病人当作朋友，平等去讨论问题，给他提供选择，并灌注医生的导向。”人与人之间，即使还没开口说话，病人凭直觉有时就可以感受到哪些医生值得依赖，爱心与慈悲如果流淌在血液里，就会体现在你的风骨上。

医疗技术的成熟是从不成熟发展而来的。有些治疗和手术对病人有风险，对医生来讲同样有压力，由于病人的不信任或施给医生不必要的压力，医生担忧出现纠纷，过分担心病人的看法，可能会选取稳妥保险万无一失的方法，但同样病人也失去了被救的可能性，不能被治疗到极致。

病人需要被充分告知，病人有选择的权利，但当一个医生倾注全部所能、满腔热血去挽救一个生命的时候，如果病人或家属不理解或曲解，对医生的打击也是巨大的。好的医生也需要理智、理解的病人，只有医生一方的主动，那也是一种被动。

成功的病例都是相似的，不成功的病例各有各的不同

许樟荣教授的一个病人在 1959 年被确诊为 1 型糖尿病，开始打胰岛素，现在快 80 岁了，只是在 4 年前发生了一次心绞痛，然

后安装了支架，此外没有其他并发症。即使是发病早的 1 型糖尿病，大部分病人如果认真按照医生的嘱咐，管理好生活，和健康人的寿命几乎没有差异。

但他的另一个现在已经退休的 1 型糖尿病人，年轻的时候跑到某地去，听说那里有中药可以治愈糖尿病，停用控糖药物后发生酮症酸中毒合并上消化道出血，当地抢救时输血，又导致血源性肝炎，九死一生之后，回来继续控制血糖，现在一直保持得很好。还有 1 个从 7 岁开始因为 1 型糖尿病前来就诊的病人，血糖一直控制得很好，但到了 20 多岁的一天突然因为严重的酮症酸中毒被送来抢救，险些死亡。因为家人听说某地一个法师的徒弟能发气功，能发到北京来帮他治疗糖尿病，就让他把控糖药物都停了。经过了这次抢救，家属也终于想明白了，哪怕真的有这样一种“神功”，千里之外，茫茫人海，落在自己儿子身上，光解决这个精确的定位问题就是“世界难题”了。医生光紧握现代的医术是不够的，还要有病人和大众整体观念的改变，以及对科学的了解和对医生的信任。

许樟荣教授还担任科普杂志《糖尿病之友》的主编，他觉得医生的时间与精力，可能做不到社会上出现一个不科学的言论，就站出来解释一个；但可以尽最大努力来宣传科学的知识，科学的阵地大了，不科学的问题就少了，否则病人和大众的知识不足以支持自身做出正确的选择。

“很多疾病，治疗需要经济、时间、身体的损耗，而提前预防，就可以避免很多问题。前沿不意味着只是临床与科研上挑战高精尖，而是把工作做到前哨去。”

琳后记：

医院是医生的职业场所，更是每个人生命中必将到达之地，也是维系人类健康与延缓生存的最后一叶方舟。

医生与病人，应该尊重与珍视彼此的生命，维持这叶方舟的祥和与安宁。

41 Kenneth Snow（肯尼思·斯诺）

简介：哈佛医学院 Joslin 糖尿病中心性功能门诊主任，从事糖尿病相关性功能障碍临床工作 12 年。

把性功能障碍当作医学问题，才能让医生和病人交流这个问题

在 1994 年进行的马萨诸塞州男性老龄化的调查中，发现40～70 岁之间的糖尿病男性病人，50% 经历过不同程度的性功能障碍。

“性功能障碍可能是病人最后才问的问题，但这可能是他第一个想到的问题。他接受的文化传统和个人性格，可能羞于谈性，当他有了糖尿病等慢性疾病，满心期待在诊室里医生能主动和他讨论这个问题，但等啊等，医生永远不提，自己也不好意思提，一直拖延下去。当病人真的主动想讨论这个问题了，医生却有可能彻底逃避和浅谈辄止。这就是医生讲述的内容和病人关注的不统一。”

有数据显示，有勃起功能障碍的男性往往容易产生抑郁，性功能情况的改善有利于减轻抑郁。糖尿病作为一个需要大量自我照料的疾病，如果不能自我照料得很好，就难以控制得很好，性功能如果不像眼病、肾病那样给予关注，则往往被忽视。关于性功能障碍认识的枷锁之一就是医生需要被培训。

性功能障碍不仅只是影响生活质量这一个方面，大量研究显示，有勃起功能障碍的男性往往容易有心脏问题。因此心脏疾病筛查问卷中一个非常有效的问题就是，问一下他是否有勃起功能障碍。

在五六十年前，勃起功能障碍还被当作一个心理问题，而不是生理上、功能上的问题。斯诺教授看到的很多糖尿病病人，仍觉得它是个心理问题，而不是身体真的出了状况，如果能承认这是一个医学问题，和其他来医院就诊的病人带来的医学问题一样，就会更愿意和医生来讨论这个问题，因此关于性功能障碍认识的枷锁之二是病人需要被教育。

对于医生而言，斯诺教授和他的同事也是克服了很多障碍才能够放松自如地谈论性功能的问题，“很多医生对这个领域的认识非常有限，与其他领域相比，有效地开始一场关于这个问题的讨论，需要更多一些的培训，接受过很好培训的医生比较缺乏，要由他来评估病人是否需要治疗”。

病人们应该能够主动而自然地谈到这个问题，“这是一个常

见的问题，这是一个医学问题，医生需要培训，病人需要教育，当然，他的同伴也需要教育，我们希望病人带同伴一起前来，但是这并不常见”。

对于性功能障碍的误解

此外，关于性功能障碍，还有很多错误的认识。比如，很多人会认为，男性病人不愿意和女医生讲这个问题，但事实却是，很多男性病人觉得和女医生谈这个问题更舒适一点。

有些糖尿病病人毫无性功能障碍的问题，有些人进行性地加重，并在一些情况下恶化，如酒精、疲劳等，无论他们的性功能是好还是坏，他们可能觉得无论做什么都不会有什么变化，事实上，有很多情况都能使之更糟或变好。

比如不敢尝试性活动，害怕失败，由于恐惧引起去甲肾上腺素分泌增多，会加重勃起功能障碍。正规的治疗会使情况改善，比如药物治疗上口服 PDE-5 抑制剂（万艾可）、阴茎海绵体注射血管扩张剂前列腺素 E1。

斯诺医生的门诊解决的是病理问题，当发现性功能障碍是心理的，或合并心理的，会转诊给精神科医生、心理师、社工，从性功能和两性关系角度给予治疗。

性功能是对很多病人的人生非常重要的一个方面，应该很专业地和他们讨论这个问题，它是个医学问题。提供信息，提供可选择的治疗方案，让他们来做决定。什么治疗对他们最为重要，甚至选择不治疗，由病人主动地选择不治疗，也是一种正式的治疗，因为他们知道了自己有能力来决定治疗还是不治疗，而不是觉得这个问题超过了解决的能力而只能去忽视它。这也是一种鼓励，他们可以治疗自己，在糖尿病的病程中，过健康的生活。

目前没有哪一种食物、哪一种营养元素被证实能有效地改善性功能障碍的有效性，斯诺教授认为：“很好地控制血糖和血压，这也许是最重要的，并且是可以做到的。结合运动、营养，健康的生活方式，这比进补更有效。即使我们不能预防他们的勃起功能障碍，但是可以减少它对生活的影响，我们的目标是让人有更久的健康生活，减少不良生活事件的发生。”

42 Anne Butler（安妮·巴特勒）

简介：精神科医生，1994 年加入哈佛医学院 Joslin 糖尿病中心，现工作于心理健康与咨询门诊。

糖尿病患者常见的心理问题

Joslin 糖尿病中心心理健康与咨询门诊，由接受过不同培训具有不同资质的人员组成团队。一组社工和博士后，专为低于 18 岁的青少年工作，另一组为成年人服务。社工和心理师提供咨询服务，而安妮·巴特勒医生是唯一的医生，由于心理师没有处方权，所有需要药物治疗的病人都必须经过巴特勒医生之手，因此有时心理师和精神科医生共同看一个病人。

心理健康与咨询门诊最常见的问题，排名第一的是抑郁，第二位是焦虑，第三是饮食失调。

抑郁症的发病率在糖尿病患者人群中高于普通人群；同样，抑郁症病人患糖尿病的可能性高于普通人群。这二者是相关的，关注其中一个着眼点会改善另一个方面。当抑郁好转一些，人会更有动力去吃的健康一些，更规律地运动，拥有更多的乐观和希望觉得可以做出改变，随着抑郁的治疗，血糖水平也随之控制得更好。治疗精神分裂症的药物中有些被发现导致代谢和体重的改变，因此来巴特勒医生这里就诊的病人，有些病人是由于治疗精神疾患而导致了糖尿病的发生，也有部分精神疾患病人原来就同时合并血糖问题。

焦虑可以有很多种表现。有些人非常怕针头，当使用药物抗焦虑之后，才能监测血糖。有的是强迫症，一遍又一遍做同样的事情，每 20 分钟就测一次血糖。巴特勒医生曾有个 17 岁的 1 型糖尿病患者，她安装了胰岛素泵，但她不向里面补充胰岛素，她怕自己因低血糖死去，她已经中断胰岛素治疗好几年了，巴特勒医生给她药物抗焦虑，让她同时看心理师，这样她才能开始主动接受控制血糖，近期她的空腹血糖控制目标是 10 mmol/L，而之前她的空腹血糖一直在 11 ~ 16 mmol/L 之间波动。

饮食失调不只是厌食症，有的人是因暴食症发展成 2 型糖尿病的。心理健康与咨询门诊有个减重项目，在 2 个月的时间里，每周 1 次，让病人见心理师、营养师和运动师，目的是让病人改变生活方式，并把它坚持下去，不是只运动这 2 个月，而是学会以后也坚持运动，不是只健康饮食2个月，而是以后也懂得如何吃的健康。

除了抑郁、焦虑和饮食失调，巴特勒医生这里还有很多常见的问题，比如：

1. 极度的倦怠　有些人说："我厌倦得糖尿病了，我不想测血糖，打胰岛素太烦了，我想有个喘息，我打算吃蛋糕和糖果，我才不管会怎么样呢。"心理健康与咨询门诊建立支持小组，让几个病人和一个社工在一起，让彼此发现不是只有自己是病人，而是有人和自己经历一样的抗争，互相鼓励扶持。

2. 对并发症的反应　有些病人有肾脏并发症、有神经病变带来的疼痛，甚至有人曾经也是医生，现在却觉得自己很无助。曾经有个高级警督，他一只眼睛失去视力，不能再使用枪支，然后下肢很痛驾驶车辆也有困难，他爱他的工作，却失去了部分工作能力，巴特勒医生给他抗抑郁的药物，让他把注意力放到家庭身上，看到自己还拥有的爱。

3. 面对生活的演变　有些病人觉得永远找不到娶她们的人了；有的病人要教育她的男友或丈夫，她的疾病的注意事项，如果出现了低血糖，不要忘记给她们一杯桔子汁或类似的东西。

4. 关于工作和家庭的压力　有个女性病人，丈夫去世后自己带着3个孩子，她要维持工作，还要照顾孩子们，她忙着做早饭，却顾不上自己吃早饭。巴特勒医生教育她要照顾好自己，这样才有能力继续照顾孩子。有些人的工作没有规律的休息时间，没有机会测血糖，老板希望他们的午餐时间继续待在会议室里边吃盒饭边讨论工作，巴特勒医生帮他们如何和雇主沟通，来得到允许，一天里可以有点时间规律地测血糖。

5. 家庭成员对此的调整　有些人是不知不觉中就发生了低血糖，自己没有明显的感觉，不发抖，可她的家庭成员需要知道这点，如果发现她变得易怒焦虑，就要考虑是否及时给她补充糖分。家里的小孩子也要知道这个知识，因为也许只有小孩子自己在家，需要他来帮助妈妈测血糖。丈夫可能需要晚上起来，给妻子测血糖，而且和他们同住的父母也要懂得。这个门诊同时给家庭成员提供咨询服务。

此外，一些心理咨询并非和糖尿病有直接的关系，例如婚姻关系、孩子在学校的注意力问题等等，只不过来Joslin糖尿病中心咨询这些常见心理问题的多为糖尿病患者而已。

精神科医生的三个建议

安慰、谈话、咨询都有价值，例如焦虑，一个人可以通过教育来改变想法，调整呼吸，放松身体，但有时仅是咨询与安慰是不够的，不使用药物无论如何都不能缓解。

二是在选择精神科药物时要注意，如果一个人已经患有 2 型糖尿病，不要再给他们使用能导致体重增加的药物。

糖尿病患者有时觉得自己比实际年龄老，是因为眼睛、走路有问题，但是当你真的坚持治疗方案，把注意力放在自己身上，你可以影响疾病的进程，保持年轻、工作能力和生活质量。

43 Tamara Takoudes（塔玛拉·塔卡迪斯）

简介：妇产科及母胎医学专家，哈佛医学院 Joslin 糖尿病中心糖尿病与妊娠项目共同主任，哈佛医学院柏斯以色列狄肯尼斯医学中心糖尿病与妊娠项目共同主任。

她们只是想生一个健康的孩子，成为一个家庭

从现代医学的角度看，生下一个 5 千克重的胖娃娃并不见得可喜可贺。高血糖会使胎儿变大或巨大、1 型或 2 型糖尿病以及妊娠期糖尿病带来的风险就是让胎儿长得太大，这意味着分娩时胎儿肩部容易损伤，或可能需要剖宫产。从长期的角度看，巨大胎儿和大胎儿在今后的人生中发生健康问题的比例增加，如血压、血脂、心脏问题，以及糖尿病。

男性有糖尿病，对伴侣怀孕并没有影响。即使男性是 1 型糖尿病，只意味着后代患糖尿病的风险增加。在男性患有糖尿病，女性是健康的情况下，女方不需要进行特别的处理和准备。男性所使用的胰岛素和多数控制血糖的药物对女方的健康受孕并没有影响。

虽然 1 型或 2 型糖尿病女性生育有轻微的出生缺陷的风险，但绝大多数病人能够产下健康的孩子，但是需要给予特别的注意，这意味着，更多的血糖检测，药物调节和医学随访。塔卡迪斯医

生在1型或2型糖尿病女性怀孕前就力求使她的血糖和糖化血红蛋白（HBA1C）指标处于良好的水平，这样她的孩子出生缺陷的概率并不高于没有糖尿病的妇女。对于超重或肥胖的妇女，受孕前减重也会增进孩子的健康。2型糖尿病患者在孕期或打算怀孕，医生要格外注意所开出的药物，比如因为肾脏问题而使用的ACE抑制剂或控制血脂的他汀类都要停服。很多妇女孕前不知道自己有1型或2型糖尿病，怀孕后才开始控制血糖，但是孕前没有控制好血糖的话，孕期产生问题的风险就要高一点。塔卡迪斯医生不仅检测女性怀孕期间的状况，也回顾她曾对糖尿病控制的如何，有哪一类型并发症，最近有没有进行眼底检查，HBA1C水平、血压、血脂、尿蛋白，如果这些都正常，那会更好地控制糖尿病以及孕程。

如果一个女性本身很活跃，有锻炼习惯，如游泳、跑步，怀孕后可以只是减少活动强度。关于活动量，没有严格限制，孕妇可以尽可能的运动，但不要过热，要喝杯水。并没有数据证明女性太多锻炼会导致流产，建议的是，孕妇每天运动20分钟，1周3次或4次，在吃东西后锻炼，会帮助控制血糖。活动对控制糖尿病很有好处，特别是2型糖尿病人，往往是超重的。如果她们本来就不运动，不建议开展一个全新的运动，鼓励只是走路。家庭成员应该知道，锻炼是好事，而不是危险的，应该鼓励孕妇运动，因为吃的比以前更多更好。走路，特别是餐后，会减少胰岛素的使用量。

让塔卡迪斯医生难忘的是她的一个糖尿病人，经历过肾移植手术，第一个孩子生下来只有2磅，在第二次怀孕的时候，在医生的努力下，足周妊娠，生下了一个健康的孩子。

“她们只是想生一个健康的孩子，成为一个家庭，而我们，可以帮到一个家庭。”

警惕妊娠期糖尿病

孕妇中4%~8%患有妊娠期糖尿病，如果你就是其中之一，应该知道这是可以控制的。当你被诊断后，要立即行动，你会被要求进行一些生活方式的改变，比如充足的营养，调节碳水化合物摄入的比例以及正餐和小食的间距时间，监测血糖。此外，低强度的运动，例如鼓励走路，不仅降低血糖水平，并且帮助控制体重。

生下孩子后，要一直关注饮食和运动。妊娠期糖尿病患者在生育后 7～10 年发展成 2 型糖尿病的概率有 50%。妊娠期糖尿病患者如果本身超重的话，应该减轻她们怀孕前 7% 的体重，这会减少将来患 2 型糖尿病 60% 的风险。

真希望自己能有一天的时间没有糖尿病，好好喘口气

糖尿病是个麻烦的疾病，但它可以控制，只是要做非常多的工作。有时病人会很沮丧，因为一天里要不停地考虑太多的东西，特别是孕妇，本来想用美食犒赏自己，但总有好多食物不能吃。

有的病人说："我真希望能有一天的时间没有糖尿病，我想喘口气，我太累了。"

注释：

柏斯以色列狄肯尼斯医学中心：Beth Israel Deaconess Medical Center, BIDMC.

琳前言：

在最初，杰奎琳·沙哈尔并没有进入我的视线，我在 Joslin 糖尿病中心这座全球闻名的糖尿病圣殿穿梭的时候，意外地发现了一个健身房，这不是用来供医护员工锻炼的福利，而是专为病人进行运动治疗的场地。瞬间，我惊觉，我们医生和运动医学专家无论在工作场所、生活领域以及理念观点竟一直罕有合作与交集。

早在 Joslin 糖尿病中心建立之前，上世界 20 年代，创始人艾略特·乔斯林医生就提出锻炼和饮食以及胰岛素，是糖尿病治疗的重要组合。遗憾的是，直至今日，有这样运动中心的综合医院或糖尿病专科医院在美国也寥寥无几。让我感到震撼的是，Joslin 糖尿病中心不只是糖尿病领域诸多理念的倡导者，更是积极的实践者。

44 Jacqueline I. Shahar（杰奎琳·沙哈尔）

简介：哈佛医学院 Joslin 糖尿病中心运动医学部主管，临床运动生理学家，认证糖尿病卫教人员。

每个人都会从某种锻炼中获益

杰奎琳来自以色列，在 1992 年至 1994 年曾为以色列国防军

服务，是一名健身格斗培训师。她的职业生涯从训练强壮的士兵转型于那些辗转于医院的慢性疾病人群。

锻炼对于慢性疾病的健康管理来说，是个至关重要的环节，所有病人都会从某种锻炼中受益。锻炼，可以提升对血压、血糖、血脂的控制水平，改善心脏状态，加强肌肉和关节组织，改善精神疾患病人的抑郁和焦虑，也改变一个人的生存状态。

杰奎琳有一些病人难以进行任何形式的锻炼。曾经有一位女性糖尿病患者，因为超重，几乎难以走路，她大约 250 磅（约 113 千克），身体质量指数（BMI）几乎达到 40，属于重度肥胖类型，她最大的梦想是能到意大利旅行，当她在运动医学部的减重项目中成功减重后，向杰奎琳展示了她在意大利的照片。

来到运动医学部的病人多数是通过转诊，医生、护士、营养师、心理师、精神健康护理人员，都可以向病人建议运动治疗。也有一些病人是通过网站知道 Joslin 糖尿病中心的这项服务，自己前来。杰奎琳感到幸运的是，在一些医院，医生们并不重视运动的作用，当然也没有对病人积极倡导。而在 Joslin 糖尿病中心，由于拥有共同的理念，多学科团队合作，医生觉得病人有必要去看一个运动医学专家，病人也会开始格外重视。这样，运动医学部的训练师与医生们一起看到病人有明显的转变和运动治疗的价值。

运动医学重在专业性与对人体全局的掌控

Joslin 的运动医学部也使用 VHI PC KIT，这是一款美国健身领域广泛使用的软件系统，可以生成并打印出一些教会人们锻炼的图解，但杰奎琳他们会根据病人的情况作出细致的调整，比如什么是禁忌的，什么是该强化的。通过对 Joslin 运动医学部的观察，我感到一个专业的运动医学中心和普通的健身房最大的区别，在于训练师在运动学以及医学的专业性，在于训练师对生理以及病理知识的掌握，在于理解人体的全局观念，在于避免不安全运动引发的更多问题。

比如一个病人来到杰奎琳面前，首先会进行综合评价，了解一切用药情况，最近的血液学检查，进行计算机备案；了解全身情况，比如血压、血糖；询问是否有心脏问题，进行负荷试验；了解局部情况，比如膝盖、足部、肩颈；进行 6 分钟走路测试、锻炼容量测试等等；测量腰围、臀围……这些都会被追溯和定期复查。比如说，关于眼部，杰奎琳会询问病人上一次眼科检查是什么时候，是否有糖尿病引起的视网膜病变，她会同时询问 Joslin 的内分泌科医生，这个病人是否有什么禁忌，比如说血压情况是否不能承受超过 10 磅的重物，是否禁忌跑动。如果病人的眼底血管有渗漏和出血（糖尿病视网膜病变的非增殖阶段），杰奎琳会调整锻炼计划，设计不会引起眼内压力增高的方案，比如说避免进行弯腰和低头的锻炼，只能举起轻的重物，并且只能到达肩部水平，不宜举过头部，避免平躺姿势进行锻炼，而是直立位进行运动，比如骑车，如果没有足部的问题，只有眼部的问题，可以走路锻炼，或是使用健身房里的椭圆机。

杰奎琳高度推荐阻力带，大概六七美金就可以买到，在门上放一个固定器，就可以用阻力带进行手臂、肩背肌肉的拉伸，不同的带子弹力不同产生不同的阻力，有些病人不适合使用高阻力进行锻炼。阻力带可以在办公室、客厅、卧室使用，只要旁边有一扇门，即使在外度假，也可以锻炼，那种有将阻力带固定好的塑质小型健身器，价格很便宜，也更安全方便。

改变身体肌肉与脂肪的比例，注意建立肌肉的容积

肌肉收缩的能源是葡萄糖，当你运动的时候，使用你的肌肉，就消耗越多的葡萄糖。如果一个人超重，脂肪比例占到 40%，就需要改变身体的构成。杰奎琳会帮助病人增加肌肉的容积，减少脂肪的比例，如果你可以改变身体的构成比例，就可以明显地看到糖尿病的控制效果。当运动的时候，显著提高了血糖控制水平，可以不需要使用那么多剂量的药物，比如胰岛素，这也是运动被认为是一种新的药物的原因。

杰奎琳特别指出，对于所有健康的或有慢性疾病的人，都需要关注建立肌肉容积。随着年龄的增长，肌肉逐渐减少，而肌肉容积减少，会让代谢减慢，就容易增加体重，如果体重增加，慢性疾病的风险就会增高。如果能在人们比较年轻的时候，就教育他们通过运动来强化心脏、提高耐力、增加肌肉容积、保持血压、血糖、血脂水平，就可以预防在晚期出现的很多问题。

杰奎琳这些运动医学专家把锻炼叫做——“医学运动治疗”，这是一种新的“药物”，也是你每天都可以使用的“药物”。

这不仅是健身房，而是一间“教育实验室”

杰奎琳认为锻炼贵在长期与坚持，需要突破锻炼的瓶颈。

对于1型糖尿病病人，她认为他们不敢锻炼的头号原因是担心会发生低血糖。由于注射胰岛素，病人特别担心低血糖，尤其是发生在夜间的，所以不敢锻炼，这让他们心生恐惧。

对于2型糖尿病病人，也许工作节奏和时间是更大的障碍，有些人回到家里，已经筋疲力尽，没有精力和兴趣进行锻炼了。

另一个原因是天气，过冷过热或下雨，都会影响锻炼的积极性。

杰奎琳建议创造锻炼的环境，让自己得到家人或朋友的支持，特别是在家锻炼，并不用担心天气。

当病人们在Joslin的健身房时，发现进行10分钟的锻炼，前后的血糖就变得不同，感觉这就是一个激励，“哇，起作用了!”，培训师会给病人们指导，监测锻炼前后的血糖。杰奎琳她们把这里叫做“教育实验室”，这并不仅是一个健身房，而是教育人们如何正确的使用锻炼的方式达到血糖控制。

不必一次完成运动，可以分次进行；简易测试强度，掌握“交谈实验”

对于每天1万步进行锻炼这个说法，杰奎琳说，Joslin的研究证实每天1万步是有益的锻炼，但现实生活中，不是所有人都能走到1万步。对于一个超重40磅的人，如果还有膝盖和后背的问题，走路就会很困难，杰奎琳这时会告诉他们从骑车中受益，而不见得一定要走路。

杰奎琳采用美国运动医学会以及美国糖尿病协会的指南，推荐每人需要每周中有5天进行锻炼，每次最小量30分钟，这只是对每个人来说的平均起步量，用于保持健康水平和增加耐力与力量。如果需要减重，则需要每周运动6天，每次需要进行60~90分钟。

如果你想进行这种每周6天的运动，其中3天做阻力训练，进行全身肌肉运动，每次大概30分钟左右；其他的时间做有氧运动，比如说健走、骑车、游泳。杰奎琳认为，如果你单独做了一项，已经很有益，如果把这些组合在一起，效果加倍。

但是对于有慢性疾病的病人，要求降低强度。别人可以连续做30分钟，但对于一个以前完全不运动的人，可以每次做10分钟，1天做3次，早上10分钟，中午10分钟，晚上10分钟，有些人可能需要3~4个月才能逐步达到每天可以运动60分钟。

杰奎琳指出："记住，运动，你总是可以分割进行。你可以早上做30分钟，下午做30分钟，一天还是60分钟。研究表明，将运动分割进行，能得到和一次性完成相似的效果。"因此，在Joslin糖尿病中心，训练师教育人们，如果在体格上，不能一次性进行锻炼，可以分次进行。

杰奎琳认为每个人都应该掌握检测锻炼强度的简单方法，她推荐的方法是——"交谈测试"。当你在锻炼的时候能够唱歌或吹口哨，说明你的锻炼是低强度的，可以加速。如果你在锻炼中还可以和别人舒适的交谈，说明这是温和程度。如果你已经气喘吁吁或喘不过气来说话了，说明正在进行的锻炼是剧烈程度。

注释：

艾略特·乔斯林：Elliott P. Joslin，Joslin糖尿病中心的创始人。

认证糖尿病卫教人员：Certified Diabetes Educator（CDE）。

"交谈测试"：talk test。

美国运动医学会：American College of Sports Medicine，ACSM。

美国糖尿病协会：American Diabetes Association, ADA。

45 矫 玮

简介：北京体育大学运动康复系副主任，教授，全国运动防护专业委员会秘书长，中国康复医学会康复医学教育专业委员会常委，北京康复医学会常务理事。

生命在于运动，运动在于科学

医生们已逐渐认识到运动对慢性疾病、代谢性疾病的治疗作用，很多代谢性疾病都源自运动不足，能量消耗太少。医生们尝试接触运动领域，比如说建议运动，但医生所了解的运动医学知识并不多，比如给出的建议仅仅是"微微出汗"，体现不出运动的科学性。医生要求病人运动，因为医生的学术权威性，已经为病人的综合治疗推进了一大步，但医生需要对运动医学有更全面的认识。

运动处方不是医生坐在诊室里写在纸上的一张处方，它是由人体能够承受的正常生理反应下的运动负荷来确定的。健康人可以用心率、血压来反映，简单说“220－年龄”得出心率的上限。但有些人有高血压、高血脂，在运动中发生意外的比例比正常人高，所以只有个体化的运动建议才能体现出运动的科学性。运动处方的制订过程是：给特定的个体某种方式的运动负荷，比如走、跑、蹬车等，随着时间的推移，运动强度逐渐增加，同时进行心率、血压、心电图的监测，如果在某一个负荷时，心率、血压、心电上出现突然变化，比如说心脏二联律、头晕不适等等，这就是病人的危险值，运动强度永远都不能触及这个危险值。

矫玮教授所在的团队，在2004～2006年，在北京地区做过糖尿病人群的运动处方。挑选合适的受试者，需筛选血糖控制良好，并且没有严重心血管疾病、眼底动脉硬化、肾功能异常、糖尿病足等并发症的人，360个糖尿病病人中只有90人达到受试者要求，可见给糖尿病病人开运动处方需要多项严格的考量。他们的研究发现，对2型糖尿病病人最好的运动是：有氧运动结合大肌肉群的力量练习，控制血糖的效果最好，比如大腿的力量练习。

运动是药，有时胜药

运动已不局限于预防疾病，已经成为全世界倡导的治疗方式。既然是治疗，就要有剂（种类、方式）、有量（强度、时间）。比如说在糖耐量减低和糖尿病初发1～3年的时期，运动有非常显著的效果，但对于病程10年以上，运动的主要作用是辅助控制血糖，比如消耗热量、增强体质，但对提高胰岛功能的作用显著减弱了，可见运动治疗也是有最好时机的。

运动的重要性，与睡眠和吃饭一样，是生命活动必需的过程

很多人说自己没时间运动，这是不可以被原谅的一件事。运动是生命的一部分，如同需要睡觉和吃饭，这应是一个固定的、不能被挤占的时间，是生命活动必需的过程。现代人每天都很忙碌，安排了一切事情，但唯独没有把运动放进去，总觉得在时间剩余的情况下，才考虑运动，因此运动时间不断被挤占和压缩，甚至为零。每天1万步，从防病、治病的角度上够用，是一个必需的运动量，但从提升体质上还不够，运动是需要达到一定的时

间与强度的。

- **不要仅仅膜拜有氧运动，而要保持体能的巅峰**

“一个认识误区是要尽可能多甚至所有运动都是有氧运动。对于健康人来说，应该有氧和无氧相结合。”

比如一个健康的 30 岁的人，运动的最大心率是 190 次/分，那么运动强度可以冲击一下这个心率。例如在跑步的过程中加速，让心率达到这个数字，哪怕只冲刺了 1 秒钟，因为在到达最高心率之前的一段时间已经是无氧状态了，维持这个可接受的最快心率，利于维持自身的体能巅峰，因此在这个强度之下的生命活动都可以承受。

琳后记：

坦率地说，当我见到矫玮教授之前，内心疑虑，他们真的懂医学吗；当我到达北京体育大学，发现其实是我不懂运动。

中国是世界体育赛事上的强国，我们有大量令世界瞩目的专业性的竞技性的运动员，体育科学研究与理念国际一流，但与之对应的是，我们的文化传统让中国人群能很快安静下来，却没那么容易运动起来。如何让体育赛事不再成为“一群需要锻炼的人坐着休息，看一群需要休息的人拼命锻炼”，如何让大众充分知晓科学运动的方式，养成全民健身的习惯，这需要医生与运动专家更多的交流，医学与运动科学的更多合作，大众整体观念的转变。

46 陈伟

简介：北京协和医院肠外肠内营养科副主任医师，于 1995 年开始从事糖尿病患者的教育与服务工作，现任北京糖尿病防治协会理事长，中华医学会糖尿病学分会教育与管理学组委员。

- **因为我们没有好好准备，引来了狼；狼已经来了，我们却还没有准备好**

还在住院医师临床轮转期间，陈伟就结识了很多阿姨级的病友，她们把他当作自己的孩子，家长里短也与他分享，他和这些病友结下了深厚的友谊，在他作为营养师伊始就乐在其中。这些慈祥的阿姨对于饮食健康非常关注，咨询很多实际问题，比如怎样吃油，如何选择主食等等，她们期待营养师能拯救她们“饮食的苦难”，而这对营养师也是个提高的过程。

糖尿病特别是2型，和生活方式密切相关，多来自多吃少动，却甚少有人从生活着手去控制糖尿病，再好的药物如果没有饮食治疗做辅助也无法充分发挥积极效果，如果临床医生也仅仅关注药物治疗的效果而没有从2型糖尿病的发病原因着手，等于是综合防治的五驾马车中只策马加鞭一两匹，不平衡的颠簸中如何能够驶出健康之路?

随着经济水平的快速发展和生活方式的转变，糖尿病闯入了太多人的生活，我们说“狼来了”，正是由于没有对生活真正用心准备，引来了狼；当它来了，我们却还没有准备好。

永远的吃之“痛”

“吃”是一个人生活的能量源泉，也是快乐的重要组成部分，我们的文化传统之一是以食为天，并且饮食文化构成社会交往的一部分。然而糖尿病却被多数人所误解，成了不能吃不能喝的代名词，很多人看着甜食一口也不敢动，很多人觉得终于过上了好日子却什么都不能吃而内心苦楚。曾看到的一位糖尿病病人，因为糖尿病并发症而去世，在临终前恰逢中秋佳节，当亲属劝她吃点玫瑰香葡萄的时候，她仍然坚决地摇头拒绝，说那是甜的不能吃。翻遍各国的糖尿病营养治疗指南都没有任何一条提及“不能吃水果”的清规戒律，然而由于医生、病人对于营养学的不理解，戴上了错误的紧箍咒，让病人白白丢弃了一大堆营养美味食物，白白挨了饿，吃了苦，失去了生活的乐趣，却并没有将血糖控制理想。营养师将自己的专业知识和先进理念不断教育医务人员，并传授给病人，提高全民的营养意识，才能最终解决吃之“痛”。

糖尿病教育不仅仅改善了病人健康更是升华了人性

陈伟在1996年开始参加北京糖尿病防治协会进行的糖尿病病人教育工作，协会的1号会员是章虹老人，糖尿病只是她的一种疾病，一生中她共患有近十种肿瘤，然而老人与之顽强地搏斗十几年，在生命的最后阶段，陈伟依然在管理她的营养问题，章虹老人曾经说："其实我很庆幸自己得了糖尿病，通过糖尿病教育我交往了很多朋友与医生，学习了知识，改善了健康，否则我不会坚持这么多年与疾病斗争，希望你告诉糖尿病患者，疾病并不可怕，学习健康知识，保持平衡心态，必然能够战胜疾病，愿糖尿病友快乐安康。" 糖尿病教育活动并不仅改善健康，更是一种疾病智慧与人性的升华。

水能载舟亦能覆舟，营养亦是如此

营养在糖尿病防治中的作用不言自明，然而很多病友在面临吃的诱惑时，却往往放弃了原则。其实，科学的饮食并非要求放弃美味食物。对于糖尿病病人来说，并没有绝对的好食物抑或坏食物，坚果虽好多了也不行，淀粉虽差却能够为我们带来必要的能量。摄入食物的数量比食物的种类对于血糖的影响更加重要。了解自己应该吃多少食物，并配合营养的平衡就能够将血糖控制理想。糖尿病营养治疗并非难事，关键在于控制总量、用心学习、不断实践，就能够享受生活的乐趣。

47 Albert Whitaker（艾伯特·惠特克）

简介：美国糖尿病协会东英格兰地区分部副主任。

美国糖尿病协会的构成

在美国有 2600 万糖尿病患者，2010 年，在美国超过 20 岁以上人群中，新诊断的糖尿病例有 190 万人。

美国糖尿病协会（ADA）是美国以及全世界公认并且规模最大的非政府组织之一，在糖尿病领域，具有排名第一的公信力。它的使命是预防和治疗糖尿病，并改善那些受糖尿病影响的人群的生存状态。

在 2010 年，ADA 筹集的资金超过 202, 480, 000 美元，其中 40% 来自捐赠（81, 350, 000 美元），23% 来自特别举办的活动（45, 502, 000 美元）。在支出上，22% 的比例（42, 638, 000 美元）用于支持研究，28%（54, 956, 000 美元）用于向大众和专业工作者传播信息与资讯，23%（44, 000, 000 美元）用于公众呼吁和提高公众认知度，22%（43,453,000 美元）用于筹集资金过程，用于管理的比例是 5%（9,777,000 美元），所有开销的 73% 是和 ADA 的使命直接相关的活动。

艾伯特·惠特克是 ADA 位于东英格兰地区分部的副主任，在位于波士顿的办公室工作，负责马萨诸塞州、新罕布什尔州、新奥尔良州以及缅因州的项目。

ADA 发起的最大的公众活动是“遏制糖尿病行动”，主要包括：分享，如果你有糖尿病，或家人有糖尿病，可能想分享你的故事，包括困惑、难过、无助或胜利，大家应该团聚在一起，了解彼此的经历，ADA 有很多资料，都是关于病人的故事。给予，你可以给予你的时间，比如做志愿者，你可以给予经济上的支持，比如捐赠。行动，从全国的范围讲，ADA 制订关于糖尿病的指南与标准，比如在联邦儿童营养项目中，减少学校中的垃圾食品和自动售货机，并在餐饮中加入更多健康膳食；比如通过关于儿童与肥胖的听证会，促使国会议员和政府部门其他相关的人，行动起来，使之上升为立法的层面。ADA 也致力于为那些因糖尿病而遭受非公正待遇的人士发出呼吁并保护他们的权益。学习，为大众提供如何预防和治疗糖尿病的教育，教育也是让更多人士最容易参与进来的方式。在 2010 年，ADA 覆盖全美的 800 电话，每天都接收超过 1000 个英语或西班牙语的电话咨询，全年有 30 万人联系过 ADA 来询问问题和寻找资源。ADA 还有电邮和邮递系统，定期向大众发送资讯。在 2010 年一年内，“遏制糖尿病行动”这个项目新覆盖了 100 万的美国大众。

美国糖尿病协会如何运作

“糖尿病健步走”是 ADA 每年在全美境内举办的规模最大的筹集资金活动，此外还有各种不同形式的筹款活动，包括慈善晚宴。此外，在社区中，也会推选出“年度之父”，因为他可能在一年中为 ADA 募捐了数以万计的美金，ADA 在每年春季表彰卓越的个人。

在健步走活动中，除了一些医院和健康中心来为大众做免费的健康筛查，在广场的草坪上设有很多摊位，有的是制药公司，有的是医疗保险公司，有的是食品公司，乃至装修公司。除了活动的主要赞助者，所有摊位都要支付 2500 美元以上的费用，这是健步走活动筹集善款的一种方式。取决于赞助经费的多少，主要赞助商的名字会用不同的颜色来区分，印到T恤上，这种宣传与荣誉，也是ADA回馈赞助者的方式。

还有一类就是实物捐赠，而不是现金的馈赠，比如有些矿泉水的厂家为整个活动提供用水。还有一些点心铺，没有足够的钱来捐赠，但是为整个活动提供茶点，也可以把自己店铺的名字印在包装上。ADA很多主要的活动都接受实物捐赠。

ADA寻找政府的资助，制药企业的支持，更多的是私人基金的支持。在美国，非政府组织有很多严格的规则，在基金使用等诸多方面有明确的要求细则，给予非政府组织的捐赠，使用情况需要被随访和汇报。

糖尿病是一个家庭的事务

“糖尿病健步走”的意义之一，是成为了家庭盛事。比如说一个孩子得了糖尿病，整个家庭会团结起来支持他，这也是健步走活动乃至ADA运行的一个基础——糖尿病是一个家庭的事情。

如果一个人得了癌症，很多家庭成员都会愿意照顾他，但是得了糖尿病，往往就变成自己一个人的事情，你自己注意饮食有节，你自己打胰岛素，可是家人在旁边大吃蛋糕的话，糖尿病病人可能会感到痛苦。

ADA认为，在糖尿病教育方面，不只要教育糖尿病人，还要教育整个家庭，让这个家庭整体决定健康饮食，每天多走路，喝更多的水。糖尿病不仅是个人的事情，而是整个家庭行为方式的改变，这也是ADA扩大影响人群的方式，也是投入的目标所在。ADA请医学专家谈糖尿病眼病，谈心血管疾病……传达给大众一个坚实的概念，什么是糖尿病，它如何作用于人体。糖尿病对身体的影响，不像癌症，马上清晰可见，而是在多年以后显现，并且糖尿病对身体的很多改变让人无知无觉，因为它是渐进发展的。

随着年纪的增长，患阿尔茨海默病等记忆障碍的人更多了，这对家庭成员带来了交互影响。比如一个老年男性有糖尿病，他的妻子没病，妻子也要知道如何打胰岛素，当有一天这位老人的独立性下降了，更加依赖家人，这时候妻子现去学习就很被动。比如一位妈妈得了糖尿病，她的孩子即使还不到10岁，也应该知道要留心观察妈妈身体的反应，如果出现了低血糖要帮助妈妈急救，因为当这种意外出现的时候，很可能只有这个孩子和妈妈独自在家。这也是教育一个家庭的意义所在。艾伯特·惠特克认为他们拥有东英格兰地区分会的办公场所很重要，糖尿病家庭可以随时走进来寻求帮助。

如何加入志愿者团队

很多志愿者是糖尿病患者，或是家人得了糖尿病，或是认识的同事、朋友得了糖尿病，这促使他们自愿做志愿者，关注、了解并与之战斗。ADA 有不同类型的志愿者，有的是实习生，比如来自波士顿的东北大学，他们在办公室进行 6 个月的全日制的实习，在非政府组织中有很多的工作与成长机会，并不全是关于医疗与护理，有的在市场部，有的在公共关系部。

第二类，是志愿者来承担特定分工的任务，比如参与重大活动的多个环节，比如说发送与邮寄资料。波士顿地区的“糖尿病健步走”活动，当天现场就有三四百名志愿者，很多人觉得 ADA 是他们最想共事的机构，每当一年的活动结束，马上询问可不可以在第二年继续来做志愿者。

志愿者并不会被支付任何费用，包括交通费。对于长期服务的志愿者，ADA 的回馈方式是让他们能够使用一个网络学校，这并不面对公众开放，而是一种培训，可以了解糖尿病和 ADA 的方方面面。

志愿者们有的 1 个月来 8 个小时，比如克里斯每周二中午来，待到 2 点钟。比如发送邮件的 10 个志愿者，都是每周只来 1 次。在全国的层面上，每年都有志愿者年度表彰大会，表彰杰出志愿者，可以飞到佛罗里达，参加表彰晚宴，得到 CEO 的嘉奖。每年，像艾伯特·惠特克这样的部门负责人，都被要求找出谁是值得表彰的志愿者，这也是 ADA 回馈志愿者的一个方式。

如何和医生合作

ADA 致力于资助针对糖尿病的预防与治疗的研究，比如一个美国的研究人员，可以向 ADA 申请研究经费。在 2010 年，ADA 资助了美国超过 400 个正在进行的研究项目，它们分属于 146 个领先的研究机构中的 386 位研究负责人。

ADA 每年举办的美国糖尿病大会，是全世界糖尿病领域最重要也是规模最大的学术会议，比如在 2010 年，大约有 7.5 万人参会，将糖尿病领域方方面面的人聚集在一起，共享、提高与创造。

糖尿病篇结束语

我在医院内会诊的时候，会走 17 层的楼梯，相对跑上跑下的功夫，等待电梯的时间更不可预测。我愿意让一切尽可能掌控，包括自己的健康。

但我也不情愿地看到，比起可以飞奔出门和小伙伴跳皮筋的年少时光，成年以后运动往往成了一件特意而为的事，我们变得越来越难以动身去运动，越来越难以把运动嵌入生活节奏中。

我们在入世的过程中，打造光鲜外壳，积累物质财富，却越来越丧失自身的生物属性，少了与大自然的接洽，我们就是不愿意停下来，让身体起舞，让灵魂整复。

糖尿病，可防可控可治，除去 1 型糖尿病，2 型糖尿病的防控更显必要。除了在国家层面上建立健全慢性疾病管理体系，对于每个个体，我们能为自己和家人的健康，切实做点什么？

改变生活方式，这包括营养、运动和你看待事物的态度与心情，控制血中的糖，尽享生活的甜，最重要的抉择，取决于立即采取行动的你。

老年痴呆
——记忆如此短，爱却那么长

Life is so beautiful

老年痴呆篇

——记忆如此短，爱却那么长

48 Mike & Shirley（麦克 & 雪莉）

简介：麦克，68 岁，4 年前被诊断为额颞叶痴呆；雪莉，麦克的太太，58 岁，公司职员。

- **永远不要觉得拥有的一切理所当然，因为有一天，变化也许突然而至，一切尽可失去**

麦克和雪莉在 25 年前被一个共同的朋友介绍认识，这对他们来说都是第 2 次婚姻。雪莉从不曾有孩子，麦克已经有了 3 个孩子，现在成了外公。当他们第一次见面，就知道这是彼此的真爱。他们约会了 4 年，然后在 21 年前结婚。他们在性格上完全相反却又强烈相吸，麦克喜爱划船、钓鱼和漫步，雪莉热衷聚会、跳舞和热闹，麦克温和安静好脾气，雪莉雄心勃勃锋芒闪烁。他们在旅行社有认识的人，知道合算的折扣，一年会旅行三四次，去过意大利、希腊……雪莉说："我们终于找到了彼此在这个世界上的真爱。"雪莉觉得自己被上天祝福了，这也帮助她渡过了今后每一个艰难的时刻。

结婚后，他们开始规划生活，那时他们都有自己的公寓，先把雪莉的出租，等待市场好转的时候卖掉，然后住在麦克的那套。麦克在 62 岁的时候决定退休，他已经每天开车长途往返于波士顿在一家隔热隔霜材料公司上班了几十年，雪莉的工作是处理工人的薪资投诉，她也开始打算减少工作时间，这样他们就能去追寻他们的梦并且有更多的旅行。但这一切都被麦克的疾病击碎。

“你永远不知道生活如何会在一瞬间改变。前一天，一切还是完美的，第二天，你的世界崩塌。就像有些家庭里痴呆病人一旦走失，再也没有回来。”雪莉自此要求自己，让每一天的生活都充实，不让没有意义的小事困扰，生命如此珍贵和短暂，每天大部分的时光都应去做你所期望的事情。

痴呆的诊断，阴霾了健康而完美的世界

麦克退休后不久特别是在 64 岁开始总是重复问同样的问题、忘记东西放在哪里、开车时迷路。在 2007 年底，他们的初级保健医生对照半年前见过的麦克，和雪莉说“我知道他一定有问题”，初级保健医生给出的诊断是阿尔茨海默病，这个医生自己的母亲也患有这种疾病。然后他们看了一位神经内科医生，也诊断为阿尔茨海默病。但麦克的症状变化和发展得非常迅速，初级保健医生和那位神经内科医生建议他们再去麻省总医院神经内科去听听说法。

雪莉和麻省总医院神经内科的记忆障碍门诊预约，被告知需要等待 4 个月，“我求求你，求求你，如果别人取消了预约，把麦克放上去好吗”，她一定给预约人员留下了深刻印象，因为麦克第二周就成功到了诊室。他经过了又一轮检测，在 2008 年初被麻省总医院确诊为额颞叶痴呆，这是一种进展相对迅速的痴呆，也是他们不想听到的答案。雪莉知道麦克的病情和遗传有关，麦克的爸爸有 10 个兄弟姐妹，其中 8 个和痴呆相关，其中一位叔叔从来不能生活自理。

麦克对医生最开始给的药物盐酸多奈哌齐和美金刚有不适的反应，然后医生给他更换为氢溴酸加兰他敏后，身体耐受了。

从诊断后，麦克的内心经过了几个阶段：先是否认“我觉得自己可以完全恢复”；接着有一点抑郁，因为有些事力不从心；然后就很放松，完全接纳。这个疾病对他们生活的影响是巨大的，无论是感情上还是经济上，从两个人共同负担家用，到雪莉一个人付账单，“但是我可以”，雪莉坚韧地说。

在最初的 2 年，主要是雪莉在照料麦克，雪莉早上把麦克送到一个日间看护中心，下午 4 点再接回家，后来医生、亲朋都说这样太冒险，因为麦克会把一切能抓到的东西都放在嘴里，如果

小的物体掉入气管，那很危险。面对麦克疾病的进展，雪莉不得不做出一生中最艰难的决定，把麦克安顿在一个长期护理中心。麦克是很容易相处的人，护理中心的人都很喜欢他，麦克也不抗拒去护理中心。她每隔一天去看望麦克，周末接他回家。这对雪莉来说是个艰难的转变，而且每天都在持续着这种艰难。

在护理中心，早 8 点到晚 8 点，有各种活动，来保持痴呆病人脑力的活跃，也建立了非常规律的日程表，比如每天固定的时间午睡，这有助于稳定痴呆病人的病情。在家中，痴呆病人也需要非常规律的生活，比如麦克每次在家里餐桌固定的位置上吃饭。

我为我爱的人而生，为人类最终能够治愈痴呆类疾病而战

当麦克最初被诊断的时候，雪莉在压力之下体重锐减了 25 磅。“最开始的时候，我感觉被劈裂了，这个世界都结束了。”她给阿尔茨海默病协会新罕布什尔州总部的热线求助，这给她带来巨大转变，她开始接到来自协会的电话，告诉她知识，疏导她的内心，然后参加各种活动。

雪莉知道为了对付这个疾病，她首先要自我学习，同时，她也成了一名积极的战士，一名卓越的志愿者，她开始帮助其他的患病家庭，她告诉这些家庭成员和贴身照料者该做什么，避免做什么，和一些能找到的资源。“我一定要为麦克做这件事，”她对自己说:“我不断和人们说话，这让我和别人都更强大。”这也是她直面痴呆的一种方式，这种充实也回馈了她的生命。

她是义工也是领袖，每年的阿尔茨海默病协会在美国举行全国范围的健步走活动，雪莉是队长之一，为这个疾病的研究筹集基金；她去州政府和政要反复地谈“你们知道阿尔茨海默病吗?”，她在州政府代表病人家庭呼吁为阿尔茨海默病立法，并在 2011 年新当选为麻省和新罕布什尔州总部的董事会成员。

“这个疾病令人心碎，我和麦克经历了非常困难的时光。我的目标是，接受这些困难的挑战，旋转它，看到它积极的一面。”雪莉说她永远不会放弃对寻找到阿尔茨海默病等痴呆治愈方法的希望。

“我永远与麦克同在!”

共同创造的记忆，谁也抹不去；珍惜现在的每刻，因为昔日不再来

在把麦克送到护理中心的前 3 个月，雪莉内心极度的愧疚，每天都要打电话给朋友们倾诉，朋友们安慰她，这是没办法的事。

雪莉的眼泪在眼眶里来来回回，“我并不是总这么坚强的”，她会把毯子盖在头上痛哭，哭到没有力气，然后对自己说：“虽然你觉得愤怒、沮丧，但沉溺于愤怒和沮丧，或只是表达愤怒和沮丧，并不能让事情好起来，他需要你，还有很多人需要你！”她爬起来，努力对镜子做一个笑脸。至今，雪莉已接受了 3 年的心理治疗，从最初的每周一次，到现在的每月一次，她有时需要药物来抵抗焦虑。

家里的卧室、客厅、厨房，都挂满麦克的照片。在麦克不在家的日子，晨起雪莉对着照片说声早安，睡前微笑着向照片致意。麦克回到家里坐在椅子上等着开饭，雪莉会问他“你认识雪莉吗?”他说“认识”，“雪莉是谁?”，他说“雪莉是我太太啊!”，他依旧还那么甜，亲吻她的手。每个周末，他们都一起看一次老照片，她珍惜每一个片刻，以前的和现在的。这是漂亮的一对，很多张照片是两人穿着礼服一起牵手赴宴，“在某种意义上，疾病让我们的婚姻更加牢固，更加真实……”

“我们有 25 年共同创造的记忆，这谁也抹不去，我珍惜现在和他的每一刻，因为昔日永不再来。”

他们有太多的亲属和朋友，总邀请他们吃饭聚会，很多时候麦克无法再参加，虽然人群中，那么多至爱亲朋给予安慰和鼓励，支持和陪伴，但雪莉知道，在欢声笑语背后，她仍有别人无法体会的深切孤独和淡淡悲哀。

“我知道，或早或晚，那一天，终究会来，他再也不会认识我。”

雪莉的哲学是，每天她都只过好这一天，不去想明天，因为她不知道什么样的未来在等着，也不知道未来有多远，重在今朝，她和麦克现在的每一天都珍贵到不会重现，她就是这样一天天度过了生命中最艰难的时间。

雪莉觉得幸运的是她和麦克有非常多的朋友和家属支持他们，这同样非常重要，当面对这个痛苦的疾病，你不是孤单一人，而且永远被爱。

琳后记：

雪莉说："你一定要见见我的麦克。"两个方向感都很差的女人，讨论了几天才弄清距离雪莉家最近的火车站在哪。2011 年 10 月 23 日，我来到了新罕布什尔州埃克塞特市，站台上等候的雪莉一如既往地热情活跃，给了我一个大抱，而在她身后的麦克像个羞涩安静的孩子，用温良的眼神静静地看着我，雪莉刚刚开车把麦克从护理中心接回来。

我们走进最近的一家餐馆，雪莉找了最里面靠窗的桌子，"如果麦克的四周都是人，会很没有安全感"。刚一落座，雪莉询问了服务生，这里的洗手间每间只容 1 人，然后拉着麦克去了洗手间。我突然想到，"如果是加油站那种公共的洗手间，怎么办呢？"

雪莉说她通常进去前都会先询问一下，得到的回答都是"可以"，但如果一个健康男性陪着患病的太太去女洗手间，会是一个更加难办的问题。

如果没有走进一个病人的生活，你很难想到，有那么多具体的困难比如说找洗手间这样的小事。如果一个社会没有对疾病的理解和对病人的宽容，当家属在外面不断听到拒绝的声音，可能再也没有勇气和心情带着病人出门，那病人的世界就只剩下宅中一隅。

麦克饿了，他不断地伸出手去，开始研究桌子上的果酱，把餐纸团成小块塞进嘴中，不停地喝饮料。雪莉一边和我说话，但视线笼罩着麦克，她温柔地劝说麦克不要吃纸，把饮料反复放回桌面，菜上来以后，麦克可以自己吃三明治，但牛排切得很吃力，雪莉帮他切好，喂了 2 块，像个操碎了心的妈妈。

有的痴呆病人抑郁并且食欲减退，但麦克的问题却是吃起来就不会停。有一个周末，麦克半夜起来在厨房游荡，把冰箱里 12 个酸奶全都吃光，清早雪莉看到满桌空盒子担心得要命，她现在要很细心地控制食物的总量，不然麦克就会吃得过多生病。

"好吃吗？"

"好吃。"

"我们一会儿去逛街。"

"逛街。"

雪莉和麦克的目光交汇，饱含深情，无论她问麦克什么问题，麦克常常重复这句话的最后1～2个词作为简短的回答，他不再有复杂的逻辑，他不再能深入的思考，但他知道对太太积极回应。我能体会雪莉的抑郁和悲凉，对于她这样情感细腻内心炙热的女性，那种无法深刻交流的无奈那种无人分享的痛苦会是蚀骨之痛。

我不会忘记这个晚秋的下午，在空无一人的街上，我们一家一家的兜店铺，我和雪莉或者凝神静气地看工艺品的设计，或是大呼小叫地发现一个新奇的玩具，而麦克，就如此绅士地帮着拉门，帮着提袋子，然后继续耐心地用温良的眼神看着你，当然我们也随时要留意麦克不会失手碰翻店家的东西。

我不会忘记在暮色中，我们坐在街上的长椅，背靠五色渲染的秋意，在微凉的风中，吃着不同味道的冰激凌蛋筒，我和雪莉把纸袋丢进垃圾筒，麦克也抛出了手里的纸袋，但他丢的是刚买的巧克力。

我不会忘记，素昧平生的我们，就这样开始一段异域的友谊，开始互相惦记。

我不会忘记，地域、年龄、种族、职业都没有产生距离，重要的是——你是否真的愿意，走进彼此的心里。

49 程海松/程根福（化名）

简介：讲述人程海松（简称程工），77岁，大学毕业，高级工程师，认为自己近期出现记忆力减退症状；父亲程根福是老年痴呆病人，于1996年去世，终年86岁；居住地：上海。

老年痴呆，病人逐渐丧失了尊严，也是亲属沉重的负担

“没有人能像我对老年痴呆体会这么深。”

程工对老年痴呆最早的印象是在20世纪60年代，自己曾经的班主任，一位复旦历史系的高材生，退休后患老年痴呆，程工去家里看望他的时候还能交流，但这位老师后来走失，并在外面死亡。

程工现在住的地方有一位邻居在2007年被诊断为老年痴呆，被子女锁在家里，一日三餐送进去，房间里的卫生情况一直不算好。他爱人同事的婆婆也患老年痴呆，后期生活不能自理，在

2008 年左右在家中去世。

程工的妹妹因公牺牲，被安葬在烈士陵园，在父亲程根福 76 岁那一年，有一天和外孙女一起到程工的单位碰头，准备一起去祭奠，但在单位门口有突发状况，聚集了好多人，然后程工的女儿跑到办公室，说和爷爷走散了。茫茫人海，哪里去找，程工让女儿回家等，自己去烈士陵园守候，直到晚上 11 点，父亲凭记忆找回家中，在住了已经几十年的地方，出现了第一次迷路。

在程根福 78 岁左右，程工觉出明显的异常，父亲有时把刚烧好菜的火热炒锅直接放进冰箱，有时做饭彻底忘记全部烧焦。到了一家中医院的老年科，医生说是“记忆衰退”，那时很少有老年痴呆的具体提法，开出的一些治疗肾虚的药物也没见到什么效果。

在程根福 81 岁的时候，走失了四天四夜，那是清冷的 1 月，离家的他戴着帽子，穿着棉袄，身上仅有 2 元钱。在父亲走失的第 1 天，程工像发疯一样四处去找，在这前一年父亲曾有一次半夜 12 点才找回家的记录，那次说是去了虹口公园，于是这次程工动员了所有的亲属，以虹口公园为中心分了几条路线去找。程工在自行车前后各挂 1 块牌子，贴好父亲的照片，大书名字“程根福”，穿梭在上海的大街小巷，他在《新民晚报》还有上海电视台都登了寻人启事，在第 4 天，有人打来电话说在距离程工家 5 公里远的地方发现了他的父亲。父亲和人家对话的时候，记得自己以及儿子的名字，但说的地址是几十年前住的老地方。

2 块钱维持 4 天生活，程工不知道父亲是怎么过来的，对于这四天四夜，程根福讲不出具体细节，还自己说:“蛮好的，我出去走走。”问他吃了什么，他说:“我刚吃了大肉面。”这 4 天，程工没吃没睡，活在自责里，如果父亲真的一去不回，这辈子都不能原谅自己，自此以后，程工请了保姆给父亲做饭，家里装了铁门，家人进出后马上反锁。

程根福 82 岁的时候变得更加迷惑，在 84 岁的时候，还记得自己的名字和儿子的名字，但是认不出亲人，也开始尿便失禁，就在这一年年初，因为心力衰竭入院抢救。程工的爱人在上班，程工请假白天黑夜的守在父亲床头，父亲出院后，为了照顾老父，57 岁的程工申请提前退休了。

对于家属，老年痴呆晚期病人可能比一个“植物人”还难护理，看到父亲有时把粪便捏成小球来玩，程工无比辛酸，“这个疾病，是亲属沉重的照料负担，病人本身也逐渐丧失了尊严”。

病人不仅需要精神慰藉、细心照顾，也有生理需求，哪怕是80高龄

程工追求事业的完美，但觉得孝敬好老父是最大的责任，并不是每个子女都能做出彻底回家照顾父母的决定，他这样做了，却仍然感慨诸多遗憾。

“我该帮父亲找个老伴，我和他交流的不够”。

程工的母亲在1983年过世，那时母亲66岁，父亲73岁，之前，夫妇两人每月有不错的退休金，父亲85块，母亲80块。两人每天早上出去跑步散心，然后在城隍庙湖心亭喝茶吃点心，接着回家做午饭，下午听评弹。父亲是个内向的人，母亲去世后从没有提过再找老伴的想法，没有表示出孤单，程工也从来没有想过这个问题。虽然老父此后一直住在自己家中，但他忙于工作每天和父亲的交谈远远少于在世时的母亲。待程工提前退休全天候照顾父亲的时候，他感觉“亡羊补牢，为时已晚”。

在最后几年，程工一直和父亲睡一张床，那时还不常用卫生护垫这样的护理用品，就是铺上棉单，闻到异味的时候，就知道要给父亲清理粪便了。他发觉到父亲有时会用手抚摸自己的前胸手臂，有时突然抱着程工摸摸儿子的皮肤，虽然他已经不知道身边的是什么人，是男性还是女性。

我要及早干预，有质量地活着

“老年痴呆的可怕，是在不知不觉中人就衰退了。”

父亲的病史，加上一个知识分子对大脑健康的要求，程工格外注重自身的状态，他注意保持体重，腰板挺直，走路轻松，看起来比本人年轻十几岁。也许是因为所受教育的关系，他对谈论生死并无禁忌，他认为年纪增大，接近死亡，要把疾病与死亡看作一件自然的事，对他来说第一个目标是要先活到父亲的年纪——86岁。作为儿子，要让父亲干净无忧地走向人生的终点，但对于自己，如果生活不能自主那就毫无意义。

他高度怀疑自己最近出现了和父亲最初发病一样的症状：有些事情刚想做，转身就忘了，过了一段能回忆起来；能记得很久远的事，但近期记忆下降。比如说程工清晰记得小时候拆掉了家

里的自鸣钟但没装回去，收音机总是开着在唱戏。但最近，曾经学过英语、德语、俄语的他为了和远在日本的小外孙交流，买了一本五十音图学日语，却很难记住。

程工在2011年11月的《老年报》上看到一个医生的访谈，提到正在进行的一项药物临床试验，他跑去参加，但不符合要求，比如初筛的问题是“你在哪里？什么科室？现在几楼？100减7等于多少”，这些问题对他来说还没有产生任何困扰，但他担心，待他真的回答不出这些问题的时候，就太晚了。

他最关心的是，除了经FDA认证的治疗老年痴呆的临床药物，能有什么科学的、经过认证的，哪怕是在实验阶段但没有明显毒副作用的药物或方法，可以改善或维持像他这样记忆障碍尚不明显、尚处于观察阶段的老年人的大脑健康。

程工说：“我要及早干预，有质量地活着，不要痛苦地活在人世，也不要糊里糊涂地死”。

50 Bradley T. Hyman（布莱德利·海曼）

简介：美国马萨诸塞阿尔茨海默病研究中心主任，哈佛医学院及麻省总医院神经内科 John B Penney, Jr. 教授，首位发现大脑海马区是阿尔茨海默病中最先受到损伤的区域，获得美国 Metropolitan Life Award, Potamkin Award, Alzheimer Association Zenith Award, Alzheimer Association Pioneer Award, National Institute on Aging Merit award.

阿尔茨海默病的预防和治疗

在20世纪90年代末，核磁共振成像（MRI）开始大规模应用，而正电子断层显像（PET）主要在近5年兴起。而早在1984年，海曼教授通过病理，在世界上最早发现在阿尔茨海默病中，大脑海马的损伤对长期记忆以及空间定向力的影响上起了主要作用。

关于阿尔茨海默病的药物治疗，美国食品药品管理局（U. S. FDA）目前只批准了2类共4种药物，这也是麻省总医院神经内科唯一使用的药物：

第一类是胆碱酯酶抑制剂，包括：

1. 盐酸多奈哌齐（安理申） 1996 年被批准用于治疗轻度至中度阿尔茨海默病，在 2006 年被批准也用于重度的治疗。

2. 重酒石酸阿巴拉丁（艾斯能） 2000 年被批准用于轻度至中度的治疗。

3. 氢溴酸加兰他敏 2001 年被批准用于轻度至中度的治疗。

第二类作用于谷氨酸受体：美金刚（易倍申），在 2003 年被批准。

另外维生素 E 也是药物治疗的选择之一，但海曼医生很少使用，对此，他的观点是：一些试验显示维生素 E 对阿尔茨海默病的治疗有益，但接下去的续贯试验中，并没有效果；由于维生素 E 对凝血系统的影响，风险有一点，作为药物，益处也只有一点，因此，综合起来，作为药物，并不常被推荐。

“像盐酸多奈哌齐在疾病的早期，可以有效地减轻认知症状，在病人中广泛有效。也有一小部分数据显示，但尚不明确，胆碱酯酶抑制剂可以逆转疾病的病程，虽然在疾病的晚期，效果并不明显，但在美国的治疗是从诊断直至人生最后，一直使用药物”。

在美国，并没有哪一种营养素、水果、维生素被验证能预防或延缓老年痴呆的进程，海曼教授对此并没有可以特别推荐的，但他给老年人的建议是：虽然没有预防老年痴呆的特别措施，但保持大脑健康，会减少疾病发生的可能性，例如注意血压、血糖、血脂非常重要，另一方面是保持大脑活跃：可以是工作、读书、谈话，什么形式并不重要，可以是音乐、可以是艺术，任何内容，保持活跃就是有益的。由于现在没有有效的预防老年痴呆的办法，因此他不主张进行全民、或老年人群、或有家族史等高危人群的筛查。医生们需要注意的是，对特定人群，例如已经诊断为阿尔茨海默病的病人，认知功能的恢复会受到全身麻醉的影响，术后容易出现意识模糊，比如定向力障碍，因此在手术时，麻醉方式的选择需要格外的注意。

阿尔茨海默病的研究进展

目前关于阿尔茨海默病诊断技术的进展多于药物研究的进展。海曼医生认为在阿尔茨海默病的临床方面，最令人振奋的是关于淀粉样蛋白斑块的影像学进展——通过 PET 或 SPECT 显像。SPECT 和 PET 类似，都是放射性同位素成像，目前在美国临床试验中广泛应用，预计一年内会被 FDA 批准应用，临床诊断和随访中用的最多的是 PET。在过去的一年中，有二三篇学术研究显示通过血液检测进行阿尔茨海默病诊断的可能性。由于影像学检查比如 PET 的昂贵，海曼医生希望在下一个 10 年中，有可能实现通过血液和脑脊液的检测，就能够诊断阿尔茨海默病，这也许涉及一个或多个血液学指标，这也是海曼医生目前的一个研究方向。在美国，并不是所有的病人能够接受脑脊液的检查，检查率也不到 50%。

在 2008 年，海曼医生在小鼠身上发现，淀粉样蛋白斑块可以一夜之间产生，这个发现推翻了一个已被广泛接受的认识——以前一直认为淀粉样蛋白斑块需要很多年的时间缓慢产生。因此，有可能存在使淀粉样蛋白斑块快速产生的因素，他们也正在寻找这些刺激因素。

但是，值得庆幸的是，在淀粉样蛋白斑块产生，到出现痴呆的症状，之间会有一段时间，因此，早期的诊断非常重要，这样可以及时进行干预和治疗。

阿尔茨海默病是一种毁灭性的疾病

在麻省总医院的神经内科，就诊的病人中有的曾经举世瞩目光芒万丈，他们曾经改变过这个世界，但却被疾病逐渐改变。如此天赋异禀的人，在每次就诊的时候，却和医生讲，自己又发生了哪些变化，又有什么事情是做不到的了，医生也悲哀地看到，一点一点，那些才华与能力，就这样流逝。“这是一个具有毁灭性的疾病，你会看到人们逐渐衰退，非常痛苦，如何强调这个疾病都不为过，它影响了太多个体和家庭。日复一日，病人和家人在某种程度上逐渐失去彼此”。

海曼医生想对照料者说，随着疾病的进展，病人需要被不同的对待，需要越来越多的精心护理，即使晚期病人已经对周围的环境和人没有反应了，还是要相信在他的内心里，他还是知道谁在身边，他是如何被对待的，爱与善，是最需要给予的。

注释：

1. 美国 FDA 批准的老年痴呆治疗药物：

第一类是胆碱酯酶抑制剂（cholinesterase inhibitor），包括：

（1）盐酸多奈哌齐（安理申）：Donepezil (Aricept)。

(2) 重酒石酸阿巴拉丁（艾斯能）：Rivastigmine (Exelon)。

(3) 氢溴酸加兰他敏：Razadyne (Galantamine)。

第二类是谷氨酸受体调控剂。美金刚（易倍申）：Memantine (Namenda)。

2. PET：正电子发射计算机断层扫描。

SPECT：单光子发射计算机断层扫描。

3. 淀粉样蛋白斑块：amyloid plaque。

51 张振馨

简介：中国医学科学院北京协和医院神经科主任医师，中国协和医科大学临床流行病学教研室主任，中华医学会临床流行病学分会副主任委员，国际阿尔茨海默病协会中国分会副主席，国际运动障碍疾病学会亚太地区执行委员。

临床与科研工作需要秉承科学性、责任感与爱国心，要有因地制宜的自身特色和动员多方力量的意识与能力

在 1985～1992 年，张振馨教授先后在美国费城 Temple 大学神经科流行病室和美国国家卫生研究所，在神经病学、语言障碍和卒中科神经流行病室研修，很多课题都与痴呆相关，比如关岛的帕金森－痴呆综合征的研究。当她返回协和医院的时候，国内既懂神经内科临床又精通流行病学的人才尚不多，她感到，中国在发展，在科技与医学应有的学术地位应该尽早地表现出来，应该在国际上发出应有的声音，要做和国际接轨的研究，要做科学真实先进的研究，既可以应用于本国，又可以展现给世界，这是一个医务工作者的责任，也是一个中国人的责任。

张教授的团队从 1996 年开始进行痴呆病人的流行病学调查，从临床设计各个方面都是国际接轨的方法，但在实验设计上，也将中国自身的环境、文化特点考虑进去。比如欧美爱喝咖啡，而我国偏爱茶叶，在设计调查问卷的饮食这一项，就要体现本国特色。科研经费不足，无法给病人进行核磁共振检查，而且一些病人在边远山区，面对资金和地域的问题，张教授准备因地制宜，做有自身特色、力所能及的研究。不能影像学检查验证诊断，就采取入户观察的方式，研究人员秉承吃苦的精神经过严格的培训，

用人力的方式逐一入户走访，每2年进行一次，共6年入户调查3次。初始轻度痴呆，在6年后症状一般很明显，因此通过随访的方式进行确诊，国际上不仅认同了这个方式的科学性，并且评价这是一个解决欠发达地区神经科学流行病学调查的实用方法。

在1998年北京、西安、上海、成都四地以人群为基础的照料者调查，发现在48.8%的照料者中认为病人的认知、行为障碍和日常生活能力的下降是正常衰老的结果。轻、中、重度痴呆的就诊比例在1996～1997年间分别为8.3%，13.5%，19.4%，在1998～1999年上升至14.4%，25.6%，33.6%，服药治疗的仅有21.3%，而服用国际推荐的一线抗痴呆药（胆碱酯酶抑制剂）的比例仅为2%。

一个真实而科学的研究，也充实而强壮研究者的内心，张教授本人和她的团队，从来都可以自信地走上国际讲坛进行交流。国外也在中国地区重复性做了流行病学调查，和张教授的团队给出一样的结果，这个结论显示中国的痴呆发病率不容乐观，这并不是发病率迅速增加了，而是采取的调查方法和疾病诊断方式和国际接轨，真正的情况就浮现出来，可以进行横向的比较。

为了提高公众意识，张教授的团队首先提高医生的认知，她给医生们讲诊断治疗，案例翔实，并不断更新，并且组织多个医院小规模地加入研究，每个医院也许只研究5～10例病人，但完整地学会了流程。我国近些年关于老年痴呆的研究进展比较快，拿临床试验来看，以前只有北京、上海等医学发达地区可以进行国内多中心的试验，但现在可以有超过30个点，而且已经有多个医院参加国际的多中心临床试验。张教授的理念是不只帮助医学基础已经比较好的地区提升，而应该把足迹铺向西部等很多欠发达地区。

另一方面，是教育病人、家属还有大众，他们不仅在医院给病人和家属讲课，也和新闻媒体合作，做知识传播和宣传活动，提高公众的认识。

在这个过程中，张教授等临床医生也会看到经济因素对老年人的医疗、康复、生活质量的巨大影响。在有些经济落后的西部地区，实行痴呆病人住院才能报销的制度，但我国的文化传统和经济现状是以家庭养老为主，多数痴呆病人是家庭看护，即使短期住院，也不能反复多次住院或终生住院。治疗痴呆的药物有严格的适应证，并不会由于门诊报销，就会被不相干的人吃掉。还有一个生命观念的问题，有些人说小孩都顾不过来，还怎么顾老人，在家庭整体预算有限的情况下，对孩子的期望值高，而对老人的期望值低，就压缩老人医疗开支那一部分。还有的情况，是老人和家属都对治病有很高的期望，但是受经济现状所困，解决基本的生存需要之后，所余不够支付医疗费用。经济发达地区，受教育程度高的人群，知道了关于痴呆的知识，格外警醒自己是否发病，往往比较早就前来就诊，即使确诊后，也设法来延缓疾病发展的速度。在山西太原地区，有些人致富后在北京安居和就诊，了解了这个疾病，对治疗的期望值就很高，如果一直不了解，也不认为这是疾病，就没有很高的期望值，日子就这样过下去。

不仅是医学治疗费用，有行为和精神症状的痴呆病人非医疗性的开销也会增加，简易精神状态检查（MMSE）量表分数低于11分和有行为和精神症状的痴呆病人需要24小时全天候的陪护。因此，张教授认为，医学专家不仅要对病人、大众进行教育，同时也要向政府和官员进行宣传，这也是充分承担医务工作者社会责任的一部分。张教授他们不仅和北京市劳动保障委员会阐述，如果关于阿尔茨海默病、帕金森病等进口的国际一线药物不能报销，病人可能由于经济原因放弃治疗，随着痴呆病人的增多，病情进展迅速而严重，会带来更多的医疗开销和社会问题。张教授还联合盛树力教授等记忆健康360工程的专家，给温家宝总理写过信，并且很快接到了回音。

我国通过公共卫生政策的制定、对专业人士进行培训、通过大众媒体、科学报道以及举办特别活动、将工作走入社区等等努力，使公众意识落后、低诊断率和低治疗率的情况得到了很快地转变，阿尔茨海默病病人使用胆碱酯酶抑制剂和美金刚从2001年的12.1%增加到2007年的19.6%。并且我国从2010开始已经将阿尔茨海默病的国际一线治疗药物纳入医保，各城市情况和起步时间不同，但从2010年底已经开始陆续实施。

耄耋老人自费从世界各地回来，“只因对协和怀着感恩的心”

协和医院始建于1921年，历史跌宕起伏，但他们至今保留着自建院起第一个病人的所有病历，这是对科学与病人的巨大尊重，也是献给未来研究的一座宝库。张教授的团队开始对1921～1949

年出生于协和的人士进行追溯，有些在当时还没有被起好名字，有些虽有父母的名字但迁居多次，媒体对此起了重要的作用，新华社在全球发送信息。有100~200位老人都是从世界各地回到协和参加研究，而协和并不报销路费，当被问到为什么远在万里，还会自费前来，他们说："只因对协和怀着感恩的心。"

在国际上，不同的基因和环境因素，包括早期的大脑发育、身体发育、社会经济条件、富裕程度、头部外伤、认知储备，也许和痴呆的风险有关，但并没有被精确地研究证实过。张振馨教授他们研究慢性疾病，特别是痴呆和出生的情况是否有关系。国外曾有专家认为，出生的时候小头围，发生老年痴呆的危险因素增高。而张振馨教授认为并不完全这样，如果一切都是产前决定的，科学的进步还有什么作用，社会是发展的，生命也在进化，环境因素应该有重要影响，而之后的研究也证实了她的看法。张教授在对痴呆的研究中发现，出生时小头围的人群，产后给他足够好的环境，小头围就可能不是发生痴呆的危险因素，比如说他的家庭卫生条件好，每天喝牛奶发育良好、获得很好的教育、有医疗保险及时就诊，在今后发生痴呆的风险性就会降低。

痴呆的临床和科研进展很快，即使是对病人进行教育，张教授也会将讲课材料根据国际动态进行更新。她的病人资料库从1996年开始积攒起来，有1700多个病例，在给医生们讲课和交流的时候，有翔实的案例教学，也有疑难病例的讨论，她感谢病人，因为医生诊疗技术的提高得益于经手过的每个病人，病人也在不断敦促医生追求技术上的成长。她觉得对病人要有平等友善的心态，这并不是居高临下的单方向给予，而是医生也需要从病人身上学习。

几千年来，中国人是长于思考天与人，人与人之间的关系的，随着经济的快速发展，社会竞争和生活节奏的加快，我们的脚步走得太快，快得让灵魂有些追赶不上。张教授倡导，要发扬中华民族的道德观，这体现在家庭成员对病人的照顾上，体现在医务人员的态度上。她让学生们把自己放在病人的位置上，如果病人是你的家人你会怎么办。最为科学的观点，和病人和家属解释时要用最通俗的语言，解释的好增进信任，并且提高治疗效果。医生确实需要放慢一点节奏，如果一天看60个病人，那不可能有充分解释的时间。

而且，病人对医生的信任，会提高诊断和治疗的依从性，目前只有 26% 的痴呆病人能接受腰穿，其中知识分子更容易接受一些。有些病人认为腰穿是骨穿，有些是大脑炎症产生的后遗症但却怀疑是腰穿导致的。因为痴呆的早期诊断很多依靠生物学标志物，而腰穿采取的脑脊液就是重要的检测标本。当医生无法有充分的时间和病人进行解释的时候，势必影响病人的腰穿检查率。

爱、信、望

张教授经手的一个至今长达 10 年的阿尔茨海默病病人，夫妇都是知识分子，感情非常好，丈夫患病后，太太带他旅游、散步，从来不担心别人用探询的眼光猜测自己的丈夫是不是痴呆，家里买个家具仍旧和丈夫讲，而不是觉得他不再有思考能力就忽视他的存在，家里的孩子也非常尊重爸爸的尊严。这个病人因为经济情况比较好，从 10 年前开始服药，而一般病程 10 年的痴呆病人已经进展到非常严重的程度，但他还从未尿便失禁，还可以拿起电话。有的家庭，一方为了给爱人更好的治疗，下了班以后，继续再打一份工。有的丈夫，说自己的妻子是生命里的唯一，当他出差到外地的时候，担心妻子忘记吃药，打过去电话问，妻子说已经吃过了，丈夫就让她数一下床头的盒子里还有几颗药，再次确认她确实吃了，可以照顾得如此细微。

阿尔茨海默病等痴呆，不仅是一个慢性疾病，甚至可以说是家庭疾病，深爱、信念与勇气在这个路途上格外重要。

琳后记：

有一天，下班后在离开医院之前，我查收了电邮，没有想到有一封信让我当场流泪，在医院这样一个人头攒动的地方，找到一个僻静无人之处是多么不易，我站在玻璃窗前，眺望远方，让自己尽快平复心情整理表情，当我穿过医院的时候，内心仍充盈着震动与感动。

张振馨教授在北京的时候，我在波士顿；我在北京停留的时候，她赴国外参加学术研讨；她回北京的时候，我返回上海……之前，我们毫无渊源；至今，我们尚未谋面。但她愿意对一个年轻医生给予时间，在电话里倾听她的问题与想法，她愿意对一个年轻医生给予支持，在电邮里提供知识与资源。

这是张振馨教授的回信，在我把文稿电邮给她进行确认数据之后：

“您好！我怀着激动的心情，读完了您的书稿。我感谢您完美的总结了我走过的那一段路。您的书稿将激励我更上一层楼。您的书稿引发了我对人生历程的回忆和思考。我童年时期受到的教育，让我确立了做人的基本准则：爱祖国、爱人民，无论我们的国家处在什么历史阶段，无论我的家庭发生了什么变故。今天在我步入人生的最后阶段时，可以说我做到了。再一次感谢您！”

这是一位蜚声中外的医学大家给一位初出茅庐的年轻医生的私信，我本想封存作为留给自己永远的礼物，可是，我真的也想把它与你分享：

献给即将不再年轻的我们——人性的自然流露与人的格调，不体现在如何对“上”，而体现在如何对“下”，特别是那些和你并无交集的渺小人物。

献给现在还年轻的我们——饱满的谷物，都是更贴近大地，真正的大师不只胜在技艺更赢在做人。

献给曾经更加年轻的我们——还记得吗，会永远记得吗，我们曾经真的认真上过这一课：爱祖国，爱人民！

52 Rachelle S. Doody（雷切儿·杜迪）

简介：美国贝勒医学院神经内科教授，阿尔茨海默病及记忆障碍中心主任，阿尔茨海默病研究 Effie Marie Cain Chair。

对痴呆的理解

痴呆不是一个单一的现象，它表现为多种形式，对病人的影响是不同的，影响它的部分因素取决于病人对此的态度，和他周围的因素。作为对痴呆的观察者，可以看到完成认知任务带给病人的挑战，例如记住近期发生的事，使用他们曾经熟练掌握的复杂技能。雷切儿·杜迪教授提醒到，不仅需要对病人耐心和体恤，同时还应该指出他们其实还能做到的事情，这对病人是一种维护也是一种提高。大众需要知道身体所有的器官都会随着年龄增长而产生变化，但是即使在人生最晚期的时候，失去学习和记忆的能力仍旧是不正常的。如果一个人开始健忘，特别是进行性存在，并且开始出现思考和运行日常生活的困难，就需要通过医学评估来找到原因。

家庭和社区需要知道痴呆的高发病率，这不仅有利于疾病的早期发现，而且利于给患病的人支持和建议。痴呆是个关于记忆和其他思考能力丧失的总称，这不是个诊断，因为有多种类型的痴呆。病人需要一个明确的诊断和治疗方案。抑郁和痴呆有时被混为一谈，确诊非常重要，因为治疗并不相同，当然也需要意识到病人可能两者皆有，而且需要两种治疗。痴呆的治疗中，持续性是很重要的因素。

从医生的角度，对杜迪教授来说，很有意义的发现是，无论人们来自哪里，无论环境如何，痴呆的病人和他们的照料者总是有很多共同的地方，但是当痴呆发生在一个丛林里的部落、或在边远山区，文化的差异容易蒙蔽医生的想法，使他们觉得疾病看起来非常不同。

阿尔茨海默病需要全球的解决方案

病人和家属经常想让医生预测认知和其他功能衰退的未来情况，而医生并没有太多的数据来做这个判断。杜迪教授和她的同事通过超过 15 年的随访，收集简易精神状态检查量表（MMSE）等数据，尝试通过简单的公式计算，在病人首次就诊时可以给出一个可靠的病情进展率，这个数字通过症状持续的时间和 MMSE 评分来计算。病人并不是以相同的速度自然进展，医生有可能据此告诉病人属于哪一类型的进展：低进展、中等进展或快速进展类，并且通过反复的实践得到验证，病情进展缓慢的一组同样生存的更久，病情进展率可以对就诊的频率和用药给出建议。

杜迪教授所在的中心给相当多的生物制药公司提供了关于治疗记忆障碍和阿尔茨海默病的药物所必需的临床试验的建议，她所带领的中心参与了所有被 FDA 批准的 5 种针对阿尔茨海默病药物的临床试验，并设计了其中盐酸多奈哌齐和美金刚的临床实验。她觉得阿尔茨海默病是个全球问题，需要全球的解决方案，任何地方临床或科研的进步都可以对其他地方的人们产生潜在的巨大影响，对她来说最有意义的是，在阿尔茨海默病从无药可医到出现治疗方法的变革中，她可以成为其中的一部分。

对待病人，医学生和年轻医生需要建立自己内心的标准

杜迪教授对自己的期望是——秉持高标准但是始终做最“人味”的事情，让决定有益于病人或在病人立场上的人。这意味着对于她，对病人的照护和研究一样重要，并且应该用来指导研究。对于医学生和年轻医生，她觉得必须尽可能多地学习人体的生理功能和疾病如何对正常功能起到影响。多年以后，对一种状况的了解也会影响他们对另一种状况的认识。医学生和年轻医生不应该专业化得太早，并且需要学习如何应对这种情况——病人要求的大于医生所能提供的，但是医生也惟有尽可能为每个病人做到自己的最好。很多关于做什么和如何去做的抉择完全取决于自己的内心，而且年轻的医生应该就如何对待病人在内心建立自己的标准，而不是只接受和执行已经设立的外在标准。她觉得，医生同样可以从病人身上得到很多启示，她从病人身上学到的一个重大课程就是——当你面对生活中糟糕的消息，无须感到恐惧，另外，幽默感大有帮助并且让人生之路走得更久。

注释：

贝勒医学院：Beylor College of Medicine，位于美国德克萨斯州休斯敦。

53 盛树力

简介：首都医科大学宣武医院北京老年病医疗研究中心及北京脑老化重点实验室首席专家。

老年痴呆的预防

我国阿尔茨海默病的现状是，病人总数最多，但知晓率、就诊率很低，这和整体科技素养水平和宣传不够有关，由于阿尔茨海默病发病隐匿，与老化现象不容易辨识，早期诊断困难，病人往往错过最佳的治疗机会，在药物治疗上，全世界都没有确定的预防指南，中医药有可能有用，但有效性未经确证。大多数痴呆病人在家度日，而老伴年老体衰相当于半个病人，一个病人一年一般需要 16000 元左右的对痴呆治疗的药物费用。间接费用如请人护理等更使家庭负担过重。

大多数类型的痴呆，目前还没有可以预防和治愈的办法。饮

食和生活方式影响疾病的发生风险，研究还发现，在中年时期影响血管系统的疾病，比如高血压、2 型糖尿病、肥胖，会增加包括阿尔茨海默病在内的痴呆的患病风险。

对于老年痴呆的预防，没有肯定的预防措施，但针对中国人群的特点，盛老提出了一些建议：

1．尽可能远离危险因素（不良生存生活环境），如重金属、铝、铅、污染，表观遗传可能遗传到下一代。

2．人老化是个过程，老年服老，保持平和心态，做自己喜欢做的事，保持心情愉悦。

3．多餐少吃，七成饱，健康饮食，控制体重。

4．适当活动，量力而行。

4．保持用脑活跃，不要放弃读书写字的习惯。

6．家人多关注老人的精神和行为异常，做到及时就医，注意老年人性格甚至人格的变化，及时到神经内科或精神科就诊，而不是在家里反复纠正他、讨伐他导致恶性循环。

7．怀疑自己有老年痴呆的人，通常并未患老年痴呆，可以通过 MRI 等影像学进行检查。

8．控制以下指标在正常值：血压、血糖、血脂、同型半胱氨酸水平。

如果已经确诊了阿尔茨海默病或其他类型的痴呆：

1．要在专业医生指导下进行药物治疗，早期治疗可改善症状，延缓病程发展。

2．中晚期护理至关重要，预防走丢和感染；有些病人只认识一二个家人，已经不知道该吃饭了和如何吃饭，但你对他好，他还是有感情的，越批判他，他的表现会越糟糕，比如乱排便、大发脾气，一定要好言好语相待。

3．有明显精神症状的，应请精神科医生治疗，比如安定医院是有急诊室的，精神症状发作时应紧急处理。

4．切忌乱投医，小心上当受骗。

预防痴呆要从孕前开始

盛老曾经倡导“预防老年痴呆要从孕期开始”，而后他进一步修正并调高了这个概念——预防老年痴呆要从孕前开始。从表观遗传学的角度来看，肥胖、痴呆都是表观遗传，会影响到下一代。表观遗传变异是指，在基因的 DNA 序列没有发生改变的情况下，基因表达发生了可遗传的变化，并最终导致了表型的变化。表观遗传学研究在基因DNA序列未改变情况下的调控信息如何传递到（细胞或生物体的）下一代这个问题。

需要注意的是，孕前夫妻不要吸烟、酗酒，孕妇不要服用激素类药物，控制血糖，环境中不要有有害毒物，孕妇的年龄也不能过大，胎盘的老化容易产生胎儿的营养问题，孕前服用叶酸，孕期营养均衡，保持标准的体重增长，这些都是提高下一代大脑健康水平的因素。下一代大脑健康很大程度上取决于遗传和环境因素，生命早期的脑发育是生命科学最值得关注的阶段。

针对中国老年痴呆现状的建议

针对我国目前痴呆的现状，盛老给出了一些建议：

1. 加强宣传，提高全民对阿尔茨海默病和其他类型痴呆的知晓率和就诊率，阿尔茨海默病是不正常的衰老，是一种疾病，亲朋好友应正确面对，也不要羞于谈起。

2. 老年人的体检应该增加心理量表和相应的检测。

3. 阿尔茨海默病应纳入大病保险，大脑功能逐步丧失导致的各项机能退化，和多种疾病的发生，使阿尔茨海默病变成一种长年的慢性消耗性疾病。

4. 对于老年痴呆的病人，其民事行为能力或犯罪，在法律的立法和评估上要有精确的分度。

5. 认真探讨老年痴呆病人的养老模式。

6. 加强专业队伍建设，不仅走学术路线，也要把健康服务覆盖到更广泛的人群。

7. 杜绝夸大治疗痴呆效果的虚假广告。

8. 关注孕妇和婴幼儿保健，尤其对脑发育的关注更应重视。

54 Sumer Verma（萨摩·维莫）

简介：波士顿大学医学院心理学家，Briarwood护理机构阿尔茨海默病区医学主任，曾任哈佛医学院McLean医院老年心理专科医生培训及临床试验主任，2000年被Psychiatric Times评为年度最佳教师。

入户模式发现：病人在诊室里表现出的仅是冰山一角

维莫医生在印度接受的医学教育，并在1967年结束了内科培训，他对心理与身体的交互联系非常感兴趣，在1968年时，到美国接受心理学的培训，然后在美国密西根州立大学工作，将医学和心理相结合。

在1979年，密西根州立大学医学院召开一次会议，主题是——“为了未来的10年，今天我们应该教医学生什么？”时任医学院副主任的维莫医生半开玩笑地说：“我们应该教他们怎么照顾老年人，因为以后老年人越来越多了。”主任说：“好，开始吧！”但是维莫医生对此并没有充足的准备，他去英国剑桥学习了一年，进行痴呆方面的研究，然后回到了密西根州立大学，开始建立老年心理学系。在1986年，维莫医生搬到波士顿地区，在波士顿大学老年医学系工作，在学校教授老年心理学，在McLean医院诊治住院的痴呆病人，并开始入户拜访。

波士顿大学提供家庭医疗服务，为不能到医院来的人入户服务。这个过程，对维莫医生而言，也是巨大的学习过程，他体验到了医学各个分支的集体作用，照顾老年人，并不是一个心理医生一个学科就能完成的，而是一个团队，护士、社工、作业治疗师、物理治疗师、营养师等等。入户拜访，也在很大程度上改变了他的思考方式，他发现老年人在门诊和病房中反映出来的问题，只是冰激凌的顶端，而在家庭和社区的那部分表现才是蛋筒的底部，入户医疗服务是个很重要的方式。

儿童不是迷你版的成人，老年人也不是皱纹版的儿童

曾有儿科医生和维莫医生说，儿童不是缩小版的成人，他们有自己独特的需求，对于维莫医生来说，老年人也是特殊人群，他们也有着不同的需求。药物不能解决老年人的一切问题，很多时候老年人确实越来越像孩子，从生物学上、情感上、心理上变得不独立了，在此之上，所有器官都在退化，在很大程度上照顾他们就像照顾孩子一样，“我们不能和正在发育的孩子说，走吧，自己去想办法。我们耐心地逐步教会他们，对老人也一样，区别是，孩子的学习能力在上升，而老人的学习能力在下降，特别是痴呆老人。孩子有尿意，虽然尿在裤子里，但他将学会去洗手间，而痴呆老人，一旦开始尿在裤子里，可能自此忘记了如何用洗

手间。”

很多人在居家时难以分辨出老化与痴呆的不同，维莫医生给出的线索是：正常人老化有记忆力下降，痴呆也有记忆力下降，在最初，很相似，大脑感觉不到这种逐渐地下降，不仅是记不住的问题，而是功能——与周围环境有效共存的能力在退化。痴呆病人，会越来越难应对日常生活，比如开始迷路，讲话时找不到合适的词汇，很简单的任务变得困难，比如找不到钥匙这件事，正常的老化可能联想到昨天换了外套，钥匙可能在脏外套里，但痴呆的人失去了推理的能力，并且不能和环境和谐共生，越来越焦虑和紧张，因为他们开始意识到自己不对劲了，但大多数人不想承认自己有什么不对劲。通常，痴呆的人有 2 个阶段，一是意识到了自己不知道，比如说以前见过你，但却想不起来你的名字，会绕圈子讲话，你爸妈怎么样，你工作怎么样，希望你自己能够说出你的名字。当继续进展时，即使知道自己不知道，却不在乎了，而从这个时间点开始比较好区分，以前那个阶段只是意识到有什么不对劲，而现在，可以看到正常老化还是痴呆早期的分界。

维莫医生举例，一个老妇给他打电话，说她刚才从市场回来，她在那个镇上住了 35 年，市场距离家门 2 个路口那么远，但却突然找不到家了，这就是个痴呆的先兆；有人做了几十年的饭，可是突然发现，不知道怎么打开鸡蛋？或是想不出鸡蛋在哪里，在冰箱里还是在电脑上？穿衣服时会困惑，先穿袜子，还是先穿长裤，这些突然的发现很可能让自己吓一跳，但会尽量慢慢地去找解决办法，这些都是痴呆早期先兆，简言之，就是难以胜任日常生活的简单任务。

出生时，你哭着，而这个世界在笑；逝去时，世界为你而哭，你却微笑

在 1991 年，维莫医生在一家护理中心出诊，那里住满了进展性痴呆的病人，那时阿尔茨海默病从诊断到死亡，大约是 5 年时间，随着医疗和护理水平的进步，他见证了这个生存时间变成 6 年、7 年、8 年、9 年，而且超过 10 年仍能存活。

维莫医生看到过一个阿尔茨海默病病人的家庭，病人已经不想吃喝了，家人继续每天给他静注，当医生告诉他们，病人正以一种方式离去，家人说“不，不，不，明天奇迹可能会出现”，

然后继续给他静注，家属不能接受，病人的明天只能变得更糟这个事实。

“人类的生命并不是肾脏还在运转，心脏还在跳动，我们是人类，是因为我们思考；我们是人类，是因为我们交谈；我们是人类，是因为我们写诗；我们是人类，因为我们有不同的文化……但是，所有这些离你而去，你变成了什么呢，你是变成了一个孩子还是变成了一株植物？医务人员可以把病人的生命延续的越来越长，但是，这，是否是病人自己想要的？”

维莫医生开始思考，每个人都会年老，每个人都会死亡，给老年人提供服务，不仅包括高质量的生，也应该考虑有尊严的死。维莫医生说，比如对于他这样年龄的人，“如果我自己痴呆了，老伴可以把我放在家里照顾多久？孩子能放弃自己的工作和生活来照顾我吗？护理中心一般要每个月 5000 美金以上，多少人能承受得起？我自己的钱谁来帮我打理？如果我需要手术，谁来签字？当我到了痴呆的终末，我不想再接受治疗了，不想每天输液浑身接满管子，谁来决定？我看到重症监护病房满员，在没有恢复的希望时，仍然使用起搏器和静注，我看到护理中心住满了老年痴呆晚期的人，只是日复一日等待他们的离世，病人有没有权力决定什么时候是自己的死期，还是让人永远活下去？但是永远是多远？这个点在哪里？”

痴呆一旦开始，会越来越糟，在某一程度之前，病人有能力参与讨论和思考，但在某一程度之后，不再有足够的决策理性。如果病人并不想在自己的身上继续试试这个试试那个，认为这样延续生命是种折磨，但病人的子女要求医生尽力而为，那由谁来决定这件事？如果病人可以在人生还比较清醒的时期，写下一个文件，要求在疾病的某一程度之前，充分诊治，而到一定程度之后，不再强求，比如说不想依靠呼吸机生活，那也许家属和医生可以参考和尊重这个决定。但这也是病人对自身的一个判决，能有足够的理性想到这点并不容易，完美的制定这个判决很难，完美的执行这个判决更难。但对于痴呆病人，如果在比较早期，也就是他还有能力参与决定的时候，和家庭成员一起清醒地讨论这个问题，让自己成为终极解决方案的一部分，这不仅是自主生命的体现，也能最大限度地保有尊严。

学会与痴呆病人对话—知识与爱

维莫医生认识一个55岁的教授，被诊断为阿尔茨海默病，她的家庭关系、同事关系都在下降，没有人再邀请她去讲座，她的丈夫也想离开她。

但维莫医生见到的更多的痴呆病人家庭，让他难忘的是，照料者为什么还能继续照顾他们所爱的人，在他们所爱的人几乎已经什么都不剩下的时候。一个妇女的丈夫已经住在护理中心5年了，她说自己是一个嫁了人的寡妇，她依旧天天去看他，推他出去晒太阳，帮助一个陌生人洗澡擦身很容易，但照顾一个曾经那么伟岸的丈夫内心非常痛苦，这个还在你美好回忆里的人，这个在照片里微笑的人，其实从5年前就在逐渐死去，只剩躯壳。

对于照料者而言，维莫医生认为最重要的是耐心，就像对待学步期的孩子一样，你对他说不要做这个不要做那个，但他记不住，你不会把孩子扔到医院去，而是耐心教他，他终会记住，但痴呆病人不同的是，他可能永远记不住。

对照料者来说，除了恒久的耐心，还有一些很重要的事项：

1. 增加对疾病的了解　比如对病人说你要先向左走，你要等我回来，其实病人根本没有听懂；比如不理解病人的人格已经发生了改变：例如出现了幻觉、开始说脏话。

2. 学会与痴呆病人对话　重要的不是你说了什么，而是如何说，比如问病人“你晚上想吃什么?”，这会让病人很迷茫，什么也想不起来，而应该问你想吃鱼吗？是还是不是。要给出非常少的选择，而不是开放性的问题，太多选择。

3. 学会让自己冷静下来。

对于痴呆的非药物治疗，维莫医生的建议是：

1. 找出前因－行为－后果　如果你想控制行为，要知道行为的激发点和先前的事件。比如曾有个护士患有老年痴呆，每当下午三四点就格外抑郁，因为在她的印象里，每天这个时间换班后应该回家了，所以，家属在下午一点的时候就把她从公寓里接出来，外出做物理治疗一类的活动，然后再把她送回家，她就已经忘记这件事了，这就是一种非药物治疗。

2. 找出抑郁的诱因　比如病人是否感到疼痛、疲劳、饥饿和渴、膀胱憋胀、便意等等。

3. 改变环境因素　比如房间使用愉悦的色彩，减少听觉上的噪音，减少视觉上的庞杂，比如有些墙上贴着鸟和水果的画，可是病人总想把鸟抓出来，从墙纸上摘水果。

4. 转移注意力　比如说让他换一个房间，把他当成小孩子，给他点事情做。

5. 固定的时间表　病人学习新东西很困难，给他每天一个相对固定的时间安排。

学会对话痴呆，需要知识与爱。

55 鲍枫

简介：安定医院老年科病区主任，从事精神疾病诊治 20 年，专长老年精神障碍。

● 家庭成员要注意识别痴呆的早期信号，让痴呆病人享受人生的最后时光

在安定医院的老年病区：老年痴呆、老年抑郁、老年人的精神分裂症各占 1/3。中国的文化传统是家庭养老，可是年轻一代参与社会竞争的激烈和独生子女政策使家庭养老的实现越来越困难。我国目前还缺乏健全的养老体系，养老中心多为盈利模式，或是少数者才能承受的高端养老，或是不贵但却降低服务标准，因此发现老年人痴呆的早期信号，家庭成员仍是责无旁贷。

正常的衰老现象往往是对过去的事情不清楚，会忘记久远的事情，而痴呆病人相对而言对最近的事情更容易忘记。鲍枫主任举例，比如刚才有 2 个老年人也坐在这间屋子里，问他刚才发生了什么，正常的老年人可能说："刚才来了个医生，上海的？北京的？美国吧，还是法国？"而痴呆病人可能会说："没有谁来啊，没看到，我自己睡觉了，一个人待一下午呢。"在痴呆的早期，痴呆病人可能忘记整个事件，而正常的老年人只是不能再现全部细节。

痴呆病人早期会出现人格改变，体现之一就是把后天习得的规范忘掉，留下了人类最初不加遮掩的本能：食、色、性。比如：痴呆老人可能把好吃的藏起来，把蛋糕放在被子里，与小孩抢好吃的；在其他异性面前有暴露动作，或者摸一下抱一下，突然和保姆说"你和我睡吧"。怀疑老伴有外遇和别人偷他的钱，是非

常常见的 2 个早期表现，其中怀疑老伴有外遇，可能是对老伴尚有生理或心理需求，但不具备完成整个过程的能力，老伴也因年老没有积极回应，因此就产生疑心。早期的识别确实非常困难，这需要知识的普及，并及早就诊，对病人适当的约束和指导是可以的，但可能需要教上数百次。

有的家属跑来说："我父亲总拿蛋糕对着镜子喂，说你吃点吧，越拦着他越狂躁，管他还会抡起拐棍，给他吃点什么药吧，让他别给镜子喂蛋糕。"鲍枫医生的观点是，只要镜子没碎，他很安全，就随他去吧，喂得累了就停了。还有些家庭成员发现痴呆病人在手淫，气愤交加或横加干预，其实，应该不要管他，随他去，或把他带到没人的房间里，让他自己享受人生这最后的乐趣。

付出得不到积极回应，照料者的精神往往比病人更加脆弱

痴呆是一个寂寞的疾病，病人随着认知功能的减退，会忘记周围熟悉的事物熟悉的人，被陌生包围；不像其他疾病，家属和病人还能有情感的正常交流，对于痴呆病人，无论你做了什么，可能永远都没有正面回应，家属每天和陌生面对。有些痴呆的老人，由于出现妄想等等精神症状，跑到警察局告他的儿子虐待，而实情却是他的儿子不但尽心尽力照顾他，而且工作都要丢了。很多病人家属，内心有很多的苦："痴呆晚期病人的家属，往往半年，精神上就很容易拖垮，给予照料者精神上的支持也很重要。"

老年科不是养老院，社区工作就是临床工作

对于一个老年科医生，往往会被提及，也会问自己，职业价值在哪里？用尽全力，让病人有了一点起色，可是他却去世了，成就感在哪里？

鲍枫主任说："在他生命的尾声，有老年科的医生作为拐杖，引导和支持，让病人和他的家庭可以过得舒适一点，轻松一点，这也是一种意义所在。"

德胜街道在册有 2. 5 万老年人，安定医院是社区中三甲医院里唯一一家精神专科医院，老年科有 12 个医生，病人不仅来自德胜街道，还来自各地，老年科医生的数量要乘以几，才能满足需求？

我在鲍枫主任的桌子上发现一份很有意思的街道心理健康讲座计划表，涵盖老年人心理特点分析、日常生活的心理调适、社会交往心理、情绪心理变化及应对、退休心理调整、婚姻心理问题应对、疾病的心理预防与治疗、养生及心理健康等十余个系列讲座，听课的对象或是社区负责人，或是老年大众。这是社区、街道在工作中发现问题，有需求，然后和安定医院共同拟定的。“我们老年科包括心理与精神科，及早干预，甚至让他们不要到医院来住院，我们认为这是一项临床工作，把工作做到前哨去，通过社区中的发现申报课题和基金，成为长期工作的良性支持，这是一种发展模式。老年科不是养老院，老年科的工作就是要深入社区。”

56 肖顺贞

简介：北京大学护理学院教授，专长于老年护理领域特别是老年痴呆护理。

当你孤独时，他比你更孤独

肖老接触老年痴呆领域，是从看到美国前总统里根的公开信开始。里根公布了他成为美国数百万老年痴呆病人之一，他开始走上生命日衰的旅途，但会永远乐观。肖老惊觉，疾病对人类世界的公平和难以预测，脑力活跃如里根总统，亦不能豁免。

肖老曾经见到一个护工，正在帮病人穿衣，病人大发脾气，乱丢东西，推搡护工，护工还是好言安慰。护工拿起一本书，和肖老说：“他以前多有学问啊，这都是他写的，他是病了。”这个护工就是有善的心和对疾病的理解，知道不能用常人的逻辑要求痴呆病人。

照顾者会感觉孤独，因为眼前的人灵魂在逐渐褪色，难以交流，但要理解病人其实更加孤独。老年痴呆是大脑功能的逐渐丧失，到了晚期，已经认不出至爱亲朋，也不记得家的样子了，每一刻都感觉是待在一个全然陌生的环境里面对全然陌生的人。

人类最怕失去自理能力，要维持并鼓励正常的老年人拥有这种自理能力，对痴呆病人而言也是至关重要的。对照料者来讲，要学会观察和评估病人的能力，懂得分析病人，在他能力允许水平的情况下要求他，但不能对他要求过高。如果还能缝缝洗洗，可以让他继续做家务，如果他自己能走一走，不用拿轮椅推，会自己穿衣服，让他自己穿，但是他已不再会自己穿衣服了，就不要批评他怎么连扣子都不会系。照料者不能在病人能力范围之外要求他，并且应该灵活地对日常生活进行相应调整：比如想尽办法改善环境让病人能够自己吃饭，例如碗和杯子是防滑的，并且放在桌布或餐纸这种不容易打滑的表面上，杯子有把手，只倒半杯满，或是扣上盖子插上吸管，当他不再会用筷子，给他递上勺子，而且是手柄宽大容易握住的勺子，当他不再会用勺子，就鼓励他可以用手指捏东西吃。

建立与痴呆病人的“积极感受”

照顾病人时，如果病人对照料者有回应，哪怕是做了个手势，照料者都会非常开心，因为病人已经不会甜言蜜语，已经不会说谢谢，照顾者已经不能收到来自病人的回馈。

照顾痴呆病人和照顾其他有正常思维和正常情感的病人不同，比如肿瘤病人，可能在弥留的最后一刻，生命不再有力气，但可能用流淌的一滴眼泪表达留恋和感谢。而照料痴呆病人时内心经常感到悲哀的是，为什么得到的反馈总是负面的？自己的价值在哪里？

肖老认识的一个病人，老伴做了很多玩具给他，还把他们的对话录音，一是纪念，二是反复播给他听。现在病人已经到了痴呆晚期，当她走到床边的时候，病人看了她一眼，她说：“他知道我来了。”也许，她的丈夫只是无意的一瞥，不见得知道，但这对照料者来说是一种“积极感受”，不注意就错过了，照料者的付出不是颗粒无收，虽然得不到那么多温情，但可能还会有那么一点点，需要让这种“积极感受”成为坚持下去的一种动力。

“这是一种磨人的病，护理很琐碎，不仅需要知识，你的爱心与耐心很重要，不能把他当‘傻子’，他可能已经不知道你是他的女儿，但是对外周环境的反应意识还在，如果你对他吼，他会很伤心，你对他好，他还是知道的。”

“老年痴呆，虽然得知诊断时的惊讶程度与癌症不同，但病情并不可逆转，里根公布病情后，生存了10年，死于并发肺炎，要珍惜这段人生时光。”

阿尔茨海默病会让人的交流能力逐渐丧失，不仅是表达思想和感情有困难，对理解别人也存在困难。

我们需要知道，痴呆病人在交流上的改变往往呈现：难以找到合适的词汇；反复使用自己熟悉的词汇；创造了一个新的词来描绘熟悉的事物；很容易失去条理性；说脏话；比以前说话少了；比以前更依赖手势表达，而不是语言。

作为照料者，需要知道更多的交流技巧：

1. 让病人知道你在认真听并且正努力弄清他说的是什么。

2. 有很好的眼神交流，让病人看到你很重视他说的是什么。

3. 让病人努力描述他想表达的东西，不要去打断。

4. 如果病人使用了错误的词汇或找不到正确的词，尽力去猜他说的到底是什么。

5. 如果你不理解病人说的是什么，让他给你指出来或用手势比划出来。

6. 把重心放在感受上，而不是结果上，有时，情感的表达比究竟说了什么更重要，寻找语言后的情感。

7. 永远都从病人的前面走近他，告诉他你是谁。

8. 叫出病人的名字，这帮助他的认知并且能引起他的注意。

9. 用简单和短小的词汇和句子，并且慢而清晰地和病人说话。

10. 给出简短的解释，避免使用很长的充满逻辑的话语。给病人一个简明清晰的答复。

11. 病人需要一点时间才能做出反应，照料者可能需要多一点时间来进一步提出要求。

12. 重复你给出的信息和问题，如果病人没有反应，等一会儿，再重复问一遍。

13. 避免质疑，追忆是有好处的，但是要避免问“你还记得那是什么时候吗?”

57 Ann C. Mckee（安·麦基）

简介：波士顿大学医学院神经科学教授，病理学教授；新英格兰退伍军人医疗中心神经病理学主任；波士顿大学阿尔茨海默病中心主任，慢性创伤性脑病研究中心主任、弗雷明汉心脏研究中心主任及百岁老人研究中心主任；美国退伍军人脊髓侧索硬化病脑库首席神经病理学家。

2010 年 9 月，我在波士顿地铁赠阅的报纸上看到 21 岁的欧文·托马斯出人意外地自杀。他是宾夕法尼亚大学美式足球（橄榄球）的前锋，每个赛季头部会遭遇 1000 次撞击，波士顿大学的研究人员对他死后的大脑切片进行检测，诊断为慢性创伤性脑病，他也是现役的美式橄榄球校园运动员中第一个被确诊患上这种足以颠覆人格的疾病的人。

这是年轻、运动相关性损伤、神经系统症状、自杀、痴呆第一次在我头脑中连贯进行思索，波士顿的医学环境如此奇妙，当我见到了安·麦基教授，对这个疾病开始有了更多的直观认识。

橄榄球在中国并不流行，我们就安全了吗？

运动员是体能超人，头部外伤是脑力杀手

路易斯·柯利克默，在 1950～1959 年效力于底特律雄狮队，是进攻内锋（左截锋），在一些严苛情况下也作为防守前锋。他曾连续 8 年入选美式橄榄球全明星阵容，在 1996 年被载入职业美式橄榄球名人堂。

他在 31 岁的时候退役，49 岁的时候出现头部晕沉沉的感觉，经常爆发攻击性愤怒，以及注意力不集中、记忆力下降、错乱和抑郁，并逐渐出现行走困难、构音障碍、帕金森综合征，最终发展为痴呆。他在 82 岁去世后，通过尸检被确诊为“慢性创伤性脑病”。

路易斯·柯利克默的时代，防护设备特别是头盔没有被很认真的使用，在他高中和早期的职业生涯，带上一个面罩有时就被认为“娘娘腔”，他共经历了 13 次鼻部骨折，十六七次脑震荡。

路易斯·柯利克默身高 1.93 米，体重 115 千克，看着他曾经英武的照片和安·麦基教授展示出的病理图片，我不禁感慨万千，

体育之星，其实不仅仅是体能超人，他们往往也具有出色的脑力，是什么，让他们的大脑在若干年后相对同龄人来说萎缩变小并出现明显的病变？

“拳击手痴呆”并不仅发生在拳击运动员身上

某些体育活动也许会增加运动员在人生后期患神经退行性疾病的风险，这种联系最早发现于那些在训练和比赛中经历了无数次头部击打的拳击手中。在 1928 年，美国的病理学家和法医哈里森·马特兰最早报道了一系列异常发现，“只要一个拳击手的职业生涯足够长，近乎一半会出现这些临床上的异常”。

在上世纪 70 年代，多位患有“拳击手痴呆”的拳击运动员大脑的病理学检查证实这种神经退行性病变与其他类型的神经退行性疾病不同，有着自己的特点，并逐渐发现这并不仅仅发生在拳击手身上，慢性创伤性脑病（CTE）这个术语被广泛应用。

在过去的几十年里，临床和神经病理学证实了在很多种运动中都会产生慢性创伤性脑病，包括美式橄榄球、职业摔跤、职业曲棍球、足球以及一些会造成反复性轻度头部创伤的行为与活动，包括肢体虐待、癫痫发作和撞击头部。至今，慢性创伤性脑病的发病率和人群中的患病率还不清楚，可能与运动的类型、受伤的姿势、外伤持续的时间长度、最早和后续受伤的年龄以及一系列其他因素有关，比如遗传易感性。例如，在年轻的时候头部对外伤更易感，但是年轻的大脑更容易对那些新出现的行为困难等情况进行代偿。在遗传方面，APOEε4 等位基因不仅是阿尔茨海默病的重要易感基因，携带这种基因也增加了患慢性创伤性脑病的风险，在已经通过病理学证实的慢性创伤性脑病的人里有 57% 的人携带 APOEε4 等位基因，而在普通人群范围，只有 28% 的人携带。携带这种基因的人，对头部创伤的预后不佳，特别是在还不到 15 岁就发生的外伤。

欧文·托马斯之死带给美国的启示

慢性创伤性脑病通常在反复的头部外伤后的数年或数十年才表现出来。反复的神经轴突损伤带来了一系列的代谢、离子、细胞骨架紊乱，这激发了一系列病理性级联反应，并在易感的个体发展为慢性创伤性脑病。这种脑病经常在中年时出现，通常在运动员退役后。一部分人早期的症状通常是易激惹、愤怒、淡漠，并且自杀率上升。在其他病例中，认知困难也许最早出现，最常见的是情景记忆和执行能力下降。在慢性创伤性脑病的后期，还会发生运动、语言和视觉的异常，少数人会在死亡前发展为痴呆，比痴呆更常见的是在人生更早期就出现自杀、意外或滥用酒精和药物。

美式橄榄球运动员中有多位都被诊断为慢性创伤性脑病，麦克·韦伯斯特和特里·朗在和抑郁抗争多年后去世，安德鲁·沃特斯在 2006 年 44 岁的时候自杀，汤姆·麦克海尔在 2009 年疑似因过量使用毒品死亡。

在 2008 ~ 2010 年，有 321 名美式橄榄球运动员去世，其中 12 名将自己的遗体捐赠给波士顿大学创伤性脑病研究中心进行了神经病理学检测。在所有的这 12 名捐赠的大脑中，都被病理学最终证实存在慢性创伤性脑病。即使有人认为，除了这 12 名捐赠者外，其他人都没患病，那在过去的 50 年，职业美式橄榄球运动员患病率也至少是 3.7%。

而 21 岁的欧文·托马斯之死带来的新的提示是：他从没有过脑震荡和头疼的病史，但多位医生认为，他的脑病是由 9 年来在美式橄榄球过程中，几千次在低于脑震荡程度外力的反复击打下造成的。这也让美国的研究者们更加关注那些并没有导致脑震荡程度的头部外伤，那些在美式橄榄球冲撞力水平以下的运动项目。

在美国，共有 140 万 14 ~ 18 岁的少年参加中学的美式橄榄球运动，还有 300 万在更低的年龄参加少年队。欧文·托马斯的父母希望他儿子的事件可以教育大众，告诉其他家庭橄榄球的可能风险，并指出，是否可以有一种剧烈的、力量性的接触性运动，但是可以最小化地减少对年轻一代的影响。

运动安全如何重视都不为过

在所有神经退行性痴呆中，慢性创伤性脑病是唯一一种可以找到明确的病因：头部外伤。

至今无法证实的是，头部只遭一击是否就足够引起代谢级联反应，然后引起临床和病理上的改变，因为目前为止所有被确诊的慢性创伤性脑病都遭受了多次头部外伤。因此，最明显的预防方式，是避免反复性的头部外伤的发生。

对于拳击和美式橄榄球这种几乎无法避免头部反复撞击的体育项目，脑震荡后正确的评估和处理可以最大地减少对今后的影响。对减少头部外伤的数量和程度的措施应该不断出台，例如进一步对全接触进行限制，制定一些规则减少头部的反复撞击，提高可吸收外力的防护用具的使用。

安·麦基教授呼吁在公共卫生健康领域，急需关注那些遭受反复性中度头部外伤的人士；医务人员、教练，以及相关专家，以及政府、体育团体都应对慢性创伤性脑病给予足够的重视。

注释：

欧文·托马斯：Owen Thomas。

路易斯·柯利克默：Louis Creekmur，是美国底特律雄狮队（Detroit Lions）队员。

哈里森·马特兰：Harrison Martland。

麦克·韦伯斯特：Mike Webster。

特里·朗：Terry Long。

安德鲁·沃特斯：Andre Waters。

汤姆·麦克海尔：Tom McHale。

琳前言：

在美国我见到了纽约脑库主任病理学专家让·保罗·文森图教授，和波士顿大学慢性创伤性脑病研究中心主任安妮·麦琪教授，发现在美国有大量的大脑捐赠，用于医学研究。

病理诊断是一项终极医学诊断，是开启医学真相最客观的一扇门，是验证与提升医生水准的一座桥。我国传统观点对于死亡与遗体的认知，使得我国捐赠器官用于移植或进行病理诊断与研究的比例远低于欧美发达国家。

但值得欣慰的是，我们有中国人自己的脑库研究中心。

58 戴甲培

简介：中南民族大学武汉神经科学和神经工程研究所所长，教授，博士研究生导师；中国人脑库中心（Chinese Brain Bank Center，CBBC）主任，曾任荷兰皇家科学院脑研究所高级研究员。

大脑组织标本是脑科学研究的基础

中国人脑库中心在国家自然科学基金的资助下于2007年在武汉市正式启动并初具规模。中心成立的目标是在我国建立一个达到国际标准人脑库，负责收集死亡后的人脑组织并提供给研究人员进行研究工作，是到目前为止我国唯一具有一定规模，按国际标准运作的人脑组织库平台，也是国内唯一加入欧洲人脑库联盟的中国脑库。

脑库将收集到的人脑组织采取不同的保存方法，满足不同研究的需要，包括进行基因和蛋白表达、脑组织结构、细胞和分子等方面的研究工作，到目前共收集了完整的临床和个人资料的人脑1200多个，已支持了国家级研究课题十几项，并取得了重要的研究成果，使我国在使用人脑进行科学研究方面赶上了国际的步伐。

脑库目前收集到的人脑年龄跨度大，包括从出生到老年，特别是一些年轻的人脑，这在国外的脑库很难做到，这对于研究人脑的发育和老龄化的机制有重要的意义，并为预防，甚至逆转脑衰老提供重要的科学依据。关于一些慢性神经退行性疾病的人脑，如阿尔茨海默病、帕金森病等通过目前的途径（法医尸检）收集的难度较大，正在通过“红十字协会”的人脑捐献计划进行收集，因此，遗体捐献是完善人脑库工作最为重要的途径。

生死之间，悠然自得

在十多年前，武汉第一位签订了遗体捐献协议的邹道毅老人（目前健在）是值得我们尊重和敬佩的代表人物，他为了武汉市遗体捐献事业的开展，曾将自己多年的书画捐献给了武汉市红十字会，并将拍卖的钱捐给遗体捐献基金，在他的带动下，家族里还有3位老人签下捐赠遗体的志愿书。他说，人字的两撇，要写好，最后一撇更要刚劲有力。

“灵魂和智慧是人脑的产物，要留下灵魂和智慧在人间，请不要把脑带到天堂”是脑库的宣言，捐献者们都是志愿将自己的遗体无条件地奉献给医学科学，给我国的医学教育和疾病防治水平，贡献最后一份力量。中国人脑库中心收到的不仅是捐赠的人脑，也收到了那份豁达的灵魂和慷慨的心。

琳后记：

邹道毅老人，我尚未谋面，却深深敬仰。

面对永恒的宇宙，人类只是匆匆过客，任何资源，我们都只能使用，却无法最终占有，那么，对于已经充分使用过的身体器官，在陪伴自己人生旅程之后，如果还能继续发挥余热，为他人或者科学的进步带来福祉，何乐而不为呢？

59 窦玉沛

简介：中华人民共和国民政部副部长，全国老龄工作委员会委员，全国老龄工作委员会办公室副主任。

关注并解决好中国老龄化的问题是对世界的贡献

1999 年 10 月 1 日，联合国宣布，随着中国进入了老龄化，全世界都进入了老龄化。应对老龄化是全世界的任务，中国压力最大，关注好解决好中国老龄化的问题是对世界的贡献。在老年人中，中国是世界上老年智障病人最多的国家，在中国 1.85 亿 60 岁以上的老年人中，有 800 多万老年智障病人。随着中国老龄化的快速发展，老年人口以 3% 的速度递增，老年智障病人的人数也在逐步增加。

解决老年智障病人医疗和服务的问题，中国政府坚持的是治养结合的方针。

治，是通过实施多种形式的医疗诊治，帮助老年智障病人减轻疾病状况，延缓病情发展。主要包括：对于病情比较严重的病人，进行精神药物治疗；对于病情比较轻的病人，通过适当的心理治疗，合理使用残存的脑功能，或者改善记忆，确保自身行为处于社会允许的范围内；三是工作治疗，在病情许可的条件下，鼓励病人适当参加社会劳动和一些手工劳动，提高适应环境的能力。

养，是通过建立多样的养老服务模式，帮助老年智障病人提高生活质量。目前，中国正在构建以居家为基础、社区为依托、机构为支撑的社会养老服务体系。一是居家养老。对于一些选择在家里居住、生活又比较困难的老年智障病人，除了家庭成员的照顾之外，政府通过提供资金补贴的方式，为其购买基本的生活照料、家政服务、精神慰藉等服务，满足其多样化的养老需求。当前，居家养老是世界各国通行的主要养老方式，也是我国绝大多数老年人的意愿和实际选择。二是社区养老。对于一些无人照料的老年智障病人，政府建设社区托老所、日间照料中心、老年人活动中心等服务设施，并引入社会养老服务实体参与，来提供优质的社区服务。三是机构养老。对于一些选择在机构中养老、生活自理能力差的老年智障病人，政府通过建设养老机构，增加养老床位，为其提供集中照料服务。

中国现在有养老机构 4 万多家，床位数 350 多万张，平均每千名老人拥有的养老床位数是 19 张，美国目前大概是 40 张，我国将在 2015 年，将这个容量提高到 30 张，即总床位数达到 660 多万张，主要用于为包括老年智障病人在内的失能失智老年人提供服务。今后一个时期，中国养老机构建设的重点也将是以收养生活困难、身体失能、精神智障为主的供养型、养护型、医护型养老机构。

孝是一种文化，文化是一种行动的力量

窦玉沛副部长指出，在中国这样一个老年人口大国，解决老年人的养老问题，必须弘扬“百善孝为先”的传统美德，坚持和强化家庭在解决老年人养老中的基础地位。这主要有以下的原因：

一是符合中国的历史传统。中国传统文化独特，人们重视家庭生活。几千年来，中华民族逐渐形成了尊老、爱老、敬老、养老的优良传统和反哺式的代际关系，家庭养老不仅是整个社会约定俗成的行为习惯，也是家庭成员自觉承担的道德责任。这些年来，随着经济社会的发展，中国原有的家庭结构发生了巨大的变化，家庭规模日益小型化，空巢家庭相应增多，直接导致家庭的供养资源减少和养老功能弱化。与这种变化相适应，由政府和社会力量提供的居家养老服务已经成为一种重要的发展趋势。居家养老以社会服务进家庭为标志，以资金支持和服务保障为手段，既发挥了家庭子女和亲属的养老功能，又强化了政府和社会的支持，同时成本也比较低廉，非常适合在中国这样一个未富先老的国家里解决养老服务问题。

二是这是法律规定的义务。家庭养老的地位和作用，中国的

法律已经做了非常明确的规定，在1996年颁布实施的《中华人民共和国老年人权益保障法》就提出，老年人养老主要依靠家庭，家庭成员应当关心和照料老年人，赡养人应当履行对老年人经济上供养、生活上照料和精神上慰藉的义务。

三是有利于体现家庭的优势。家庭最具亲情和温暖，在为老年人提供情感交流、精神慰藉和心理满足等方面，具有独特的、普遍的和其他养老模式不可替代的作用。同时，和谐的代际关系和良好的家庭氛围，对于构建和谐社会具有重要的意义。大力发展社会养老服务，鼓励和引导企事业单位、民间组织、个人为老年人提供养老服务，绝不是要取代家庭养老的责任和义务，而是对家庭养老的支援和协助。

为了巩固居家养老的地位和作用，窦玉沛副部长认为要着力做好以下几方面工作：一是开展孝亲敬老道德教育。将传统的孝道精髓与时代精神相结合，开展孝亲敬老文化宣传，推行敬老爱老助老主题教育，组织开展形式多样的实践活动，广泛培育和树立新时代敬老先进典型，形成尊重、关心、帮助老年人的社会风尚，巩固家庭养老的意识和行为。二是建立支持家庭养老的长效机制。通过研究制定一些制度性的政策措施，对于尊老、敬老、养老的家庭成员，给予大力表彰和奖励。同时，想方设法帮助家庭成员解决在赡养老人中遇到的实际困难和问题，支持和鼓励家庭养老。三是保障老年人合法权益。政府和社会要通过法律制裁和道德谴责等多种形式，保障老年人的合法权益，确保家庭养老的责任落实到位，让老年人能够安享晚年。

养老服务队伍：职业化、专业化；社区人际氛围：志愿化、积极化

在中国的传统养老理念中，吃饱喝好基本上就是对老年人照顾的定义，但为了使老人生活得更加幸福更有尊严，不仅必须考虑到老年人的生活照料、精神慰藉、康复护理等各个方面，还要推进专业化、职业化的道路。中国失能和半失能的老人有3300多万，按国际通常1:3配备护理人员的比例，至少需要1000万人。为了解决这个问题，民政部积极倡导高等院校开设老年医学、老年营养学、老年心理学、老年护理学等多方面的学历教育，并且民政部已有自身所属院校开设了这些专业。另外，民政部正在大力推进服务人员在职培训，还将推行职业资格和持证上岗制度。

通过建立教育、培训、评价、激励相结合的机制，来建立起适应为老年人提供服务的专业队伍。

窦玉沛副部长还倡导积极发挥志愿者作用，在社区里，年轻人志愿照顾老年人，年纪略轻的老年人照顾高龄的老年人，以及一些互帮互助的自愿行为已在社区普遍开展。有些地区还开始了一种激励机制——“时间银行”，将志愿者服务的时间进行登记，将来他进入老年，如果生活需要照料，根据他年轻的时候服务的时间，也能优先享受其他人的照料，这个“今天我为人人，明天人人为我”的志愿者激励机制，也正在观察和实验中。

老年痴呆篇结束语

作为中国第一代独生子女，我忧虑未来终会出现的“4－2－1家庭”模式。面对白发增添的长辈，面对岁月流逝的感怀，促使我思考，人类不可抗拒不可逆转的衰老。而其中，需要与衰老甄别的是阿尔茨海默病等痴呆类疾病，那并不是正常的衰老。

痴呆类疾病，会改变人格与精神，把你曾稔熟的人变得全然陌生，把你曾温暖的家变得支离无奈。生命中的事件，有时无法选择，但我们还是可以选择在不幸之上重建生活。

目前，对于衰老与老年痴呆，并没有那么多防治手段，但接受现实并保持乐观，就是这场长跑中的重要一环。除此之外，还有支持、鼓励与陪伴，对于我们所爱的人，最动人的不是语言上的“我爱你”，而是行动上的“在一起”。

艾滋病

——与艾滋病毒共生的世界

Life is so beautiful

艾滋病篇

——与艾滋病毒共生的世界

如果我说这是一个糖尿病的世界，这是一个高血压的世界，我想你会同意；而我说，这个世界，就是在与艾滋病毒共生，你可能瞬间觉得危言耸听，读完本章，你就会知道我的感受与推断从何而来。

2010 年 9 月，我开始在哈佛诊室工作的第一个月，见到了艾滋病毒感染者。哈佛的电子医疗档案可以追溯到既往的检查报告，他只是来看其他眼病，而恰巧合并艾滋病毒感染而已。我观察自己导师及其他医生的反应，对待病人并无差异，如此平静。另一位美籍女医生还是沿袭自己的习惯性动作，与病人握手后继续托腮并顺手理了理头发。这是我真正看到的第一例艾滋病毒感染者，并让我认真反思。为什么我毕业于最好的医学院校，但在实习中却没有充分地看到传染性疾病的案例？多年的医生职业生涯中，按照接诊过的病人基数，这其中必有艾滋病毒感染者，但为什么我却无从知晓？

2010 年 11 月 23 日，我作为嘉宾受邀参加了波士顿生活中心的感恩节晚宴，这是波士顿一家为建立档案的艾滋病毒感染者提供一周免费 7 餐为特色的非政府组织。工作人员康肯博士告诉我，现场会有近 700 位感染者，我不能相信，可是我随机坐下的就已经是 53 号桌了（每桌 10 人）。

在海因思会议中心大楼门口，我看着感染者在暮色中从四面八方汇聚而来，或安静沉郁或轻声闲聊，又看着他们披上外衣或三三两两或独自步行消散在人群中，你不能从他们的脸上读出病毒，他们与你别无二样，不能辨识。他们就如同普通的我们，分布在世界的各个角落，或密集或零散而已。他可能就是和你擦肩而过的那个路人，可能就是地铁里与你比邻而坐的乘客，可能就是那个目光明亮嘴唇甜蜜正追求你的人，也可能是已经与你的女儿建立亲密关系的那个人。

中国现存艾滋病毒感染者和病人大约74万，但在一些高危人群中，这个感染率可达到1/5，由于艾滋病毒有人际传播的特性，请你相信，无论中美，这个世界就是在与艾滋病毒共生，充分地了解才能理解这个疾病并真正掌控你的生活。

如果医学生、医生都未能充分、冷静地学习并讨论过艾滋病，普通大众如何能够理性地对待这个问题？欲说还休的态度才会产生更大的问题。医生的责任感，促使我提笔，向大家描述这个领域中自己的管窥之见。

注释：

波士顿生活中心：Boston Living Center。

康肯博士：Betsy kunkel。

海因思会议中心：Hynes Convention Center。

60 Joseth Minor-hill（约瑟夫·迈纳·希尔）

简介：感染艾滋病毒30年，全美生存期最长的感染者，44岁，同志，非裔美国人，居住地：波士顿，与同伴共同生活在一个小公寓，职业司机。

感染艾滋病毒30年，生活仍在继续

麻省艾滋病行动委员会这家马萨诸塞州艾滋病领域最大的非政府组织告诉了我约瑟夫的存在，我惊奇，他的病程几乎与人类正式发现艾滋病的时间一样长。约瑟夫告诉我，他就是在那个艾滋病的惶恐期被最早确诊的。那时，一个最流行的男同性恋歌手被确诊为艾滋病，随即在同志人群中引起震动，很多人因而对自己产生了担心，当时约瑟夫在纽约，那里设了很多站点，可以领一个编号，采血后2天通过电话或上门来领你的报告。14岁的

他，知道了自己的编号成为了一个加号。14 岁就感染，我想当然地认为是母婴传播，约瑟夫呵呵笑了：“不是，12 岁开始，我的生活就有了性。”

就像大多艾滋病毒感染者一样，最初的心理阶段往往是否认，直到 18 岁，约瑟夫才在心里接受了这个事实。但直到 2004 年开始服用抗病毒药物前，他一直继续着随意而随性的生活，频繁出现在各个浴场，寻找和制造各种乐子，有保护和无保护的发生关系，“哦，你是一个花花公子”，“是的”，他不否认。

你也可以成为奇迹——10 个朋友离开了我，而我仍在

我坐在沙发上看着他，连连说：“不可思议，这真是一个奇迹。”他不以为然，是因为他从来都没把死亡等等负面的信息与自己联系在一起，从来都相信自己可以活得久久长长。

约瑟夫是个乐天派，摇晃着一头小辫给我讲他的小日子，给我看他的小摆设，给我哗啦啦地翻相册，这也是我第一次见到什么是美国的讣告，我不知道夹在相册里的那些灰色的印着一个个年轻人半身照片的单页是什么，他说这些都是他的好友，都是同志，这些年，已经有 10 个因艾滋病离开了。身边人的境况远比听到什么明星大腕的事情更让人震动，我问他：“你害怕吗？”约瑟夫用明亮的眼睛看着我，呵呵笑了，说：“NO。”

眼前的他，有我见到的诸多同志的细腻，但神经非常大条，很容易笑出来，无论是对生活还是病毒。我离开他的家，耳边最常环绕的，就是他的“呵呵”。我不知道约瑟夫可以成为奇迹的原因之一，是不是他的这种态度，与病毒共生，又把它与自己割离，把这个病毒当成自己需要照料的每天定时喂药的需要定期复查的生病的孩子，你养着一个病孩子，并不等于你就没有了自己的生活，不等于就不快乐了。

拒绝无保护——即使已经感染了艾滋病毒

从 1981 年底的确诊，至 2004 年，约瑟夫没有再去检查过，也没出现什么迁延难愈的病症，直到 2004 年，难以明确表达，他就是感觉不太好，就去了芬威医学中心，被告知 CD4 只有 4 个，开始进行药物治疗。

从那时起，他对任何性行为都采取保护措施，他说，如果对方想要无保护，他会说不，他会用怀疑的态度审视对方，他会觉

得对方有问题，他知道对方如果有艾滋病毒，或梅毒，都可能让自己的状况变得更糟糕。

人总会慢慢长大

一个披着睡衣的肌肉男睡眼惺忪地出现在面前，他是约瑟夫的同伴，25 岁，高大强壮，约瑟夫很得意，他们已经有一年多的稳定关系，约瑟夫告诉我，自己还有厨师执照，不知道他的厨艺是不是魅力元素之一。

约瑟夫现在偶尔会跑到浴场这样的地方去，但是再也不参加了，只是看看，就离开了，他说："人，总会慢慢长大。"

安全感从何而来

约瑟夫的小窝是彩色而舒适的，我最喜欢他的冰箱，他给我指着上面层叠的照片介绍他的一大排一大排家人，冰箱被他贴得很花哨。他是个安于过自己小日子的人，无意成为一个英雄，但如果真的有激励作用，他并不介意把他的照片和生活展示给中国的读者看。我知道，目前中国的很多感染者已经成为一些关怀组织的负责人，有稳定的工作，但是过着双面人的生活，在网络和访谈中都不能露真容，我非常的理解，理解现实的无奈。所以，我在思考，约瑟夫的安全感来自哪里：

1. 约瑟夫是校车司机，他的现任老板知道他是感染者，他始终保持着稳定的工作，付各种账单，为小窝买单，这是他生存的基础。

2. 感染者在美国的医院就诊，通常不会被拒绝就诊和手术，这是他生命的基础。

3. 约瑟夫的母亲和兄妹都知道他的状况，纷纷表示想和他一起住，照顾他，可是他觉得自己的状态非常好，要一份独立的生活，家庭之爱是他可以回归的港湾。

4. 他有稳定的同伴，能继续拥有爱情和性。

在美国和世界各地，消除歧视仍旧是一个严峻的问题，我在美国见到的大多数感染者如下面的维克多都是在过双面人的生活，如同我们国内的大多数感染者，我想，承认感染的事实会危及他们这 4 个人类生存和发展都必须具备的基石。每个人的生命都只有一次，"歧视"这个抽象的词和随之而来的具体行为就如同阴云遮蔽了他们的一方天空。

我抱着约瑟夫的小靠垫，看着小辫颤颤的他赤着脚，在满室阳光下走来走去，心里欣慰着；想到相当多的感染者因为不能承认疾病、因为掩饰疾病、因为疾病不能得到及时救治而增添了更多疾病，心情黯淡着。

注释：

麻省艾滋病行动委员会：“AIDS Action Committee of Massachusetts”，马萨诸塞州最大型的艾滋病领域的非政府组织。

芬威医学中心：Fenway Health。

61 Jimmy Bucalo（吉米·布卡罗）

简介：确诊感染艾滋病毒 26 年，追溯病史可能感染 30 年，51 岁，同志，吸毒者，美籍白人，曾经的职业是厨师，现居波士顿。

如果你不成为解决方案的一部分，你就会成为制造问题的一部分

吉米拖着小步，经常左右摆头，嘴巴翕动着发出响声，在夕阳的映照下，颀长的身影像个摇摆不定缓慢持重的巡洋舰。这是第四次见到吉米，但他显然把我全忘记，我犹豫着，要不要去和他打个招呼，从第一次见到，我就一直在观察和揣摩着他，他到底怎么了？我一直太关注他的怪，而忽略了他的帅，当他终于在沙发上气定神闲地坐下来，我发现这个男人有着自然的卷发，深眼高鼻，虽然唇边经常挂着口水的痕迹，但整个人仍存留美感。你看到了什么，真的取决于你想看到什么。

我坐到他对面，帮助他回忆，他终于想起来了，我们第一次在波士顿生活中心坐斜对面吃午餐，康肯博士介绍我们认识；第二次在感恩节晚宴中说过话；第三次我看着他摇头晃脑的在麻省艾滋病行动委员会的走廊里找门上的号码，无知无觉地与我擦肩而过；而这第四次，印证了我的猜想，他有着 20 多年的吸毒史，现在存在注意力障碍，除了抗病毒治疗，他还接受神经内科的药物治疗。每隔 10 多分钟，他就要跑开一下，或是去倒一杯热巧克力，或是到门口呼吸，要么就在大厅里继续巡航一圈。

他现在每天早晨 6 点一次性服用治疗艾滋病毒感染的 3 种共 7 粒抗病毒药物，而以前是需要 20 多粒。他每 3 个月查一次 CD4，目前在正常的水平。他说现在自己很忙，到各个关怀组织参加活动，积极地治疗，体会每一顿食物的美好，今天就是来参加男士俱乐部等待比萨饼的，如果自己不积极参与到解决方案中，就会成为制造麻烦的机器。

因为爱而无怨，爱与恨不并行

吉米在 1985 年被确诊感染艾滋病毒，那时他在纽约，他的前男友被确诊后，杰米让自己的家庭医生给自己进行了检测，2 周以后知道了感染的结果。

“是你当时的现男友传染的你吗？”

“不，是我的前男友。”

吉米追溯自己的感染时间，有可能是在 1981 年，因为那一年他认识了他的前男友，而前男友在 1986 年死于艾滋病，在弥留之际，吉米去家里看他，他告诉吉米，刚刚才知道自己患病。前男友经济情况很好，在那个还没有药物的年代，身体状况急转而下，临去世前不久才被检查出是艾滋病。1981 年，吉米在洛杉矶工作，与前男友偶遇，那时前男友在纽约工作和生活，已经有了同伴，他们相爱但是无法在一起，1984 年，吉米来到了纽约，直到前男友离开人世，他们一直有联系。

“前男友让你感染了，你恨他吗？”

吉米好像从来没有想过这个问题，用不可思议的神情看着我：“不，我爱他。”

“你真的一点不怨吗？为什么？”我也不可思议地看着他。

“哦，因为，第一，我爱他；对我而言，爱与恨不并行；而且他不是故意的，当时他不知情。”

爱的原则，是用心灵与头脑，而不是用某个器官

能这么清晰地回溯自己的感染史，是因为吉米一直很慎重地选择伴侣，他只有为数不多的几个同伴，每个都付出了真情。

“我不能说别人，对我而言，我觉得更重要的是用心灵与头脑，而不是用某个器官。”

“可是，我知道，无论是在 1981 年的纽约，还是现在的中美各地，依然有人在浴场等等地方随意地找很多乐子。”

"呵呵"，吉米笑了，"是的，男人，有时候确实像狗"。

让自己笑，逗别人笑，幽默感对活得长久很重要

"约瑟夫有10个朋友因艾滋病离开了人世，那你呢？"

"我，一打，不止，20多个。"

"你怕吗？"

"哦，这让我更抑郁而已。"

吉米说自己有很多朋友，同志、直人、包括女性好友。这么多年，一些朋友的离去让他感觉的并不是恐惧，而是每次都非常抑郁。艾滋病毒对他造成的影响只是在1995年和1996年各患了一次肺炎，每次住院2周后就痊愈了。在他身上留下痕迹的，不仅是艾滋病毒，还有吸毒，不是医生，也很容易一眼看出他的表现和常人有异。除了维持注意力和抗病毒两种治疗，吉米还定期看心理医生，他觉得通过心理医生的专业治疗，真的让他从2004年开始逐步脱毒，而他，曾经用毒品抵抗抑郁，却身陷其中无法自拔。

他觉得自己的幽默感是活得长久和抵抗抑郁的法宝，这，我体会到了，虽然他经常要跑开，但他集中注意力和你说话的时候，是个非常有趣的谈话对象，带着智慧的幽默，会让你不时发笑。

历经生活中的悲剧，一定能有所借鉴；如果一无所获，那才是真正的悲剧

"感染了艾滋病毒以后，这段历程，让你体会到了什么？"

"历经生活中的悲剧，一定能有所借鉴；如果一无所获，那才是真正的悲剧。"

吉米的出口成章震到了我，他解释，比如说他更加注意自己的饮食，反思身边的亲情友情等等。

我问吉米的职业，他说："我是个作家。"

"哦？"，我对他是全职还是兼职，写了什么作品开始感兴趣。

他微笑："其实我只是喜欢写写，但还没有发表过任何作品，而你写的我，会是我第一次印出来的文字。"

谢谢你，吉米，谢谢你的分享，你仍旧如同一道阳光，让未感染者思考，吸取营养，让感染者坚强，看到无限生的希望。

琳后记：

关于作家

我在反思，我怎么了，为什么看到吉米，总在想是他怎么了，为什么在前三次见到他，都觉得他一定乏善可陈，我的目光掠过他的嘴角，看到挂着的口水残迹，我的目光打量他的外套，审视着那些斑点污迹，我能判断出他现在的生存境况，却从未判断出他竟是个天生的哲学家，会有石破天惊的生活体验，他说他是个作家，我真的相信了。

我也在反思，为什么吉米的职业是厨师，从 16 岁开始工作了 30 年，却骄傲地说自己是个作家。我在美国的诊所，看到 16 岁的高中生说自己在写一部小说自己是个作家，看到一个电台的编辑说自己是个作家，我们的民族有数千年传承至今的文学经典，曾几何时，文学青年也意味着先锋时尚和备受推崇，而如今，写作好像变成了一件不切实际不靠谱的事，工作都要靠量化表达，成绩要靠数据评估，我们有多少作家以成为作家为荣，有多少人还可以挺起胸膛说自己是个作家，重理工轻文艺，会不会让生活的思考深度下降，让人性的知觉迟缓，让细腻的感触消退。

我看着淡淡的斜阳里，搭起长腿坐在沙发里的吉米，想着他的幽默与逻辑，想着他让我震撼的话语，心里想，“他，就是个作家！”

62 萧贝（化名）

简介：艾滋病毒感染者，同志，佑安医院“爱心家园”志愿者，现居北京。

既然已经感染艾滋病毒，就要把心态调整好

欢乐和痛苦一样，会创造一种气氛，当你走进一个人，你就会感受到他的基调。

没见到萧贝以前，以为他是个古板的老头儿，未见其人，先闻其声，听到他热络的在门外和别人聊天，声音里洋溢的轻松活跃让我不禁莞尔，原来他是帅哥一个，从头到脚，没有名牌，但配色和细节舒适养眼。他不讳言自己像猫一样珍惜皮毛，也不否

认自恋。

“你每天出门需要捣鼓多长时间？不会比我还久吧？”

“呵呵，很快，干净的屋子不是一天收拾出来的。”

他承认感染了艾滋病毒是自己与激素斗争的失败，但既然感染了，就一定要把心态调节好，“至少，我现在可以少担心一个问题，就是我再不用担心感染艾滋病毒这事了。”

艾滋病毒不是一切痛苦根源的挡箭牌，感染者仍旧可以做生活的强者

萧贝等爱心家园的工作人员不仅给感染者提供咨询和心理疏导，也到高校进行艾滋病防治知识普及和行为干预。他发现很多人总是给自己痛苦的根源找一个理由，比如有人说自己来自贫困地区，好不容易上了大学，可是感染了艾滋病毒，再也不能进世界五百强公司了，再也不能打拼奋斗了，这听上去真的很让人惋惜，也符合一般人的逻辑，可萧贝告诉他，“没感染的话，你符合公司招聘的标准吗？你投递简历了吗？你积极准备面试了吗？你没被录取，可能是因为你的学校排名和专业不占优势，你的综合能力没达要求。”

“有些人怨艾滋病毒让他没法工作，可能并不是艾滋病毒让他没有工作，而是他原来就没有工作或没有好的工作。”

就像那首《白月光》，每个人都有一段悲伤，但痛苦的根源也许是源于你的教育程度、经济情况、恋爱遭遇……你要拷问一下自己，即使没有感染艾滋病毒，如果那些让你人生难以成功和幸福的因素还在那里，你依然不会成功和感到幸福，艾滋病毒不是一切痛苦的根源，不是逃避的挡箭牌，更不是成功和幸福的拦路虎。

不要把艾滋病毒妖魔化，感染者仍旧有很高的生活质量

“感染艾滋病毒有那么严重吗？我仍旧有很好的生活质量。我觉得这比要让我时刻控制血糖一天三针，担心血压高不能玩过山车，或是肝炎食欲减退难以下咽要好”，萧贝抖抖肩，“我的人生，直到迈到终点，依旧可以维持很好的生活质量。”对于他来说，工作与恋爱，依旧尽在掌控，积极前行。

同志不等于艾滋病，艾滋病不等于不安全的性行为

萧贝常听有人说，如果我不找别人，如果我没有这么乱，就不会得艾滋病了。

“当然，乱，增加了感染的机会，但是，问题的真正根源，感染了艾滋病毒，并不是因为发生了更多的性行为，而是因为发生了没有保护的性行为。”

由于人体的解剖基础，直肠黏膜比阴道黏膜更脆弱，更容易出现破裂出血，这也是同志之间无保护的性行为会导致更高感染率发生的生物学基础。艾滋病并非是同志的专利，同志并不等于就一定会感染艾滋病毒，而艾滋病也不完全来自于不安全的性行为，共用注射器、不安全的血制品、不彻底的手术设备消毒等等涉及血液、体液交换的一切行为都是艾滋病毒的感染途径。

63 浩宇（化名）

简介：艾滋病毒感染者，同志，37 岁，行政管理工作，爱心家园志愿者，现居北京。

冲动是魔鬼，初涉爱河的人最危险

浩宇看起来平实而斯文，他以前的职业是教师，因为想在佑安医院接收治疗，就把自己的工作和生活迁入北京。

提到感染艾滋病毒，他反复说的就是，“自己太冲动了，冲动是魔鬼”。

浩宇最初踏进同志的圈子，惊喜地发现原来还有这样一方世界，再也不是孤单沉郁的一个人，遇到了同类，看到喜欢的人，喜欢到简直无以表达的程度，就恨不得把一切都献给对方。

“我对他太迷恋，也太没有经验了。但我还是相信爱情，虽然带来悲哀也仍然相信。”

浩宇说：“对于我这样初涉爱河的人，无论男女，是最危险的。有些人本来就有足够的防范知识；有些人虽然没有太多的知识，但在没感染艾滋病毒之前，得过淋病、梅毒这样的性传播疾病，生活已经给了足够的教训和警惕，知道要做好保护了。像我这样，不知道说 NO，是最危险的。”

有些人期待体面的葬礼，而我更期待医学的奇迹

浩宇在工作之余，作为志愿者，管理着好几个QQ群，帮助新病友疏导心理介绍资源，组织老病友交流治疗经验。他说自己就是在其他志愿者的帮助下走出来的，也要用自己获得的知识帮助更多的人。

他现在想得很开，虽然一直隐瞒自己的身份很辛苦，但是他觉得如果单位的人知道了自己的情况，也会坦然面对，他温和的一笑，“想开了”。

“我管理的QQ上，很多人说出差的时候自己可能是飞机上唯一一个希望失事的人，有些人走在大街上很希望突然迎面开来一辆卡车让自己彻底解脱，他们期待一个体面的葬礼，而我更期待医学的奇迹，不是吗？现在生存期可以很长，而且会更长，我很期待。”

减少对艾滋病的歧视，医生团队的领头人至关重要

浩宇的家人并不知情，他在最苦闷的时候，曾经给北京佑安医院感染科的张彤主任打过电话、发短信，内心虽然极不好意思，但是濒临崩溃，那是他唯一信赖也是仅能抓到的稻草。浩宇感觉到，一个医生团队的领头人至关重要，他的言谈举止，他对病人的态度，会极大影响到其他医生的态度，歧视或不歧视，都是一个团队的文化，歧视或不歧视，也是一个团队做出的选择。

琳后记：

每个人的生命剧本里，自己是最重要的作者，无论已经被书写成何种剧情，都不要忘记，还有漫长的人生需要出演，只要锲而不舍，仍旧可能拥有富有成效的人生。

64 小飞（化名）

简介：28岁，艾滋病毒感染者，确诊3年，同志，
曾为爱心家园工作，现做专职销售人员。

感染了艾滋病毒，也依然有职业规划

我在等待张彤主任的会议结束，坐在爱心家园的办公室里，

听到工作人员的几句闲谈。

阿亚说:“我觉得开个干洗店最理想。”

“那咱在这学了这么多的知识，还有怎么和别人沟通，不用上就太可惜了，我觉得销售最适合我。”小飞说。其实他已经不再是爱心家园的全职工作人员，而是在外开始了一份销售的工作，从奖金上看，他已经小有起色。他真的很适合做销售，亲和而且表达能力好。

2008 年 5 月，在北方地区居住的小飞，持续性腹泻，每天三四次，口服抗生素不见好转，感觉呼吸困难，盗汗，体温持续 37 ~ 38 度，体重减轻了 7.5 千克。他看了 3 个月的中医，没有起色，衰弱的快爬不起来了，去看西医，被收入院治疗。主任医生感觉不太好开口直接和他讲，让另一名年轻女医生告诉他需要检查 HIV 抗体。晚上 6 点钟抽血，应该 7 点出报告，但等到 9 点也没见到结果，但后来从治疗方案上可以看出来，在入院的时候主任医生就按照艾滋病毒感染给小飞进行的治疗。

平时第一个输液的小飞，第 2 天变成最后 1 个，来了一个高年资的老护士，穿着隔离衣。医生应该是检查第 2 天就和小飞的姐夫说明了情况，因为平时关系没有那么亲近的姐夫突然对他关心的不得了。小飞是个凡事都要过得明明白白的人，第 3 天自己打车去了当地的市疾控中心，第 4 天市疾控中心通知他采血量太少，需要重新抽血，又过了 3 天，确诊为艾滋病毒感染。小飞问疾控中心的医生，自己会死吗？医生向他讲了一些怎么照顾自己和保护别人的知识。

小飞住院 1 周，呼吸困难缓解了，被建议出院回家好好休养，小飞能理解他们确实没有更好的治疗方法，因为这家综合医院还没有过几例类似病例，没有丰富的经验。这家医院对小飞的隐私保护得很好，没有影响到他在当地的工作与生活，但是他总感觉对妈妈的餐饮生意有影响，因为这家开在医院附近的小店原来就餐的医护人员很多，小飞总觉得从自己住院以后来的人变少了。

“我要活”让人迸发出巨大能量

出院的小飞，很茫然，不知道怎么能找到帮助自己的资源和病友，他用中文给世界卫生组织发信，收到了回信，信中告诉他中国国内有很多像爱心家园、爱之方舟这样的支持组织。小飞加入了爱之方舟的群，发现这个世界很大，爱之方舟帮他梳理了心情，解答了他的困惑。这期间，为了保护自己的权益，小飞还去过中国疾病预防控制中心性病艾滋病预防控制中心找吴尊友主任投诉，使他的问题得到了解决。虽然这样解决问题的方式不让人完全赞同，因为超越常规流程会造成渠道拥塞，但至少他从未看轻自己，始终知道“我要活”，这样的信念让他迸发出巨大的能量和勇气。

这个时候小飞的 CD4 只有 17 个，他深思之后，来到北京，一切重新开始，在北京重新确诊一次并在 2008 年 10 月开始进行抗病毒治疗，并在佑安医院的爱心家园开始工作。

“以前来佑安医院这个公益组织工作的原因是觉得可以学到很多关于疾病的知识，并且发现，这样的我不是只有一个，觉得不孤单了，而现在，我可以用我的经历、知道的信息帮助别人。”

小飞觉得现在可以找一份更适合自己发展的工作，比如目前开始做销售，继续用晚上的一两个小时业余时间做志愿者工作帮助别人。小飞管理一个叫“心连心”的群，这里面 90% 的人都是小飞帮助过的。

“希望我们一起看待人生中积极的那一面。”

我不需要心理医生，只有男生才对我有吸引力

小飞有兄妹 5 人，和父母、兄弟姐妹的关系都很好。但只有大哥知道他是同志，因为看他天天和男生泡在一起，而不谈论女生，就问了他这个问题，小飞和大哥承认以后，大哥让他看心理医生。

“没什么好看的，我上学的时候有过女朋友，吃饭、逛街、喝茶，但没有任何其他的欲望，只有看到男生才觉得有吸引力和内在的冲动。”

16 ~ 20 岁这段时间，小飞和男生在一起约会，还没有 0 与 1 的概念，只是拥抱与亲吻，不知道同志之间也可以有亲密关系。20 岁的时候，小飞在西安旅游，在网上搜到了马丁基金会关于性爱知识的讲座，去听了以后了解了一些知识，也知道了要采取保护措施。之后，小飞和小锐有 4 年的同居生活，小飞一直是 1，小锐是 0，一直有保护措施，只有一次，小飞作了 0，小锐是 1，这一次没有保护。一个月以后，小飞出现了类似感冒的症状，发烧 38 ~ 39 度，浑身无力，头发脱得厉害，持续了一个月，症状没有缓解，然后他回家调养身体，休息了一段时间就好了，也就是

从这之后的2004年，小飞和小锐的感情也变淡了，各自独立生活，但现在还有电话联系。小飞并没有怪小锐，因为小锐自己也不知道自己是感染者。

琳后记：

你怕，我也怕，只是我们怕的内容不同

我在听阿亚（化名）和小飞继续闲聊。

“你那个新朋友是感染者吗？”

小飞说：“不是，他是阴性。”

“你和他说了没？”

“还没有。”

阿亚瞪大眼睛：“你疯啦？”

“有保护的，我很小心的。”小飞有点郁闷。

3个朋友新感染了，我的心血白费

在爱心家园坐着的时候，走进来一个穿戴很潮的男孩子，闪光面料的羽绒服，拉风的眼镜和围巾，一边玩着手机一边哇哇叫：“郁闷死了，最近3个朋友告诉我新感染了，都和他们说了要保护，要保护，心血白费！”

他在等着去拿药，他说自从自己感染以后，非常想让自己的朋友们以此为戒，他还苦口婆心地和他们讲过防护措施，可是最近一段时间就有3个同志朋友刚刚确诊感染。

你感染，自己也有责任，有什么可报复的

有的新感染者心态不稳定，在聊天室里说要报复社会，马上就有其他的感染者回复：“国家提供免费的药物，政策越来越好了，你感染，自己也有责任，有什么可报复的！”

从阿亚的反应，和我看到的很多感染者，其实都无意伤害同伴，在是否要告知对方实情和如何告知的问题上，他们犹豫和没有坦白的重要原因是因为缺乏安全感。非感染者怕的是被传染，而感染者怕的并不是对方知道实情后不再继续交往，而是在漫长的人生中，自己的隐私被泄露的风险，和对生存空间变小的担忧。

我强烈支持凯伦·贝克特女士的观点，感染者要告诉同伴自己的状况，对方有权利知道并作出自己的选择，但感染者的隐私需要受法律的强劲有力保护。

65 Victor（维克多）

简介：艾滋病毒感染者，确诊时间2年半，同志，美籍白人，职业经理人，居住地：波士顿。

他，还是曾经的他吗，枕边人何时变了模样

2008年的5月，维克多口唇周围长了很多小泡，以为自己患了单纯疱疹，去麻省总医院检查，采了血样以后，医生当天就给他进行了青霉素的治疗，2天以后，告诉他血液标本显示感染了梅毒，5天之后，HIV抗体的检测结果也出来了，告诉他是阳性。他既惊讶又觉得是意料之中，惊讶是因为他经常会做HIV抗体检测，在2007年12月也就是半年前的检查中还是阴性，意料之中是因为这段时间在酒吧里认识了许多人并发生了没有保护的一夜情。但根据维克多的回忆，最有可能让自己感染的人，是曾经的一个男性同伴杰克。

在发现感染艾滋病毒的一年多以前，维克多和杰克在交友网站上认识，那时杰克的个人说明中关于艾滋病的那一项显示的是阴性。交往了半年多以后，两人分开，不久，维克多发现杰克的网页上关于艾滋病的说明修改成了“你需要问我，我才会告诉你”，维克多隐隐的感觉，杰克的身体一定已经发生了变化，但他并没有和自己联系到一起，因为在交往的最初，两人都做了检查，都没有感染，然后就放心的发生了很多次没有保护的性行为。

枕边人就这样悄悄改变了模样，在你的不经意之间。

我不怪他，因为我负有同样的责任

维克多仍有杰克的联系方式，但是已经久不联系。既然能这么准确地锁定自己的感染源头，我不知道维克多是否有满腹的幽怨愤恨，是不是想当面对质。

可维克多说，“我不怪他，我没有保护好自己，我负有同样的责任。”

66 Elizabeth（伊莎贝拉）

简介：变性女性，25 岁接受变性手术，曾经无家，从事性工作，非感染者，美籍白人，麻省艾滋病行动委员会变性女性关怀项目负责人。

- **生活并非易事，无论性别，这是人类最基础的一课——生存**

有些变性女孩（由男性变为女性），一直拿不定主意，直到人生中比较晚的阶段才认真考虑这个问题，甚至已经和别的女人结婚和有了孩子，然后才发现，有了机会和能力，成为自己想成为的自己，只是不知道如何着手去做，然后，接受随之而来的序贯事件，一些在人生早期并没有经历过的事情。对有些变性女孩来说，学习去经历这些改变需要很久的时间，对伊莎贝拉而言，内在驱动力很强，她在很早的时期就打算变性。

“无论你肤色黑白，直人、同性恋还是变性人，生活就意味着要去努力克服一切困难，它并不容易，要努力把每天过去。但并不是所有人都有此共识，即使有，也要有机会。”

做出变性的决定并不容易，因为生理上的外貌特征还是会和一般人有所不同，很多人难以理解为什么有人竟会有变性的想法，而且他们也很难把变性人放到与公众接触的位置上。“如果我是餐馆的经理，我雇用了变性人，她会不会惊扰到我的顾客，影响盈利？只是由于变性就失去了这个工作机会，而这样的情况一而再、再而三地出现，这个变性女孩可能自此就放弃找工作了。男同性恋和女同性恋，看起来与其他人没有什么区别，而对变性人而言，外貌本身就是一个挑战。”

我从没听伊莎贝拉抱怨过她的生活，包括她曾经做过性工作者。她说，“有些女性做性工作者是想做，但有些女性，包括变性女性并不想做，而是不得不做。大众并不能理解，为什么要变性呢？当变性时，会遇到很多歧视，很多女孩被炒，被孤立，成为低收入人群，不得不做性工作者来挣钱，要付房租、吃饱饭，并不只是为了美丽而额外存钱做手术，变性女性也需要生存，她们尝试找其他工作，但有些人最终不得不继续做性工作，这是个持续的恶性循环，把自己置于危险和受歧视的境地。单纯无家可归就已经很危险了，其中部分人吸毒，部分人做性工作者，这就变成了一场非常危险的旅途。”

我曾是个男人，并不等于我必须要爱女人；我愿意和男人在一起，但吸引不了男人，却吸引女人

每次见到伊莎贝拉，她都化着精致的妆容，看得出她很享受做女人的过程。伊莎贝拉出生时就没有太多男孩的特征，她隆胸，服用激素，但没有改造过面部，她是一个舞者，从跳舞中得到她的形体。

不是所有变性女孩都完整经历了变性的每一步，让自己成为完美的女性模样。有些人无法承受手术费用，虽然在年轻时就做了变性的决定，但在人生的中期才做手术，因此，她们并没有及早使用雌激素转变性征，成为今后想成为的样子，因此，她们身上还保留了一些难以去除的特征，不得不终身携带和忍受着它们，因此每个变性女孩都处于变性的不同阶段，这往往不能完全由个人意愿决定。

伊莎贝拉觉得自己被上天祝福，她终于拥有了一份正常工作，使她有这个财力对医生说:"我想要胸部植入物。" 如果不是这样，她只能通过服用激素而产生小小的胸部，而不是充分完整的胸部，但不是她接触的所有女孩都有这个经济能力。

有个 45 岁的变性女人来找伊莎贝拉，她在监狱里很多年，中断了激素治疗，希望伊莎贝拉能帮她回到以前的样子，不幸的是，一旦中断激素太长时间容貌就会很难恢复，如果吸毒或者感染了艾滋病毒而没有坚持使用治疗药物，那就是序贯发生的负面事件，对有些女孩，抗病毒药物的副作用让她们不想服药，会影响她们的外貌形态，伊莎贝拉发现她们健康状态下降的原因是太多的综合因素所致，那些女孩来找伊莎贝拉，不是只想成为一个女人，想通过整形手术成为最美的女人，而是寻求基本的帮助，关于衣食住行，因为没有别人愿意帮助她们。

我们是这个地区帮助变性女孩的唯一项目，并不意味着我们该为此骄傲

变性女性社区在通常意义上是很被边缘化的，现在成为了麻省艾滋病行动委员会的一部分，伊莎贝拉她们承担着帮助很多变性女孩联系住房、工作以及消除医疗服务上的歧视，因为感染了艾滋病毒的变性女性寻求医疗更难，她们还提供安全套和血液检测。在变性女性社区，每个女孩的情况各不相同，但大多都经历

了无业、低收入，特别是感染了艾滋病毒的。

伊莎贝拉的项目，多年来有150个女孩留有联系方式，有些不活跃，只出现过一两次，她们带每个变性女孩参观设施，问她此行来有什么特别目标，让她觉得舒适，关心她各方面的需要，不强求她填表，如果留下联系方式可以发邮件通知举办的活动，让她知道有个项目可以支持她、她可以随时走进来，可以得到资助让她成为最好的自己。

在美国有部分州有变性女性项目，伊丽莎白她们只覆盖波士顿地区，但没有遍及马萨诸塞州。“当我们说我们是波士顿地区这一类型的唯一项目时，并不意味着我们该为此感到骄傲，而是真正希望能有更多的像我们一样的机构，帮助更多的女孩走出来，不仅是在波士顿范围，而是在整个马萨诸塞州”。

伊莎贝拉面对的挑战是：当她们想向波士顿以外的区域辐射的时候，不仅仅是教育的缺乏，而是其他地方的资源真是少之又少。比如在田纳西州，不同的区域分化很严重，如果在没有多少人口的农村，投入的资源不可能达到波士顿这个规模，在有些城市，你只知道一两位变性女性，那么在这个城市找到为变性女性服务的资源是很困难的，在人口基数大的地方就会容易些。越农村越偏僻的地方，很多女孩没车也负担不起交通费，无法到达有资源的那个城市，很多女孩很矛盾，那她们该怎么才能得到这些资源呢？

我不希望你成为我，而是希望你成为想要的自己

一些变性女孩刚来的时候，觉得很难和伊莎贝拉接触，因为她看上去那么专业和雅致，她们认为自己和伊莎贝拉属于不同的世界，伊莎贝拉不可能了解她们。伊莎贝拉告诉她们自己曾经历的一切，让这些女孩知道，自己可以被相信，可以被触及，自己也曾被别人说“不，你不能做什么，因为你是什么”。她能了解这些，这不仅使她胜任这份工作，而且每天早上醒来，都带着这些基本原则，与如同自己的一些女孩交流，这就是她想要的工作，因为它重要而有意义。她在人生中经历的这些斗争，使她觉得自己需要回馈，有些人没有她这样的内在驱动力，有些人没有她这样的机会，这也是她做这件事全力奉献的原因，需要有人像她这样做这份工作，向这个社会讲述正在发生什么，并使社会做出改变。

“我在生命中获得了这么多，如果对她们背转身去，这是不公平的，我希望能帮助她们达成心愿，希望有一天她们可以回馈别人。”

伊莎贝拉说自己必须出现在公众中，接受公众的想法，她希望人们知道她们的人生承受了什么，更想让大众知道雇用她们并不需要害怕。人们需要看到一个成功的变性女性在做这份工作，成为公众领袖，而影响大众，让变性女孩在社会中不再面对那些不应该出现的压力。

很多变性女孩说过想变得和伊莎贝拉一样，“我不希望你成为我，而是希望你成为想要的自己”，她常和女孩们说自己是个“超级女性”，但不是“超级英雄”，她愿意竭尽全力，但不能保证把你完全拯救出来，对有些女孩来说，发生了太多的事情，伊莎贝拉不能每件事都帮上忙，因为，资源永远是相对缺乏的，即使她推荐变性女孩得到了一份工作，但不能确保她被尊敬的对待。伊莎贝拉与各种歧视抗争，这项工作是个挑战，每当她下班回家，经常感到消沉，不是被打败，而是一种沉重。

现在的伊莎贝拉，综合能力可以让她有一份薪水更高的工作，但她觉得并不是为了钱才做这个项目。“这是由于我的个人经历，我曾经无家可归，曾经做性工作者，我是变性人，我一直在斗争，我知道很重要的是，不仅需要被尊重地看待，更要被尊重地对待，这是你作为一个人类，和一个公民值得拥有的！”

伊莎贝拉上高中时，学校的课程有舞蹈课，多年来，她自己研磨跳舞的技巧，她跳爵士，芭蕾和街舞，还有一份兼职演出的工作，这也是她逃避压力的一种方式：跳舞，让“变性”这件事一边去。

生命中最难忘的事，是拿到新的 ID，那一刻，泪如雨下

我们从来不懂得去感激与生俱来的东西，因为那么自然而然，没费力气，我们不能体会，我们不费吹灰之力拥有的东西，有些人要用金钱、疼痛甚至一生来找到自己。

伊莎贝拉从小就感觉到自己和别人不太一样，在 12 岁时，就想做女孩；在 18 岁开始无家可归，历时 3 年，不是被撵出家门，而是她自己的选择，她想把自己脱离出来；在 20 岁的时候，她开始接受激素的口服治疗；25 岁第一次接受手术。她在 23 岁的时候鼓足了勇气去办理新的身份证明，她已经受够了在出示身份证

时，一个“男”印在上面，而被诧异的眼光打量着。当她更换了新的ID，更改为女名“伊莎贝拉”那一刻，痛哭流涕，她知道自己从来都是伊莎贝拉，从来都是。这件事看似虽小，对她却是个重大胜利，背上的一个巨大包袱解决了，就像停滞已久的地铁，终于重新启动。

伊莎贝拉看起来非常乐观，像没经历过黑暗的人，她说从拉丁语系的文化，她生来是基督教徒，当她长大，她想不仅向自己也向家人证明，她可以成功地成为自己，而不管别人如何说，她会证明自己比任何人说的都要好，挑战自我，无论有多难。

为了被爱，你应该先自爱

作为女人的过程是一种享受，但严格地讲，不是所有的时间都算享受，伊莎贝拉并不是某个早晨睁开了眼睛，就突然学会了如何展现自己，而是花了很多年来学习，学会卷头发、护理指甲，她不得不这样做，为了生存，为了融入社会而不产生麻烦，作为变性女性，绝不只是穿上女生的衣服那么简单，是个根本性的生活方式的转变，身份与存在的改变。

有的女孩说：“伊莎贝拉，你怎么学会化妆的，能教我吗？”伊莎贝拉说：“你应该先学会自己尝试，我是自己学会的，如果你把自己画成一株植物，你就会被当成植物对待，你把自己画成女人，就会被当成女人对待。”

学习穿高跟鞋并不容易，伊莎贝拉从中还体会到，“要想在人前完美展现穿高跟鞋走路，之前，你应该学会如何穿着高跟鞋跑步”。

伊莎贝拉已经结婚3年，我在她的办公桌上看到这一对伉俪的照片，彼此凝视的舞姿让人过目不忘。他的丈夫致力于抵制暴力领域，在一次讲座上，看到了台上的她，被深深吸引。

她的丈夫从一开始就知道她变性，也绝对把她当作女性来尊敬。

自己就是自己生命中最重要的人

我问伊莎贝拉谁是她生命中最重要的人，我以为她会说父母兄弟、师长朋友、爱人，她目光灼灼，从红唇中坚定地说：“我生命中最重要的人，就是我自己。”在她生命中，很大的一个挑战是接受自己——我是谁？在别人能认真对待自己之前，你要先认真对待自己，如果你做不到这点，没有人会认真对你。是她一直在找寻自我，无论别人是否把她看成怪物，她永远知道自己是谁。

她刚开始找工作时，在纽约，没有回音，她相信，她有高中学历，有权利得到工作和住处，她给商铺打电话，因为打得太多，经理已经熟悉她的声音了，每次都立即说别着急，有职位空缺马上就通知你。终于有一天，经理说："我要给你安排个面试，因为如果不面试你，你不能让我安宁；而且从你这么多的电话中，感觉到了你工作的强烈意愿。"对伊莎贝拉而言，这是个崭新的开始，每周工作 20～25 小时，她终于可以在纽约支付食物和公寓。她在收银台工作，与顾客接触，不得不学会和社会互动，她是唯一可以教会自己这堂人生课的人，她要处理如何建立自尊的问题，要处理安全的问题，一天结束，她可以在像个小洞似的房间开始生活和思考这些问题，而不用睡在大街上。

在她人生中，经历很多事情，这让她对自己说："我是自己宿命的缔造者，我就是建造自己生活的人。从我经历的事情看，我可以制止生命中的山洪，可以尽力使我的生命变得更好！"

曾经的她堕入泥沼，自我救赎之后，拯救更多的人

伊莎贝拉一直在学习如何理解，因为有些女孩的经历，她也没有经历过，每个人都如此不同。最近一个女孩说，她从其他国家移民到墨西哥，然后来到美国，这不是她的选择，而是她所住的地方经历了飓风，所有人都无家可归，而且住在那里变得不再安全，对于变性女孩，格外觉得不安全，她换到了墨西哥，觉得可能会好一点。伊莎贝拉从来没有经历过自然灾害，从来没有移民，但不等于她没有这个理解力，她尽全力帮助她，希望这个女孩的生活能够发生改变。

伊莎贝拉的 Facebook 上最近出现了一个多年前认识的女孩，伊莎贝拉见到她的时候，她还是个年轻的变性女孩，性工作者，无家可归，在网络上她激动地和伊莎贝拉说："我终于找到你啦，简直难以置信，我找你很多年了，我五年前写了书，向你致谢，因为我想说我有多么感谢你，你对我的意义重大，感谢你为改变我的生活作出的一切。"这让伊莎贝拉哭了，让她觉得一切经历与承载的，都如此值得，"我做这份工作，不是为你表扬我，而是让你得到的东西可以让你过得更好"。

伊莎贝拉说："即使我将来成了一个百万富翁，可能也住在小

公寓里，因为房子可能会塌，重要的是学会如何过好生活，让生活像应有的画卷徐徐展开。”

琳后记：

当我快要离开伊莎贝拉的办公室时，听到了外面一个男人的声音，我心里想，变性女孩中心也可以让男性进来吗？

伊莎贝拉带我参观二楼，除了工作人员区，有一间为了保护隐私单设的咨询室，还有一间休息室，里面有电脑、沙发、碟片、化妆台，有卷发器和各种化妆品，门上贴满了变性女孩的照片，她们的笑容开怀舒心。在休息室里，我见到了刚才听到的带着浓重男音的坎迪丝（化名），她来自纽约，超过40岁，身高至少182cm，短发、眉毛稀疏，毛孔粗大，牙齿脱落，没有化妆，可以看到明显的喉结，彩色夹克衫和牛仔马靴，带着巨大的长款耳环，除了这一对耳环，如果她不说自己是个“女孩”，无法看出任何女性特征。我明白了伊莎贝拉讲的，不是所有变性女孩都可以幸运地完整经历变性的每一步是什么意思，也理解了这个中心真的是变性女孩暂时停泊的乐土，也许坎迪丝一生都在接受异样的目光和揣测，但是在这里，可以将自己的身体和灵魂暂时安放。

注释：

麻省艾滋病行动委员会变性女性支持项目：“Transcend”是为变性女性基于社区的关于艾滋病预防和健康教育的NGO，隶属于麻省艾滋病行动委员会（AIDS Action Committee of Massachusetts）。

67 凯文（化名）

简介：80后，男，直人，艾滋病毒感染者，大专学历，现居深圳。

拥有一个可以长期信赖的医生太难，医生要加强学习并尊重病人

凯文经常洗温热水浴，小腿上长了很多皮疹，2011年的大年初三，去一家综合性医院的皮肤性病科，因为近期想和爱人计划怀孕，就想把所有能查的都检查一下，虽然自己还没想到艾滋病这方面，但医生还是一并给化验了，下午就拿到了HIV抗体阳性

的结果。

医生告诉他，这个病没有办法治，不能要小孩，需要带2层避孕套。凯文感谢这个医生帮他检查出了疾病救了他的命，因为随后CD4的检测只有25，而一周以后降到了1。但是凯文觉得这个医生非常需要继续学习，因为感染者其实可以通过阻断措施来生育，双层的避孕套更容易破裂。

凯文目前定点的医院里，艾滋病门诊是一、三、五的上午，而且每天医生都不一样。对于艾滋病这样的慢性疾病，凯文非常想锁定一个技术过硬，可以信赖，长期把握自己病情的好医生，但这太难了，艾滋病毒感染者就诊空间明显变小，不喜欢这个医生，也难以四处比较和就医。而且医生有时没有顾及病人的感受和接受能力，病人有时要察言观色，小心翼翼地和医生讲话，有时还被说得哭起来。

我是有责任感的

十年前，凯文还在校园里，追求一个女孩，但没有成功，他觉得自己付出太多太多，不再相信感情，觉得失去了最爱，谁都一样什么都无所谓。凯文家境不错，失恋后疯狂地找过三四个按摩女和发廊女，那时候偶尔不用避孕套，觉得对方身体上看不出什么异常。

不久，在学校的网吧，邻座的一个清丽女生让他内心悸动，忍不住就拿走了她放在手边的电话本，通过她的朋友邀约她出来。这一场恋情，让凯文觉得终于找到了挚爱，两个人在4年前结婚了。

2年前，凯文有一段持续了几个月的婚外关系，还和一个业务上认识的同行，在车上没有任何保护措施的发生了一次亲密关系，还在洗牙后和一个在洗浴中心认识的女人口交。2008年的时候，凯文献过血，但没有人通知他有问题，所以，他推测自己是2年多前感染的，而不是10年前。

“我很重感情，最爱老婆晨曦（化名），只是我们在一起久了，变成亲情，缺少激情，我是在找刺激。”

凯文确诊后，因为腋窝下淋巴结肿大做过一次手术，住院的时候，和病友们商量要把以前有过关系的人逐一通知到，让她们去做检查。有的病友说，小心对方也查出感染的话报复你，可是凯文说:“我是有责任感的，做过的事情要负责。”

疾病让人反思亲情，3 个月长大了 30 年

凯文是家里最小的孩子，花钱很厉害，工作三四年从来没有积蓄。

“我的性格不坚定，情绪也不稳定，比较任性，以前和哥哥讲不了几句话，总是闯祸让他去收拾烂尾巴，跟我爸也是，我是大男人主义，老婆也听我的，我太自大了。现在觉得这个病可能还是好事，让我反思亲情，现在觉得对父母孝顺是最重要的，父母还不知道我的病，我想给他们留一点钱。”

确诊报告出来那天，凯文告诉了哥哥和晨曦。哥哥说他怎么这么傻，不知道保护自己。晨曦听他说是 2 年前感染的，其实明白了，她没有深究下去，只是幽怨地说：“怎么不带套呢？”这段时间，凯文 CD4 太低，在家里休养，哥哥总不时送钱过来，还说如果他们有孩子也会帮他们抚养，晨曦每天上班说要养着凯文，2 个人正在打听怎么能生个健康的宝宝。

“如果我先走了，晨曦太寂寞，没人陪她，我想给她留个孩子。”

“这种病，家人、爱人一起度过很重要，陪我从惊恐中走出来”。

现在只有姐夫、哥哥，晨曦，还有 2 个朋友知道凯文的病情，那 2 个朋友都曾经找过小姐，朋友没有轻视凯文还是继续和他在一起，但凯文希望他们不要再有高危行为了。

琳后记：

看了晨曦的照片，清新而坚韧，希望凯文能够好好珍惜这个女孩，好好疼她，让她觉得一切努力都是值得的，不是所有女性都能做出这个决定的，晨曦真的很爱凯文：

1. 她没有深问凯文感染的原因，因为知道得越多越受折磨，她选择原谅，她选择继续和凯文走下去，所以她选择不去知道细节，这是一种心理上的自我保护和保护他们之间的关系。

2. 她努力工作说要养着凯文。

3. 积极计划和凯文生宝宝。

凯文说自己是有责任感的时候，作为女性，从他的感情经历看，我很难认同。但当他说在逐一联系以前有过亲密接触的女性让她们也去做检查，我看到了他的担当。

现在的凯文，格外想恢复体能，开始好好工作。人可以依靠父母的庇护成长，借助亲友渡过难关，由爱人带来幸福，但归根结底，漫长的人生，最需要依赖的还是自己。

出于自大，男人有时会产生一点一厢情愿的想法，晨曦还有漫长的人生，如果不能陪她走向人生的终点，也许她的人生还有别人会出现，但是男人都不愿去想这点。

爱情有时超过我们想象的伟大，但爱情有时不能战胜强悍的现实，这，慢慢才会知道。给自己的身体多一点时间，让它慢慢恢复元气，给彼此的爱多一点时间，有些答案让光阴回答。

68 阿静（化名）

简介：艾滋病毒感染者，丈夫是非感染者，在婚前即知晓状况。

惟有相信，一切事出有因

小誉（化名）是姨妈介绍给阿静的男朋友，怀孕的时候，阿静在医院检查时发现自己是艾滋病毒感染者。接下来的 3 个月，阿静每天晚上都做噩梦，大汗淋漓，小誉也发现她很奇怪，然后，阿静告诉了小誉，并且让小誉也去做检查。小誉的检查结果是阴性，本来要与阿静谈婚论嫁的他甩头离去，无法挽留，阿静也去流掉了肚里的孩子。失恋、疾病、堕胎，对阿静的三重打击可想而知。

“我不怨小誉，他是个工人，对疾病没有太多的知识，我当时怕孩子不健康，就流掉了，现在觉得挺可惜，不过，这是为了会碰到我现在的丈夫吧。”

阿静是私营业主，在做生意的时候，认识了现在的丈夫，在发生第一次亲密关系之前，阿静告诉了他自己是艾滋病毒感染者，他说他不怕，直到现在，他们有时也不使用避孕套，虽然阿静在吃抗病毒药，病毒载量很低，但是内心还是担心极了，她总是问丈夫，你难道不怕死吗？

阿静觉得自己遇到了看待艾滋病毒的两种极端类型，前男友是极度害怕，而丈夫却很难建立最基本的防护意识。

做生活的强者，疾病不等于向生活停止索求

“我在感情上很容易相信别人，没弄清对方的底细，却掏出自己的心来。”

在认识小誉之前，阿静有个相处 4 年的男友小石（化名），因为阿静的妈妈强烈反对，两个人分开了。阿静和小誉分手以后，让小石也去检查，结果发现小石是感染者，而且 CD4 水平比自己还低，他应该就是阿静感染的源头。阿静没有怨，反而和小石有同病相怜的感觉，两个人差点又走到一起，不过，妈妈这次仍是强烈反对。

“我妈妈觉得，小石居无定所，没有稳定职业，只能给我做生意时搭把手，她这次反对的理由和以前的理由一样，无论我是不是感染者，无论他是不是感染者，他都不是合适的生活伴侣。”

我想，也许阿静在生活中的强者姿态，有来自母亲的影响，疾病，并不等于就要停止向生活的要求，或一定要降低对生活的要求。

艾滋病毒是过滤器，也是一场博弈

阿静是个有房有车的女人，她不能说清楚丈夫选择她，是百分百地欣赏她的性格与能力，还是经济情况的稳定也给自己加了分。

阿静的婆家人都知道她的状况，却是因为一次和丈夫吵架，丈夫一气之下和自家人说了，事后婆家人对她和以前相比有一点不同，感觉她是坏女人欺骗了他们家，虽然阿静在最初就和丈夫坦诚相见。

阿静的言谈和心态让人感觉到安定而成熟，我不知道这缘于她生意上的打拼历练还是经历创伤而带来的成熟。她的生活现在很平静，和丈夫有了个健康的宝宝，虽然偶尔还有磕磕碰碰，可是艾滋病毒真的是个过滤器，不深厚的感情滤得荡然无存，深厚的感情也面临或多或少的博弈，但是，没有艾滋病毒的感情，就没有博弈了吗？

阿静不热衷于参加感染者的活动，对生死看得很淡。“我曾经参加过感染者的聚会，但发现碰到了熟人，感觉到不好意思。我现在想过正常人的生活，不想再踏入这个圈子，我可以打理自己的生活。”

69 阿红（化名）

简介：44岁，艾滋病毒感染者，因吸毒共用针具感染，居住西南地区。

为了减少抑郁，使用毒品，产生了更多的抑郁

阿红和丈夫的感情很好，有2个小孩和很大的房子，但8年前丈夫因为伤害罪入狱，阿红心情变糟，也睡不好。有一对夫妻是她的朋友，搬来当地一段时间，阿红就让他们借住在自己家里。这对夫妻都是吸毒者，劝阿红，你也吸点吧，能睡好，没烦恼。阿红从吸食海洛因开始，4年以后变为静脉注射。

“我就这样糊里糊涂的开始吸毒，我对朋友的界定不清。”

当时有个男人刚从狱中出来，他的朋友也认识阿红，这两个人都吸毒，在家里吸不方便，三个人钻进小树林，他打过针后，拔出来，阿红其实听过“艾滋病”这个词，但没太多意识，还真问了一句：“你有没有艾滋病啊？”那个男人说：“我刚从里面出来，没有啊。”阿红看他身体很壮实的样子，就用打火机烧了烧针头，然后用这个注射器接着注射毒品，但没考虑到针头里面还是有血液存在的。

“不是没有注射器，也不是为了省这个钱，而是到了要吸的时候不受控制。”

阿红曾经戒毒，但去年心里烦，朋友们来招惹，又复吸了，现在在戒毒门诊，接受每天美沙酮60毫升的治疗。

“我不知道怎么面对这些问题，每天就这样混下去。”

吸毒还是病毒，让我变丑？

阿红一直没有发热等症状，偶尔腹泻可以自愈，2009年回到老家，妹妹说她太瘦了，她去检查确诊感染了艾滋病毒，同时合并丙肝病毒感染，2010年开始使用抗病毒药物。

“我以前白白肥肥的一个人，脸色粉红粉红，还是挺好看的，现在很瘦，皮肤很暗，吸毒还是病毒，让我变得好丑啊？”阿红服用的抗病毒药物之一副作用就是脂肪转移，但是造成她外貌变化的，究竟是吸毒还是抗病毒药物的副作用，很难界定。

我不怕死，但怕和丈夫对质的那一天

阿红知道有药物，可以控制艾滋病毒，对疾病持乐观态度。

“我不怕死，但是怕和丈夫对质的那一天。”

去监狱探望丈夫的时候，告诉了他自己吸毒的事实，丈夫难过地流下了眼泪。“可是想到我还没告诉他我还得了艾滋病，我流眼泪了。”

现在丈夫回家的日子临近，阿红愈加忧心忡忡：“他回来的时候，我肯定会第一时间告诉他的，但按他的性格，一定会不要我了。”

没有健康，生活就失去真正地快乐

除了感染者关怀组织的人，没有人知道阿红的状况，丈夫、孩子和亲属知道了阿红吸毒，但是她没告诉任何人自己感染了艾滋病毒。

“我不会告诉孩子们的，我现在也不想和朋友们接触，一个是怕他们知道了疏远我，一个是我融不进开心的气氛，觉得快乐离自己越来越远了。没有健康，生活就失去真正地快乐。”

琳后记：

从阿红身上可以感受到，没有任何一种病毒像艾滋病毒这样难以让人启齿，丙肝病毒在传播特性上，比艾滋病毒高几十倍，但没有哪种病毒会像艾滋病毒这样让人有这么大的心理压力。

给阿红打电话，一次是她正急着去用美沙酮，所以没有办法交谈；还有一次不知道什么原因，感觉到她明显词不达意，谈话没有办法继续下去。虽然大多的时候，她乐呵呵的，但是就连旁人都能感觉到毒品对她生活进程的影响与控制。

琳前言：

海藻是我给她取的名字，就如同她给我的印象，柔软的生物，温和无害，漂浮无依，但是海藻，却永远是海洋世界里最顽强的水生物，无论面对飓风还是海啸，海藻一直在延展它的生命力。

70

海藻（化名）

简介：孕期中确诊为艾滋病毒感染者，丈夫和宝宝未感染，家庭关系震荡中。

从确诊的那天起，生活又多了个折线

蒲公英女性抗艾网络告诉了我海藻的存在，她的丈夫没有被感染，还有个可爱的宝宝，我原以为会见证一场伟大的爱情，可是还没有说几句，电话那端已经传来海藻的小声啜泣，原来她隐藏着一场伤心，却从来没有人可以倾诉。

海藻的母亲早逝，与继母关系生疏，父亲并不知道要怎么带大一个女儿。海藻高中毕业以后开始自食其力生存，经历的感情不多，却为人生留下了隐患，追溯自己的病史，可能与一个静脉吸毒的男友有关。

遇到现在的丈夫之后，她觉得人生变得阳光明媚，他是她人生的精神支柱。

在孕期检查中，她被告知已经感染了艾滋病毒，当时海藻的大脑一片空白，唯一在脑中盘旋的就是："丈夫怎么办？他的妈妈怎么办？如果他也感染了，怎么向他和婆婆交待？"海藻不知道怎么走回家里的，也不知道怎么开口，可是回到家就压抑不住地告诉了丈夫，然后让丈夫去做检查。所幸，丈夫没有感染，可是那一天起，海藻的人生，又多了一条折线。

我本以为，海藻的丈夫让他们的宝宝诞生，就是一种接纳。海藻说："不是的，他当时说，如果生下这个孩子不健康怎么办，怎么养？谁来帮？"

"我从来没有那么强烈的想要过一件东西，我对他说，我要这个孩子，就是不要你我也要他！"丈夫就听任她生下了孩子，这是个健康的娃娃，我听着电话那端的宝贝偶尔发出的可爱声音，体会到了海藻当时的心情，那是命运给予她的恩典，让她的人生可以重新寄托喜乐。

没被确诊感染艾滋病毒之前，海藻觉得和丈夫生活得很幸福。"我能感觉到他有心猿意马的时候，可能有飘忽，但是我相信，无论他的人还是心，都会回来，我从没深究。但是我确诊感染以后，一切都不同了。"

丈夫说永远都不会离开海藻和宝宝，可是他们再也没有睡在

同一张床上。海藻给他找了很多资料，但他，根本不想正面这个问题。

1年以前，海藻发现了另一个女人的存在，这对海藻是沉重的一击。丈夫没有离开，但他的身心，也没有回来。

女人，为了孩子，也要强大起来

现在的海藻还不需服用抗病毒药物，体质也很好，从生下宝宝，海藻没有再工作过，与其担心海藻的身体与感情，我更担心她的经济和职业状况。如果一个女人有赖以生存和发展的基石，各个方面就会强壮很多。

如果海藻不告诉我她的学历，我毫不怀疑她是个高级白领，她声音清甜，说话条理性强，我相信她是个有一定工作能力的人。我个人认为男性不介意爱人做家庭妇女，但也许骨子里更欣赏职业女性。但海藻觉得这个孩子对自己太重要了，把孩子放在谁的手上都不放心，现在已经能看出来一点问题，孩子有点娇气，要时刻看到妈妈，找到妈妈才行。海藻说自己一定会再去工作的，但是现在真的不行。与其说孩子时刻需要妈妈照顾，不如说此时的海藻更需要时刻看到宝宝才能换来片刻安心。

“刚发现他和那个女人在一起的时候，我在想，我继续活着能给他什么，但现在，我知道，无论如何，我会活下去，哪怕和丈夫分开，不让他的世界来打扰我的生活。”

“我承认，我活得太懦弱，为了孩子，我要强大起来。”

海藻现在一边带宝宝，一边期待着丈夫能重新认识她。我看到她的柔弱、看到她的无奈、看到她在强大的世界里确实欠缺一点竞争力，看到她在不断的失望中纠结于是否离开丈夫才能新生。但是，海藻在海洋世界里的亘古存在，就证明了每一株海藻的无限生命力，都可能书写一个传奇，不是吗?

琳后记:

海藻是个让我感到心疼的女子，纵使我尽可能模糊掉个人特征，还是担心这一篇发出来，会不会被极其熟识她的人辨识出来，影响到她本已微弱的生活。对于我，这只是一个故事，对于她，这是一场人生。反复地确认，但她从不犹豫。

端午节，她给我留言:“你不用对我说什么，我只是想可以有个人来听，哪天我消失了，还有个人知道真实的我的故事，谢谢!”

每个人都需要这个世界认同她的存在。

海藻，谢谢你，让我进入你的生命，我在听，心与你同在……

71 何田田（化名）

简介：70年代中期出生，教师，2006年确诊为艾滋病毒感染者，中国第一个全国性的女性艾滋病毒感染者关怀组织联盟“女性抗艾网络－中国”发起人。

就算明天是世界末日，今天仍要种苹果树

田田在想要孩子的时候查出来感染了艾滋病毒，随后发现她的丈夫感染的更早，一瞬间，她觉得建设家庭的一切努力全部葬送。选择了不一样的人，就选择了不一样的命运，田田曾回想起13岁时暗恋的男生，20岁时冷处理的感情，和25岁遇到的丈夫，如果不是造化弄人，是否结局就不一样了呢？田田没有对妈妈说过自己的病情，自己一直那么勤勉努力，让家人不操心和引以为荣，怎么能告诉妈妈乖乖女竟得了艾滋病呢？被爱与信任的丈夫用这种无法启齿的方式“杀死”，她从没料到过。

她用了好多天去想死亡，然后突然间想通了，就把死亡看作一个必然会降临的节日吧，早晚而已。她狼吞虎咽地吃饭，吞服各种维生素，大汗淋漓地跑步，用身体和病毒搏斗，尽量把健康延长到极限，把活着的每一天，都看作上天的祝福。

田田所在的地区是中国艾滋病的高发地区，她在做了一个小手术之后，医生才告诉她血液中检查出了艾滋病毒，她看到的很多案例是，北京、上海等艾滋病低发区手术被拒诊的概率反而高于广西、云南等艾滋病高发地区。这也说明，医务工作者通过继续医学教育，真正地经手诊治过艾滋病毒感染者，就容易更加坦然地面对这个科学问题。

女性艾滋病毒感染者联盟

蒲公英女性感染者网络是从一个QQ群起步的，2008年，几

位在群里很活跃也有一定文化素养的女性，申请了几千块钱的经费，公布了手机号码，让其他感染的病友可以倾诉和咨询，半年后发现来电并不算多，她们开始想如何把大家凝聚在一起，就开始买毛线手工编织围巾，织一段以后，寄到四川的女性关怀小组，然后再寄给下一个地方，最后寄到北京，这一条长长的围巾，让各地的感染女性直接的感触到彼此的存在。

在同一年，联合国艾滋病规划署（UNAIDS）注意到了这个活动，提议把各地的女性关怀小组联合起来，组成一个联盟，发出更强的声音，并在2009年1月，给予了资助。在“蒲公英”的发动下，各地十多个女性感染者小组，在2009年7月，成立了“女性抗艾网络－中国”，这不是一个网站，而是一个公益组织联盟。

这个联盟曾经在北京设了1年的办公室，田田本身有着一份稳定的教师工作，她请假后来到北京试着做艾滋病领域的公益工作，项目给她2000元的工资，在北京租房和生活让她感到比以前的经济压力大了许多。并且非政府组织的全职工作人员，工资来源于项目的经费，项目是有一定时间周期性的，她不知道一个项目结束后会不会有后续项目，这份工作让她寄托理想，但无法给予充分的保障，在她原来的单位面临人事改制的时候，为了继续保有原来的工作，她权衡再三，返回了居住地和原单位。

“这也是很多想全身心投入公益工作的人，遇到的现实无奈。”

现在，田田以理事长的身份负责“女性抗艾网络－中国”的主要决策，而把秘书处的具体工作交给一个女性小组来负责。

让人欣慰的是，田田工作单位的一个领导知道她的病情，不仅保守她的秘密而且对她表示了理解。她在工作之余，仍然致力于感染女性关怀组织的工作。

“蒲公英”曾经使用一家珠海企业免费提供的服务器来开放网络空间，但在2009年的时候，这家性用品企业在中国网络扫黄的时候被关闭，蒲公英的网上空间也随之没有了载体。

在蒲公英开放网络空间的那段时期，主要的特色之一是受艾滋病影响的女性们写下了自己的生命故事，这也是《写生》这部没有公开出版的书的前身。第二个特色是感染者征婚板块，很多感染女性认为不可能再去健康人的圈子里找到人生伴侣，而又无法开口在周围寻找感染者。感染者故事专栏这个特色延续至今，但为感染女性征婚让田田很灰心，大多感染女性抱着认真的态度和美好的向往，但有的男性抱着猎奇和随意的心态，让一些感染女性很受伤害，并且异地恋情存在很多现实问题，因此，蒲公英不再设置征婚平台了。

女性的弱点和误区

在田田工作的公益组织，有个中年大姐，虽然在这个领域工作，也不愿意谈性，谈安全套，她不但不谈，而且谁聊到这个问题，她就走开，她觉得不能谈性，谈性不是良家妇女。在公益工作中，田田接触了成百上千个艾滋病毒感染女性，只有少数是性放纵感染的，多数是由固定性伴感染的，她感觉到女性有很多容易感染的弱点和误区。

在我国的中小学，甚至大学课堂，性教育内容偏少偏浅，目前在很多人的传统思想里，仍然认为女性对性懂得越少，越纯洁，就越好。但是男性在青春期里的聊天、看碟等等活动中就会有更多性色彩的内容。蒲公英希望呼吁年轻女孩至少在初中、高中开始就树立保护自己的意识。

田田见到了一个 20 岁女孩，在大一的时候就被确诊感染了艾滋病毒。这个女孩觉得自己的男朋友不会有问题，一旦爱上，非常信任对方，没有使用安全套。即使就是想到了这一点，在性的发生时，很多情况下并没有提前准备，在即将发生的时刻，女性头脑中可能闪念而过，要不要使用安全套，却往往羞于开口提醒对方，或是怕对方不高兴觉得自己不相信他，或是觉得提出用安全套显得自己太有经验了，很多原因，让女性失去了对亲密行为进程的掌控。

还有很多女性不知道自己的丈夫或男友在外面还和男人约会，田田在北京的一个艾滋病关怀组织工作时，知道一些男性感染者同时和男人保持性行为，他们的妻子不知情，但从伦理的角度，关怀组织不能主动去通知他们的妻子。在田田参加的一个上海关怀组织会议上，一个女性知道了丈夫在外面有男人，一直反思自己哪里做得不好，每天期望着丈夫回心转意，她不能理解，很多男性的这种性取向是一种终身的选择。

琳后记：

没认识田田之前，我就觉得她很美，她汇编了受艾滋病影响的女性的生命故事——《写生》，她也是人物之一，她的体会、思考、文笔，还有 QQ 头像上临海凭风的背影，都让我感觉到美。她读硕士、做教师、恋爱、结婚、装修房子、准备孕育……就这样热爱着生活过着安稳的人生，艾滋病毒却突然把她推出了既定轨道。当我给她打电话，那一端传来的理性、温柔和笑声，总让我没来由的为她一阵一阵心疼。

惯常的思维是，如果你知道了一个人感染艾滋病毒，你可能忽视了他的优秀，只想到他身上的病毒，可是优秀与病毒，本来就是两回事。

我想写的不仅是田田携带的病毒，更想写我感受到的田田：一个优秀的女性，一个做公益的女性，一个做公益领域领军人物的女性。

在美国期间我看到的多个领域的非政府组织，比如糖尿病领域、老年痴呆领域、乳腺癌领域等等，艾滋病领域最让人难忘，因为艾滋病涉及方方面面的问题，比如经济、政治、人权……这个领域反而最成熟汇聚最优秀的人物。比如麻省艾滋病行动委员会的主席兼 CEO 瑞贝卡．哈格女士，原来曾是企业的高官；发展部的副主席马克·沃尔什在 2011 年 4 月进入白宫，成为美国副礼仪官。而我国艾滋病领域的非政府组织，杰出人物相对较少，这部分源自东方的文化传统，相当多的人难以对艾滋病有科学和理性的认知，导致自愿跨入这个行业的人相对较少；另外国外的非政府组织，绝大部分经费来自捐赠，而佑安医院的关怀组织爱心家园多年来只有屈指可数的个人捐款。成立后的三年中，女性抗艾网络－中国曾得到过两家企业的资助，一个是 IBM 中国公司，一个是 K5 法国餐厅。希望他们能带动起更多企业的社会责任感。艾滋病领域的关怀组织，不仅仅是向感染者和病人提供咨询与支持，面对社会大众，还进行了相当多的艾滋病防治的宣教工作，从公共卫生的角度上福泽了更为宽泛的人群，特别是在青少年的防治教育上。希望有更多有识之士能向这个领域倾注爱心、支持与捐赠。

72

邵一鸣

简介：中国疾病预防控制中心艾滋病首席专家，性病艾滋病预防控制中心病毒与免疫研究室主任，卫生部艾滋病专家咨询委员会副主任委员，中华微生物学会病毒学专业委员会主任委员，WHO 艾滋病策略和技术委员会委员，国家微生物联盟病毒学会顾问，盖茨基金会全球重大卫生挑战科学委员会委员，2010 年当选美国微生物科学院新科院士。

医学与疾控要秉承博爱，政府与社会要恪守人道

截至2011年底，估计我国存活的艾滋病毒感染者和病人有78万，其中已发现的是34.6万，即大概56%的感染者不知晓自己的病情，一般人群的感染率大概是0.058%，即万分之六左右，仍属于艾滋病低流行国家。目前我国艾滋病流行的特征有：艾滋病疫情快速上升趋势得到遏制；疫情地区分布差异大，呈现广泛低流行，局部高流行态势；传播途径已由血液传播为主转变为性传播为主，传播方式更加隐蔽，防治难度加大，特别是男性同性性传播上升速度明显；全国受影响人群增多，流行模式多样化，比如60岁以上老年人及青年学生所占比例有所上升。

目前我国进行艾滋病检测的地点有医疗机构、疾控部门和分布于2868个县区的8766个艾滋病自愿咨询检测门诊，提供免费咨询和初筛检测，最终的确诊需要将血样送交疾控中心的实验室。其中检测、诊断、治疗由相关专业人士进行，而非政府组织也是艾滋病防控领域一支重要力量，做了大量的宣传、干预、关怀、治疗支持工作。

我国对确诊的艾滋病毒感染者和病人施行“四免一关怀政策”，其中之一就是对农村居民和城镇未参加基本医疗保险等保障制度的经济困难人员中的艾滋病病人免费提供抗病毒药物，并且已开始提供免费二线抗病毒药物和抗真菌治疗药物。

作为显微镜下微观直视这个120纳米直径病毒的微生物学家，作为宏观角度面对中国艾滋病防治形势的专家，邵一鸣教授的体会是“防病不防人”。在一个多元的社会，每个人都可能对艾滋病有不同的看法，但作为政府和社会，必须把所有的感染者不区分感染途径、不区分性别职业种族地域信仰、不在道德上划分

"无辜"还是"有辜"，而是一视同仁地进行关爱。医学与疾控要秉承博爱精神，政府与社会要恪守人道主义。

我国亟待提高大众的防病常识，特别是科学素养

关于艾滋病毒的传播与感染途径研究了30年，结论非常确切，传播方式有血液传播、性传播和母婴传播，不存在第四种传播方式，比如说世界上从无通过食物感染的先例。

乙肝病毒和丙肝病毒与艾滋病毒传播途径相似，但它们的体外活性都比艾滋病毒高数十倍，而艾滋病毒在自然环境下是脆弱的，只能存活几分钟，不耐热不耐干，灭活艾滋病毒不需要100度，在56度的情况下30分钟就可以了，所有的消毒剂都可以非常高效地杀灭艾滋病毒。不接受治疗的情况下，5%～10%的乙肝感染者会转成慢性病人，70%～80%的丙肝感染者会转为慢性病人，并且感染丙肝20年后发生肝硬化的比例为10%，30年后则为20%。但一般大众对艾滋病毒的恐惧却远远高于乙肝和丙肝病毒。

恐惧往往源于无知。乙肝病毒的情况是：经过漫长的努力与教育，大众对乙肝病毒的知晓率和社会宽容度提高、有预防的疫苗，另一方面是中国是乙肝大国，感染者大约为1/10，人群中非常常见。而丙肝病毒的情况是：一般人群丙肝病毒感染率为3.2%，虽远超过艾滋病毒，也没有可预防的疫苗，但大众知晓率却更低，尚未形成基本意识，因此还没感到恐惧。对艾滋病毒的认识往往介于二者之间，一知半解的了解、感染人数的小群体，以及传统文化、社会心理等因素的综合作用，造成了对艾滋病毒感染者和病人的歧视。

一位著名演员多年前担任卫生部艾滋病宣传员之前，曾经到邵一鸣教授的实验室拜访了半天时间，疾控人员把艾滋病毒的特性、传播途径，以及公共接触传播的可能性，给他作了全面介绍，他看了疾控中心的研究工作和直观讲解，放心而坦然地投入到艾滋病领域的相关宣传工作。但我国深入了解艾滋病知识的公众还太少，甚至医务人员都普及不够，因此就会出现社会歧视、就学就业歧视、甚至是医疗歧视。

加强医务人员标准化防护，扩大艾滋病人就诊空间

邵一鸣教授认为，应该率先在医疗服务相关机构内消除对艾

滋病毒感染者和病人的歧视，保障他们的诊疗权益，这会大大促进艾滋病毒感染者和病人的早发现、早治疗。

“标准化防护”的一系列措施就是通过口罩、手套等来与病人的体液隔离，它的核心理念其实只有一句话——“为了确保安全和消除歧视，要把你面前的每个病人当作感染者”。这不仅应该成为医学生教育的一部分，实习时的培训内容还有继续医学教育的重要组成，更需要完善的制度和医院管理的监督，医务人员认真贯彻“标准化防护”不仅保护自身职业安全，也保证了感染艾滋病毒人群应有的就诊空间。

医务人员发生职业暴露后，可以进行药物阻断。我国已建立覆盖全国的疾控和医疗救治网络、热线电话以及完整的程序，根据暴露级别、暴露源物质（或源病人）级别等进行风险评估，并根据评估结果给予不同的高效抗逆转录病毒药物进行预防性治疗，一般服用30天。并在服用首剂预防性药物后，抽取血样进行HIV抗体本底检查，然后在事故发生后6周、12周、6个月随访检查HIV抗体，12个月后复查。此情况也适用于其他行业，比如警察等，发生职业暴露后的预防，甚至是在遭受车祸外伤等血液交换事件、性侵害事件时，要有这个基本概念，艾滋病毒可以及时阻断，而不是听天由命。暴露后预防性用药的开始时间越早越好，最好在意外事故发生后1～2小时之内，不过，按照美国疾病预防控制中心的推荐，高危的职业性暴露后1～2周仍应该给予预防用药。

73 李太生

简介：中国医学科学院北京协和医院感染科主任，教授、博士研究生导师，卫生部艾滋病专家咨询委员会临床组组长，中华医学会感染性疾病分会副主任委员兼艾滋病学组组长，国际上首次在*Science*杂志上提出“免疫重建”理论。

艾滋病已被定义为慢性疾病的一种，感染者有着漫长的人生

我国与欧美发达国家相比，抗病毒药物品种略少一些，临床研究水平落后于欧美发达国家，但在医学发达的城市，临床诊治

水平是与国际接轨的。比如李太生教授经手过的病人，即使 CD4 下降到了个位数，甚至是 0，合并了非常严重的机会性感染，都可以被成功救治，并继续有 10 年、20 年的存活期。

李太生教授在 1997 年与他当时在法国的导师提出了“免疫重建”理论，这个理念震动了整个艾滋病研究领域，对于艾滋病毒感染者来说，意味着只要接受治疗，就永不算晚，即使是按照之前的观念，免疫系统已经被破坏殆尽的病人，在抗病毒药物的帮助下，免疫系统都能得到一定的恢复，仍旧有治疗的价值。也就是说鸡尾酒疗法不仅在艾滋病毒感染的初期阶段可以起到控制的作用，在晚期阶段同样有效。

除了已经确诊的艾滋病毒感染者，李太生教授还接触过很多“恐艾”人群，其中一些认为自己是阴性感染者，虽然检测后是阴性，但坚信自己被感染了。目前在世界范围内也只有不到 30 例“阴性感染者”，主要原因是免疫力破坏严重，因此检测不到抗体反应，在绝大多数情况，特别是没有进入艾滋病晚期的人群，目前灵敏特异的检测试剂，不存在艾滋病毒检测不出来的问题，实验室检查也是确诊艾滋病毒感染的金标准。

多学科协作，提高艾滋病毒感染者生存质量

在非典时期，因职业暴露而感染 SARS 的其他临床科室医生超过风险更高的传染科，因为综合性医院的一般临床科室，对待传染性疾病的防护理念上弱于传染科医生。

对待艾滋病，毫不在意与过度害怕都是无知的表现，艾滋病毒是一种传播途径非常严格的病毒，医务人员需要知道的是何时需要预防，何时不必预防和过度预防。

2006 年我国的《艾滋病防治条例》明确规定：医疗机构不得拒诊艾滋病人和感染者。但不能否认的一个现象是，对于感染了艾滋病毒的人群，相当多的医护人员存在抵触心理，特别是手术科室。

最近，有一个从石家庄来的艾滋病毒感染者，直肠有非霍奇金淋巴瘤，在北京也被其他医院拒绝过，但如果这个病人不及时手术治疗，就会死亡，协和的普外科为他进行了手术。在 1985 年，中国境内第一个发现的外籍感染者被收入协和诊治，在其他医院难以解决或被拒绝的病人，协和不能说不，协和没有退路，但所有的医院都需要进步。建立艾滋病毒感染者和病人长效的、

正常化的医疗体系，是医学的进步也是大势所趋。一个医院的医疗水平高，不会因为同时收治艾滋病毒感染者而把其他病人吓跑。一个医疗团队，从医生到护理到管理，都需要对此达成共识。

为什么有时综合性医院的手术科室看不到艾滋病毒感染者，往往是因为一部分人看轻自己，不积极求治，放弃治疗；一部分人知道即使去医院，可能会被种种理由拒绝手术，也无奈地放弃了。

在高效抗逆转录病毒治疗，也就是俗称的鸡尾酒疗法出现以前，感染艾滋病毒到死亡，一般只有 8 ~ 10 年的时间，感染者很多如同其他人群的健康需要还没有涌现出来，比如因为胆结石需要胆囊摘除，心肌梗死后需要心脏搭桥手术等等。随着鸡尾酒疗法的广泛应用，一个人如果 20 岁感染艾滋病毒，与大众的平均寿命相比，预期寿命少 5 ~ 10 年，平均只缩短 8 年。随着感染者生存期的延长，近些年，感染者手术难的问题凸现出来。

传染病专科医院的综合实力要加强，但从规模上短期内无法解决艾滋病毒感染者手术难的问题，依靠其他医院前来会诊，不是长期之计。李太生教授一直倡导的就是除传染病医院，在综合性医院以及专科医院不断提高和强化医务人员关于艾滋病的继续教育和防护知识，扩大感染者的就诊空间，一视同仁，让感染者可以在各级医院享有平等诊治的机会，并且多学科协作提高感染者生存质量。

艾滋病毒感染者往往更加信任与依从医生

在李太生教授与艾滋病毒感染者二十多年的接触中，从没有过不安全感，并且由于艾滋病是慢性疾病的一种，感染后往往更加信赖医生并珍视这样的长期医患关系，前来就医就是一种勇气，就是一种对生活的认真，当医生仅仅只是不歧视他，只是给予平等与正视的眼神，病人就深感安慰。

近几年，学生身份的艾滋病毒感染者和病人人数呈逐年上升趋势，在李太生教授诊治过的感染者中，通过性行为感染的年龄最小的是在校高中生，而几年以前，最年轻的病人是大学生，这可以看出，性行为方式感染在低年龄组人群中的扩散。对于预防艾滋病及性病知识的普及，李太生教授建议采取生动有效的方式，在中学生时期就积极灌输相关知识。

74

张彤

简介：首都医科大学附属北京佑安医院感染科主任医师，于 2002 年始开始从事艾滋病临床与治疗研究。

面对挑战性疾病，医生与病人一同成长，我们是伙伴

中国较早的感染者孟林因为有一定的经济能力，是中国最早开始鸡尾酒疗法的病人之一。那时我国还没有免费的药物，孟林自费从国外购药，佑安医院的医生一边看着说明书，一边学习文献，一边观察着病人，医生是在学习中成长并救助着其他病人。

有个感染者是高级白领，英文非常好，他不但直接阅读国外的最新进展，还自费参加世界艾滋病大会了解动态，然后来和医生讨论。有这样的病人出现，让医生有压力更有动力，病人的要求是医生进步的阶梯。

医生与病人是伙伴，是一同学习与成长的，特别对于艾滋病这类具有挑战性的疾病。

维持好的生活质量，艾滋病毒感染者要付出太多太多

看到萧贝，脸上阳光满面，感觉到他的自信与朝气。虽然病了，人生仍然需要向好的方向着眼，张彤主任说，艾滋病毒感染者确实可以保有如同往昔的生活质量，但同样是慢性疾病，还是要比高血压、糖尿病患者付出更多，确实有所不同。忘记服 1 粒降压药物，可能不会造成什么风险，至少不至于耐药，但是在抗艾滋病毒治疗上，一旦开始服药，不但终生坚持，而且有更严格的时间要求，因为漏服非常容易导致耐药。抗病毒治疗开弓就没有回头箭，一旦耐药就需要更换更进一步的药物组合，而药物的组合方案是有限的，每一套方案都要弥足珍惜，充分使用到更久的时间。不仅在药物治疗上，在心理调节等很多方面，艾滋病毒感染者都要付出与承受更多。

急性期筛查非常有意义

佑安医院的感染科目前承担一项大规模的开放队列课题，他们对北京地区的男同性恋实行每 2 月一次的监测，目的是发现早期感染者。

艾滋病毒感染后分几个阶段：急性期、无症状期和艾滋病期。

在无症状期，感染同伴的概率是1/1000～1/3000，这个时期病毒在体内的水平相对较低，传播的概率也较小；艾滋病期，尽管传染性可能会高于无症状期，由于可能存在多种机会性感染，病人的生存质量下降，对于疾病的传播与急性期相比仍然低很多；而急性期，尤其是感染3月内者，传染率达到1/30，早期发现和干预非常有必要。

知行分离是世界难题

有一个感染者已经坚持在佑安检测了18次，他的预防艾滋病的知识非常丰富，但是在第36个月的时候，他的HIV抗体阳转，提示新近发生了艾滋病毒感染。仔细询问了病史，发现他仍然有无保护的高危行为。这种知行分离，是病人教育和管理的世界性难题。张彤主任深切的觉得，不存侥幸心理，让知行合一贯彻一生，是一件困难但却必要的事情。

已经感染了艾滋病毒，不等于就可以无所顾忌

张彤主任看到约瑟夫的案例，觉得如果每个病人的教育都达到这种程度，就是医生的成功了。因为即使仅仅从自身的角度考虑，感染者并非可以无所顾忌，觉得反正自己已经感染了，就可以和别人发生无保护的性关系。艾滋病毒分1型和2型，每型都有几个亚型，不同的亚型相遇可能发生重组，成为新的亚型，使疾病的进展面临新的变化；如果对方是感染者并存在对抗病毒药物耐药的情况，一旦感染对方体内耐药的病毒株，有可能会使自身体内的病毒产生耐药，使可供选择的治疗方案更加有限；即使对方不是感染者，如果存在梅毒等性传播疾病，也会使艾滋病毒感染者的病情变得更加复杂化或加重。

你知道保护好自己，这个世界就安全很多

不能要求你去保护别人，但只要你知道如何保护好自己，这样彼此就安全很多，这个世界也安全很多。保护好你自己，是你的首要责任，就像维克多说的那样，双方负有同样的责任，不能把希望寄托在别人身上。

75 曾道炳 & 朱志强

简介：首都医科大学附属北京佑安医院肝胆外科医生。

我们只把它当作一种外科疾病，而恰巧合并了其他传染性疾病而已

朱志强医生经治的肝胆外科病人，通常合并乙肝、丙肝、梅毒、艾滋病或其他传染性疾病，其中，一年大概有 5 ~ 10 例是艾滋病毒感染者。由于传染病医院的专科技术越来越强，也常有没有任何传染性疾病的病人到这里手术治疗。对于朱志强医生，只把每个个体看作外科疾患，而恰巧合并了传染性疾病而已，这仍旧是外科现象，只不过体液中携带其他病原。医生看待问题的角度是如此不同，因为对于一些综合性医院的医生，无论感染艾滋病毒的病人本意是来看什么病，却往往首先把他当成艾滋病病人。

艾滋病毒感染者在手术前后更加孤独，医患双方都承担更高的手术风险

艾滋病毒感染者之于手术，本身已有很多局限与无奈，比如说择期手术需要 CD4 高于 350，因为 CD4 小于 300 时术后并发感染的风险很大，甚至威胁生命，但会危及到生命的急诊手术一定要及时进行。有些感染者不告诉任何家属，向单位找了种种理由脱身出来，隐姓埋名住在医院，医生没有办法履行告知家属的义务，进行手术签字也很困难，术中出现的变化和需要实时处理的情况，没有病人的家属可以去通知和进行讨论，医生面对更大的手术压力。手术之后，感染者没有亲友前来看望，不但孤单，连出去晒晒太阳都是奢望。

我们并非没得选择，这就是我们的选择

曾道炳医生曾经在综合性医院工作过，来到佑安医院已经 1 年多，给艾滋病毒感染者手术，团队的共识与协作很重要，比如医生需要每 4 个小时内更换一次艾滋病专用手套，护士对此进行监督，比如做胆囊炎手术时，在夏天戴着的防护镜蒙上了水汽，护士也需要及时地处理。

在 2007 年 1 月的时候，给一名艾滋病毒感染者手术时，曾道

炳医生的手指被实心针穿破，他自我评估了一下，艾滋病毒传染性远低于乙肝病毒和丙肝病毒，有手套阻隔一下，受伤时迅速进行处理，感染的概率就会大大降低。他口服了抗病毒药物 28 天进行阻断，药物的副作用对他来说如同早孕反应，头晕、恶心、呕吐，服用 1 个月后，检测 HIV 抗体，是阴性，后续的复检证明他并没有因此被感染。

“恐惧是人类的天性，作为医生，即使充分的培训与教育，有时你仍要与恐惧做斗争，而且医生的家人也常常忧心。但这就是职业选择，就像非典时期，没有人撤，只有迎头面对。”

朱志强医生在北京攻读的硕士研究生，毕业的时候，除了佑安医院，他有在其他医院就职的机会，但这就是他的选择，他看到了可以为传染病人进行手术的医生的缺乏，看到了病人的需要。他曾经在给艾滋病毒感染者做淋巴结活检的时候，手套被剪刀剪破了，但仔细检查了剪刀，并没有明显血迹，他自己评估了一下，觉得没有太大风险，但在艾滋病组医生的建议下，为了确保安全，还是口服了抗病毒药物阻断，但口服 1 周就没有再坚持服药，后续的检测证明他也没有因此感染。

了解得越多，越自由

曾道炳医生说：“对世界的认识越多，你会受限制越少，每个人都可能害怕，但你是医生，没权力拒绝病人，传染病医院，更没权力拒绝，无知产生畏惧，畏惧产生歧视，要加强学习。”

他发现艾滋病毒感染者比其他病人，甚至比其他类别的传染病人，在情感上更加孤独，无人倾诉，病人既怕见医生，又不得不看医生，这是一种矛盾的心理，他觉得要尽量给予病人温暖和友谊，病人对医生的信任，会让病人治疗的依从性更好。

琳后记：

原本想把曾道炳医生与朱志强医生作为两个单独的个体来描写，先后见到他们之后，发现他们的观点惊人地相似，就决定把他们合写在一起。

这种相似，并非是没有个性，相反，他们都是有个性的人，我在思考，这种相似的成因，在他们身上，我看到了培训的力量和团队精神，看到了一个学科在发展中沿袭的理念与美德，一个团队，如果形成了对疾病正确的认识，形成了客观、公允不歧视的风气与文化，那么团队中的每个个体，工作的理念会多么地相似。

艾滋病毒感染者手术的问题，邵一鸣教授和李太生教授持相同的观点，基于宏观的角度，如同欧美医学发达国家一样，应和其他任何病人一样，在综合性医院、专科医院无差异地就诊治疗。对于为艾滋病毒感染者进行手术的医生，李太生教授的观点是，也应秉持无差异的原则，不需进行特殊的补贴。

但我个人认为，医学知识的提升和达成共识需要一定的时间，而有些手术对一些艾滋病毒感染者来说，没有那么多的时间可以等待。由于我国人口众多、病人密集，建议在短期内大力加强传染病医院的建设，提高各个临床专科的水平，可以对艾滋病毒感染者有更多的承载能力和各类疾病的解决能力，并且建立一个顺畅便捷的会诊机制，比如心外科手术等，当传染性医院的诊疗水平无法达到的时候，可以让综合性医院或专科医院的医生进行会诊手术，这需要在规章制度、甚至在法规层面给予完备。

据了解，传染病医院医生的风险补贴，往往每个月不足 30 元，我个人认为，面对传染性疾病的外科操作，确实有更高的职业风险与精神压力，并且对医生的家人来说，也是一种难以挥去的忧虑。在近几年，对于这些外科操作的先行者，应该在政策上有大力的补偿机制，在精神上给予更多的人文关怀。

76 Nagagopal Venna（纳贾高波·文纳）

简介：哈佛医学院麻省总医院神经内科门诊部主任，神经 - 感染科学主任，曾任波士顿大学波士顿城市医院神经内科主任，是世界上最早开始治疗艾滋病毒引起的神经系统并发症的医生之一。

在恰当的时间、适宜的地点与合适的团队一起工作

1981～1982 年是美国艾滋病开始大流行的时期，纳贾高波·文纳教授在波士顿城市医院看到了一位年轻的男性病人，来自海地，只有 22 岁，病情发展得很快，迅速出现了昏迷，在两三周的时间里就去世了，直到这时他们仍然不知道这是什么疾病，也不知道什么是合适的治疗方案。神经病理科通过解剖发现这个病人

的脑干多处受损，是弓形虫感染。他们不知道这个年轻人为什么会有脑部寄生虫，因为弓形虫脑病一般发生于新生儿和婴儿，在成年人中很罕见，基本上从不发生，也没有想到过要给他使用抗弓形虫的药物。在看到这个病人的 9 个月之后，医生和研究者们开始意识到这个脑部感染性疾病和艾滋病毒有关，在纽约和旧金山报告了这样的病例，并开始认识到这是艾滋病毒感染的一部分，由免疫缺陷导致的脑部弓形虫感染。文纳教授也参与报告了他经手的这个病例，这几例都是世界上最早发现的由艾滋病毒感染引起的脑部感染性疾病。

那时只有非常少的神经内科医生对艾滋病毒引起的感染性疾病感兴趣，部分医生甚至对接触这类病人都觉得不舒服，不想卷入这个领域。虽然要对血液、脑脊液这些体液格外小心，但文纳教授却从来不怕接触这些需要神经内科和感染科诊治的病人，也从来不觉得这些病人和别人有什么不同，他觉得部分原因是由于他所受到的教育。

文纳教授小的时候在印度长大，和不同社会身份的人接触，到美国之后，在波士顿城市医院接受住院医生培训，这是一家公立慈善性质的医院，他在这里面对很多移民或贫穷的人，能够习惯在一种潜在的压力下工作。另一方面，他在爱尔兰接受了 5 年的内科培训，艾滋病毒感染/艾滋病是全身性疾病，神经系统只是其中一部分，如果没有进行过内科系统培训的医生会觉得治疗它比较困难。还有一方面，在这里，波士顿城市医院，有一群非常有奉献精神的医生，因为很多贫穷病人没有保险，医生也没有太高的收入，但这组医生都非常年轻，非常理想化，乐于并热情地去照顾这样的病人，他们在寻找一个神经内科的医生，可以对接诊艾滋病毒感染的病人感到自然而然，文纳教授加入了神经内科－感染科组，从 1979 年到 1997 年为之工作了 18 年，并成长为神经内科的主任。他觉得他是在恰当的时间、适宜的地点与合适的团队一起为这个群体工作。

神经系统对生活质量和生存期的决定作用

对呼吸系统、皮肤系统的并发症，多数艾滋病毒感染者有一定的了解，但是多数人没有意识到神经系统对生活质量的决定作用。很多人由于知识所限，甚至不知道什么症状属于神经系统症状，即使国家提供免费的高效抗逆转录病毒治疗（HAART）药物，但是很多感染者深藏自己的身份不主动接受治疗，对此，文纳教授观察到：在 HAART 应用后，神经系统症状和与多年以前比较变化非常大，但是在世界上很多地方，比如一些没有抗病毒药物的国家，或是有抗病毒药物但不服用的感染者，出现的情况就和 20 年前药物没有诞生的时候一样，发生严重的免疫缺陷，大多数人在 CD4 计数小于 200 的时候，神经系统就可能发生机会性感染，那些不服用抗病毒药物的感染者会产生巨大的问题，最常见的脑部感染是以下三种：

1．寄生虫感染　如刚地弓形虫引起颅内感染。

2．进行性多灶性白质脑病　由 JC 病毒引起。

3．B 细胞淋巴瘤　由 EB 病毒导致。

另一方面是脑膜炎，最常见的是真菌性的，如隐球菌脑膜炎。

第三方面是神经功能障碍，这不是机会性感染，而是直接由艾滋病毒导致的，如 HIV 相关性痴呆和神经系统病变。如果不服用抗病毒药物，通常在感染后 10 年左右会发生严重的神经病变和痴呆。

纳贾高波·文纳教授指出，如果从确诊感染了艾滋病毒后，到了需要服药的时机开始接受正规的 HAART 治疗，那情况和没有接受治疗就大为不同，即使服药后 CD4 仍然不高，但是病毒载量下降，仍然改善了免疫系统，多数病人从长期看，状况会非常好。如果当他们刚刚被发现感染了艾滋病毒时，就已经出现了颅内感染，并且 CD4 低于 200，现在已经有非常有效的抗弓形虫、抗真菌的药物治疗弓形虫脑病和隐球菌脑膜炎，当感染控制后，再回到抗艾滋病毒的药物治疗轨道上来，还可能继续生存不止 20 年。而 20 年前，艾滋病毒感染者得了真菌性脑膜炎，会死于一个接一个的并发症。

如果感染者规范服用 HAART 药物，免疫系统因此得到巩固，病毒载量很低，这些脑膜炎等致死性疾病，这种机会性感染和严重的神经系统疾病可能根本就不会发生。例如他看到自己诊室的一些病人，已经服用了 20 年 HAART 药物，有的几乎没有神经系统症状，也许只有一些轻度的神经病变，比如足部和手掌的麻木，有时有些痛；或轻度的认知功能改变，但还能有正常的社交、工作，仍生活得非常好。虽然，对于接受了 HAART 药物治疗的感染者，CD4 正常，病毒载量很低，大约还是有 1/3 的人可能会有轻度的认知功能的改变，对高级认知活动也许有一点影响，但不会发生广泛的痴呆，而在还没有 HAART 药物治疗的年代，病人可能因严重的痴呆致死。

与没有出现 HAART 治疗之前相比，现在普遍的情况是，相当多的感染者在个人生活、社会交往和工作职责上都能运转良好。对神经内科而言，最常见的问题是神经病变，足部和手疼痛、麻木。其次，是感染者想完全回复到原来的工作状态中去，比如一些律师、工程师说自己的认知功能发生了轻度变化。

对于减轻足部和手部的神经疼痛，现在没有针对它的完美药物，文纳教授所带领的麻省总医院神经内科尝试使用 2 种处方药物：加巴喷丁，去甲替林或与之类似的阿米替林。有些人还可以使用辣椒碱乳膏，针灸也是常用的。

针对一些感染者提出的服药以后发现记忆力下降，有时忘了钥匙在哪里，这究竟是一个常见的现象还只是疑心不自信？文纳教授指出第一代药物有的确实有副作用，如司坦夫定，双脱氧胞苷，服用者很多会发展成神经病变，感到神经疼痛，叠氮胸苷则引起肌肉无力，这几种药物在美国已不再使用，现在使用的抗病毒药物，这些神经系统并发症已经很罕见了。30% 的人仍会有轻度的记忆力下降，但不严重，仍能运行正常的生活功能，因此，有时无法确定是由于艾滋病毒对颅内神经系统多年的影响还是药物的副作用。有时，药物说明书上并没有写记忆力下降的问题，但研究还在继续，在美国，依法韦仑是 HAART 治疗的常用药物，现在开始被怀疑在服用多年后，也许会引起记忆力方面的问题，但并没有被确认。

对于很多感染者关心的营养补充剂，文纳教授的观点是，并没有某一种营养成分被确认是有效的，如果一定要他推荐一种，他推荐多重维生素，并且是低剂量的多重维生素，其中维生素 B 族对神经系统是最重要的，但是如果维生素 B_6 摄入太多，反而可能产生非常罕见的神经病变。

神经－感染科学的进展

文纳教授认为从神经内科的角度讲，重要的是控制感染，而控制神经系统的感染、增进免疫系统，大概 99% 的功劳归于 HAART 药物取得的进步。他们发现了一些应该引起重视的现象，一些服用 HAART 药物的病人病毒载量检测不出，CD4 水平正常，却有进展性的痴呆，结果发现，艾滋病毒逃逸进入中枢神经系统，虽然血液里检测不出病毒，但脑脊液里却有很高的浓度，而这些病人服用的药物，不能作用于脑部，他们发现了一些这样的病人，不仅要检测血液，因为可能检测不到病毒，而需要检测脑脊液，然后选择可以进入血脑屏障的药物，可以逆转这种痴呆。

文纳教授发现艾滋病毒对神经系统的影响，除了知名的医学中心，还有一些规模很大的机构外，很多人都不知道，甚至包括医生，他们教育内科医生，告诉他们这些潜在的并发症。

文纳教授最近的一个病人，是个摄影师，感染艾滋病毒很多年，一年前发现自己有明显的记忆障碍和认知功能改变，不仅不能再做艺术工作，而且发展到不能照顾自己，被全天放到了护理中心。文纳教授发现了病人有广泛的痴呆性改变，血液中的病毒载量很低，CD4 也很不错，但脑脊液中病毒水平很高，这就是在中枢神经系统的免疫逃逸。文纳教授与给病人诊治的感染科主治医生沟通，改变了病人的 HAART 方案，三四个月后，病人有了巨大改善，心智基本上恢复到正常状态。在第 6 个月随访时，病人自己开了 20 英里的车，坐在候诊室看纽约时报，而且能清楚地复述看过的新闻，而之前，却生活都不能自理。由此，文纳教授感受到，这需要有非常特定的专科领域的知识，和相关的同样受过良好培训的医生合作，才能提供高质量的诊治。

医学，是艺术，也是服务

从生活方式的角度，文纳教授指出，即使没有感染艾滋病毒，毒品都会对神经系统产生很大的损伤，影响认知功能，如果合并艾滋病毒感染的话，状况就更加糟，这是两个可以导致大脑损伤的因素组合在一起。

从医生的角度，文纳教授不觉得治疗一个滥用毒品的艾滋病毒感染者，或是一个同性恋的艾滋病毒感染者对他来说有什么困难，他觉得医生不应该有任何歧视，关于年龄、性别、来自哪里、是否贫穷，哪怕是入侵这个城市的敌人，在你面前的身份仍是需要救治的病人，应该把人类的基本情怀放在心里，回归医学的本质，减轻痛苦，这是一个医生的道德基石。而他，觉得医生更应该对艾滋病毒感染者格外温和，因为他们经常被排斥，很多人都不想为他们做些什么。

琳后记：

医学生和医生的重要一课——懂得什么是贫穷

离开纳贾高波·文纳教授的办公室，我仍然感觉被他那种安宁温暖的和煦之光照耀着。无论中美，对医学生很重要的一堂课，就是应该知道什么是贫穷。

我在美国所在的医院，病人由世界各地慕名而来，病人的经济条件、穿着大多比较优越，在美国，能读医科的学生，家庭条件一般也很不错，如果没有参加过太多的志愿者活动，接触过贫穷的人，那么，对这个世界的认识、对人的认识就会不全面。在中国，到最好的城市去读最好的医学院校留在最好的医院，是多数医学生的追求和选择，在医院正式工作后，开始有一些下乡、支援，但在医学生的人生观和社会观初步形成的时期，却往往干预的太少。

贫穷，和贫穷的衍生物，是医学生在接受教育与培训之初，应该充分了解的一课。了解贫穷，才能保持客观公允的心态。

当你发现给病人进行了常规的表面消毒却不够，因为皮肤上擦出了很多泥球，请你理解，因为他可能从来都没有住过带淋浴的房间；当你发现病人并没有按你的建议进行规范的治疗，而是缩减或放弃，请你理解，他并不是想挑战你的权威，可能口袋里都没有今天的饭钱；他可能贫穷，他可能散发着异味，他可能不断被世界抛弃，但如果医务人员也遗弃他，他的人生就再无退路。

注释：

JC病毒：乳头多瘤空泡病毒。

加巴喷丁：Gabapentin。

去甲替林：Nortriptyline。

阿米替林：Amitriptyline。

辣椒碱：Capsaicin。

司坦夫定：D4T。

双脱氧胞苷：DDC。

叠氮胸苷：AZT。

依法韦仑：Efavirenz。

77 Katherine Jason（凯瑟琳·詹森）

简介：注册营养师，在营养学领域工作 11 年，3 年前开始在麻省总医院营养科专职于感染科病人的诊治，会诊感染科所有艾滋病毒感染者/病人的营养相关问题。

艾滋病毒感染者/病人的营养策略

认识到良好的营养可以帮助提高艾滋病毒感染者和艾滋病人的生活质量非常必要。在疾病的不同阶段都应定期地检测营养状态，因为在感染后随着患病的时间，营养不良的概率增加。首先要检查出病人在就诊时就已存在的营养缺乏问题，回顾食谱和就餐频率以及进行化验，可以查出例如缺铁性贫血这样的问题。随着疾病的进展，规律的就诊可以及时发现新的问题，比如体重减轻、消化系统问题等等，以免这些问题演变得更为严重。一个健康的饮食可以提升免疫系统的功能，并且在发生机会性感染的时候促进康复。

谈到策略和计划，詹森营养师认为在疾病的早期就开始随访病人很重要，但如果这不可能，在疾病的各个时期前来就诊总比从不接受营养咨询要好。最初的会面，至关重要的是进行一个膳食评价，如饮食日记、24 小时回顾，或食物频数问卷，并且讨论对什么食物过敏、耐受性、体重史、是否难以得到食物，这些都很重要。需要设计的治疗方案包括教育病人均衡饮食，维持净肌肉量，以及保持或增加体重。

所有饮食推荐都不仅基于某一疾病阶段，而且基于每个不同个体，这也是为什么只要可能就要频繁地问询病人，因为他们的营养状况会随着病程的不同而改变。

感染艾滋病毒后如何维护体重与是否使用营养补充剂

体重下降是艾滋病毒感染者和病人的常见状况，多与缺乏营养知识、口腔溃疡疼痛、消化系统问题、毒品/药物滥用、抑郁、机会性感染、疲劳和药物副作用有关。如此之多的影响，可见体重下降为什么常见。在感染后的所有阶段，调节体重都非常重要，因为研究发现体重下降与疾病进展有相关性。治疗措施包括药物干预例如食欲刺激剂，此外加上营养支持。营养师需要评估病人是否饮食中摄入了足够的卡路里。

营养师应该找出可以改进的方方面面，比如：一天中吃得更频繁，饮用高卡路里的饮品，在现有的饮食中增加热量，当一天中最放松和饥饿的时候吃东西。另一个选择是饮食之外服用高卡路里/高蛋白的营养补充剂。

口服的营养品补充剂和多重维生素虽然只有很小的体积，但是可以帮助病人达到营养需求。一罐或更多罐装的营养补充剂如果作为健康饮食的一部分，可以提供很大比例的日需卡路里、碳水化合物、脂肪和蛋白质，这可以填补营养缺陷和帮助维持/增加体重。

因为多数人达不到营养要求的每日所需，维生素的日常补充可能有益，如果需要维生素补充剂，推荐复合维生素和矿物质，而不是某一单一成分。但是特大剂量的使用抗氧化性营养素则风险巨大，可以产生后继问题、不良反应、与现服用的药物产生交互反应。建议病人和医生讨论自己添加的补充剂，让医生也可以及时地意识到这方面的改变。

如果口服营养补充剂和/或维生素矿物质补充剂不容易获得，或需要病人从个人或家庭的伙食费中省下钱去购买，她推荐还是通过采用均衡的饮食，把重心放在碳水化合物、蛋白质，从水果与蔬菜中摄取自然来源的维生素与矿物质。

吃出一道彩虹

很多使用高效抗逆转录病毒治疗的感染者或病人被药物引起的脂肪代谢障碍困扰，这有时会让他们抑郁，由于面部脂肪的减少和外观的改变，有时还会遭到社会歧视，但是就这一点，詹森营养师认为至今没有任何营养学的干预方法可以帮助重新分布脂肪和让脂肪重回面部，有些人是通过整形手术使用面部填充剂来修复外观的。

有的感染者觉得药物的说明书并没有提到会导致面部晦暗，但是在没有贫血也没有色素沉着的情况下，就是面色无华。詹森营养师不认为只通过一种或两种食物就可以创造一个更好的气色，她建议一个均衡的搭配，维生素、水果与蔬菜中的抗氧化剂能帮助细胞生长，抗击大气污染和阳光暴晒产生的有害自由基。她喜欢让病人懂得“吃出一道彩虹”，她研究每种不同色彩的水果和蔬菜如何生成特定的维生素、抗氧化剂和植物色素，所有这些都在体内起到重要作用。为了保证摄入身体所需从而运转良好，她建议食入彩虹谱中所有色彩的食物，例如：①红色。草莓、西红柿、红辣椒；②橙色/黄色。胡萝卜、菠萝、南瓜；③绿色。西兰花、绿葡萄、芹菜；④蓝色/紫色。蓝莓、茄子、李子；⑤白色。菜花、洋葱、土豆等。

在食用天然高维生素食物的基础上，她推荐摄入足够量的健康脂肪，因为一些维生素是脂溶性的，这意味着他们需要膳食脂肪来溶解在其中。对心脏有益的脂肪来源包括：牛油果、坚果、植物种子，还有橄榄油以及菜籽油。

对于是否会有特定的食物来增加免疫系统功能，她同样不认为某一种单一食物或一组食物会比其他的食物更好。最重要的是均衡与适度。每天都适合吃的有：高纤维的碳水化合物，例如全麦的面包、米、麦片和面制品；多种颜色的水果和蔬菜；肉、蛋、豆类中的蛋白质；多不饱和脂肪，比如坚果、植物种子和植物油；来源于奶酪、奶、酸奶中的钙，或钙强化的果汁、豆奶或杏仁奶。

对于一天应该吃多少顿也没有一个标准答案，一天中使用小份的、多顿饭或小点心利于更好地代谢和消化。她鼓励营养师去评估病人在不同方面的不同需要、有些药物服用时间与就餐时间有关，以及病人的具体问题和关心所在，来制定最好的方案。

感染艾滋病毒后的锻炼

锻炼很重要，可以提升人类自我良好的感觉，降低抑郁，刺激食欲，并且保持净肌肉量。詹森营养师鼓励每个人每天都采取某种让自己感到愉快的锻炼方式。如果你以前不锻炼，建议缓慢地开始，并且逐渐找到你愿意做的事，走步、骑车、游泳和瑜伽都是适合的锻炼方式。从每天 5 分钟开始，一周 3 ~4 次。当你对此开始感到适应，按照你自己的方式增加到每天 30 ~60 分钟，每天或一周中大部分日子都进行锻炼。

78 Rebecca Haag（瑞贝卡·哈格）

简介：麻省艾滋病行动委员会主席兼 CEO，POZ 杂志评出的美国艾滋病领域百位“最有权力、最有影响力”的人物之一。

如同奥巴马竞选，运用好“滚雪球”效应

20 世纪 80 年代初，当艾滋病毒刚在美国显现的时候，并不知道为何人们纷纷病倒，为什么很多罕见的感染发生。在那些年，很多医生拒绝治疗这样的病人，护士拒绝护理他们，换床单被服的人都拒绝踏入他们的房门，家人拒绝探望他们，甚至临终关怀的地方都拒绝收容他们，由于病倒的大多是男同性恋，因此这个疾病和羞耻感交织在一起。1983 年麻省艾滋病行动委员会（AAC）成立，在最早，是这样的关怀组织去陪伴和照顾病人。

这种偏见在美国的医护人员中存在了相当长的时间，例如著名的例子，牙医拒绝看感染了艾滋病毒的病人，现在仍有小部分这样的人，哈格女士几个月前从会员中听说，当这个会员去医院看病，医生问他病史，看他吸毒，电脑系统里显示的服药记录中可以看出这个病人感染了艾滋病毒，然后让这个病人离开。但是美国一直在进步，已经让越来越多的医务人员了解什么是艾滋病毒。

哈格女士认为，应从医务人员中有一个良好的开始，这也是美国的做法。AAC 在初期寻找那些能并肩和他们站在一起的人，他们找到更富有同情心的医生、护士，不仅可以一起为艾滋病毒感染者工作，并通过他们向更多的医护人员呼吁，并且找到有领导力有一定地位的人士加入进来。正如奥巴马总统竞选，是从一小群人开始，在美国叫做“滚雪球效应”，当你从山顶上开始，滚一个小小的雪球时，当它一路下山，会越变越大，这就是他们要创造的，最终形成大的改变。当你需要为某件事赢得足够的支持，形成足够的规模，要从一小队人开始发展，逐渐让大多数人站到你这一边。随之，逐渐考虑到的是，如何让医护人员觉得放心和安全，这就有了“标准化防护”的诞生，降低了医务人员的职业风险。

不仅帮助感染者，更应广泛教育大众

AAC 做的相当多的工作是如何教育大众，什么是艾滋病毒，什么途径会得病，在年轻一代中使用科技手段，可以让资讯传播速度加快。比如玛丽亚是一个创造出来的网络卡通形象，她有一个广泛的社会圈子，有男女同学，有校外朋友，有的人已经有性

行为，有的不想发生婚前性关系，年轻人可以上网和卡通女孩玛丽亚交谈并提问，玛丽亚可能直接给你解答卫生保健知识，也可能说：哦，这个我要问一下我妈妈。

在美国，避孕药属于处方药，无法自行在药店购买，因此，他们通过诊所来教育妇女，可能遇到的危险并不只是意外怀孕。当女性服用了避孕药，而男性不带避孕套，除了艾滋病毒，还可能感染其他性传播疾病，并且患有其他性病的人，更容易被艾滋病毒感染，因此从那些治疗性病的医生开始进行宣传。

美国目前大量涌出非裔美国妇女或拉丁语系妇女感染的案例，一个常见的原因是她们的伴侣同时与男人发生性关系或者吸毒但没有告诉她们。美国有65%～70%的感染者是男性，而在非洲，看到更多比例的感染女性，因为男人去很远的地方谋生，周边有大量的卖淫者，男性的感染又导致了女性伴侣的感染。艾滋病在不同的文化中非常的不同，哈格主席认为关于性的话题，欧洲比美国开放很多，在美国，很多人不愿意谈及性行为，虽然有这个方面专门的媒体节目，但在伴侣中和日常人际关系中，性仍是一个比较淡的话题，并且男人与男人之间的亲密关系往往并不被认为有浪漫可言而被看作是性驱动的，不是长久的和心灵的旅伴，但事实并非这样，男人与男人之间也可以联系得很紧密，但在文化与传统中，很难去公开地、深入地、长期地谈这个问题。

确诊感染了艾滋病毒后何时开始治疗，美国曾经为此进行过辩论，过去是CD4下降到500，现在的新理论是立即接受抗病毒治疗，但并没有完全进行这个战略，原因之一是很多病人不喜欢规律服药，另一点是医疗开销，在美国感染者吃药的话每年开销在10,000～15,000美元/年，真正的问题只有两个：一是给人们进行检测并确诊，二是确保药品的充足。AAC还认为需要让政府充分认识到：保障医疗是人权，也是巨大的开销，医疗上的花费，可以减少个体生产力下降带来的损失。他们也广泛和媒体合作，特别在艾滋病对年轻一代的影响上，需要引起各方面的关注。

AAC正在美国积极倡导将艾滋病毒检测作为一项常规检测，比如去看医生，哪怕是去查血糖和肝功能，HIV抗体都纳入血液检查组套，这样在出现系统症状之前就能查到感染了艾滋病毒，也可以及时接受口服药物治疗。

麻省可能是美国艾滋病毒感染者最好的去处之一，多数人可以免费得到药物，并且药品比较充足，在美国很多个州都在等待的名单上。美国南部，特别是在贫穷地区，估计有25%的艾滋病毒感染者还没有被确诊自已也不知情，另有25%的感染者没有被治疗，因此在美国大约有110万的人没有得到药物治疗，或者不知道自己的状态，并且每年美国有5.6万例新发感染。在一些州，伴随着艾滋病的耻辱感仍然非常强烈，但在马萨诸塞州、纽约、加州等地，有劳工保护，雇主不可以歧视感染者，病人有权利继续具有生产力的生活。

哈格主席深信的是，美国经历艾滋病大流行已经30年了，这使他们拥有不可思议的能力来继续解决这个问题，他们需要战胜耻辱感，需要找到已经超越了自己的那些人。比如1985年，著名银幕偶像罗克·赫德森公开了艾滋病情，这是个轰动性的事件，也是美国艾滋病历史上的转折点，这也让很多美国人第一次对艾滋病有了意识，在1991年，NBA著名球星埃尔文·约翰逊宣布身患艾滋，人们也目瞪口呆，如此强壮的巨人也会感染。AAC每年6月都会举办健步走活动，为艾滋病公益事业募捐，比如2011年的健步走活动中，贝蒂在20年前失去儿子，她举着儿子的照片为艾滋公益呼吁。在早些年，她爱孩子，但不被周围所包容，各个服务系统都拒绝他们，现在随着公众认识的提高，她坦然面对这一切并以这种方式缅怀自己的儿子。因此，哈格主席认为，不仅要找医学专家，也要发动各界人士，特别是这样有影响力的范例。但值得担忧的是，现在的科技手段过于发达，特别容易使人失去一些东西，相当多的感染者并不愿意站出来。

经你的手，让世界变得不同

哈格主席曾经是企业的高官，但对于她来说，金钱并不能使她感到满足，她强烈相信人类社会的公正，希望让世界做出应有的改变，她以前并没有想到进入艾滋病领域，而是为妇女、儿童权益工作了很久，而艾滋病与相当多的社会公正联系在一起：种族、性别、权利……她希望通过共事的人，把内在信念表达出来并且实现。

她从1996年开始成为AAC董事会的一名成员，从2003年至今担任主席兼CEO，这个马萨诸塞州艾滋病领域最早也是规模最大的关怀组织有一栋独立的大楼。她不是一个医学专家、也不是一个社会学者，但她觉得领导力的一部分就是用个人魅力使别人振奋和积极投入，作为领导需要知道的是，你的团队中谁是最合适的人去解决关键性的问题，比如AAC一楼的咨询师，他们每天和感染者在一起，比哈格主席更了解艾滋病毒，而她自己努力去做自己擅长的事情，而避免去做自己不擅长的事情。

哈格主席还认为能力与奉献精神同样重要。作为领袖，并不见得一定要比别人聪明，或高高在上，而是能够在艰难的状态下作出艰难的决定。她强调，人要有奉献精神，无论是为公益组织的发展、筹集资金还是对感染者的个案帮助，要坚信感染者值得去关怀，值得拥有幸福与爱。也许一个工作人员，并不喜欢你所接触的所有感染者，就如大千世界的其他行业一样，没有人能够喜欢一切人和被一切人喜欢，但无论是否喜欢你正面对的这个感染者，都要坚信每个人都值得继续活下去和拥有更好的生活，发挥自身的最大潜能。

哈格主席认为这份工作给她的回馈远胜于她的付出，她并不直接接触感染者，在一次募捐的画展上，一个感染者向她走来，讲述自己的生活如何在AAC的帮助下发生了改变，在他无家可归的时候救了他的命，还帮他联系到了住处和工作。哈格主席觉得这种感觉，这种为别人的生活作出了改变的感觉，对她来说最为重要。AAC还雇用了1位女性员工，她曾经吸毒并感染了艾滋病毒，她的第1个孩子出生在鸡尾酒疗法问世以前，从出生就被感染了，而今，她早已戒毒、有了正式工作，第2个孩子是个健康的宝宝，她的人生不仅被改变，她孩子的人生也变得不同了。哈格主席并不需要任何人来对她说谢谢，她只希望看到别人的生活发生了改变，而自己与别人合力去帮助他们旋转命运之门，这就足够。

哈格主席从不讳言自己的进取与野心，她希望艾滋病相关工作在更大格局上有所突破。她和几个人，在奥巴马政府上一届选举之前，教育所有的总统候选人，使所有的总统候选人都认识到并同意一旦当选，要为终止艾滋病大流行做些什么。擅长于不同方向的五六个人，用了几年的时间，发展到15~20人，她飞到从不曾去过的地方，推动进程向前，她并不是天生有耐心的人，但学会感激那些可以一起做事的人，他们一起研究美国的艾滋病形势，发现重要的问题和可解决的途径，最终促使在2010年7月，奥巴马颁布了美国HIV/AIDS战略，强调了控制新发感染等具体目标。对于哈格主席而言，这是个重要事件，她不是只为个体引领改变，而是为整个国家推动了进程。

从哈格主席的角度来看，她认为美国目前面临的挑战之一是让更多的人接受检测并治疗。第二个挑战是歧视仍存在，如果感染了艾滋病毒的人，虽然能得到医疗和药物，但不敢和朋友同事提起，这就是人生中严重的挫折，当你爱上一个人的时候，会担心被他拒绝，这也是个巨大的焦虑，这不仅是每个个体需要逾越的栅栏，作为公益组织，要帮助和教育整个社会认识到这些感染者恐惧的根源是什么，这是一个随处可见的挑战。

在美国，比如麻省在艾滋病工作方面的成功，不仅是医疗体系的成功，而是还有众多的非政府组织这样的支持体系，感染者不仅仅是看医生和服药，而是在无家可归、吸毒、有精神症状、遭遇用工歧视等等情况下，可以得到相关的帮助。

哈格主席个人对美国艾滋病领域未来五年的期望是：每个感染者都享有医疗服务和药物治疗；有完善的支持服务，来保持健康和独立；每个人都进行过艾滋病检测。

如果你燃尽了自己，就不能完成比赛

哈格主席在众人的眼中是个女超人，“如果觉得工作占据了生命太多分量，那就要控制好时间，就像跑马拉松，你要全程调节”。当她昼夜开会、体能精力濒临极限的时候会让自己有个喘息，她有时要求自己关上房门，不听电话，“尽量不工作的那么卖命是能够卖命工作的一个前提”。

哈格主席平时遛狗、锻炼、减重、打网球来保持体能。

“如果你燃尽了自己，就不能完成比赛。”

注释：

标准化防护：Universal precaution。

罗克·赫德森：Rock Hudson，上世界五六十年代美国银幕偶像，主演电影《天堂所允许的一切》、《巨人》等，深受女性欢迎，是男同性恋。

埃尔文·约翰逊：Earvin “Magic” Johnson，美国有“魔术师”之称的NBA球星。

79

廖苏苏

简介：中国医学科学院基础医学研究所/北京协和医学院基础学院流行病与卫生统计学系主任，流行病学教授，博士生导师，1998～2010 年任卫生部艾滋病专家咨询委员会委员。

全面医学防护是要平等地对待医务人员和病人的生命

世界卫生组织提出的“全面防护（universal precautions）”概念是建立在所有血液和身体分泌物都有传染性的假定之上的，不论这些体液是来自病人还是医务人员，不论对体液排出者的艾滋病毒感染情况是否已经确认。因此，在医疗服务中，对所有病人都应该遵循全面防护原则。

这些防护主要包括 5 个基本方面：①安全使用和丢弃医疗中的尖利器具；②对污染的器具要进行安全的消毒处理；③洗手；④使用防护用品避免直接接触到血液和其他体液；⑤安全丢弃有体液污染的医学垃圾。做好全面医学防护可以预防一切经体液传播的病原微生物感染（例如乙肝病毒）。

但是，现在很多临床工作中，在给病人检测了 HIV 抗体之后，发现他是艾滋病毒携带者，有时医生畏惧或者拒绝对感染者提供医疗诊治，或者对他们进行更严密的隔离措施，这样的举措可能导致对感染者不平等的对待，也不能全面地减少医务人员感染的危险。例如，在急诊情况下，经常很难得到病人的所有检查结果再上手术；此外，艾滋病毒感染早期传染性很强，但是在检测的窗口期，可能还没出现抗体阳性反应。

全面防护，不仅仅是使用防护用品问题，还涉及到工作人员的训练（例如，如何正确使用注射器、手术利器等减少意外伤害），这既涉及技术、资源供应，但更涉及完善的制度建立、执行、监督和评估。例如，医务人员在工作中接触艾滋病毒感染者体液后的感染风险评估以及预防药物的使用也是重要的组成部分。

就像运动和膳食是生活方式，全面防护是医疗服务的工作方式，难在如何把理念时刻贯彻到医务人员的日常工作中。这不是一个单纯的技术问题，却是很深的一个心理文化价值观以及制度管理、政策层面的系统工程，长久地实践这种工作方式并非易事。做好全面防护虽然不能出高质量的文章，不能晋升职称，但这关乎生命，医务人员自己的生命以及病人的生命。或许，我们无法苛求每一个医务人员都有悲天悯人的情怀，但至少每时每刻能够做好那些基本技能和规范。

“从我在艾滋病领域工作20年的经历中，深深感受到，艾滋病是能够唤起对生命意义深切反省和平等珍视生命价值的一个疾病。”

艾滋病改变的不仅是生命而且是人生

与其他职业不同的是，医务人员最需要对生命和生活有所体会。艾滋病以及围绕艾滋病的社会、文化、行为，是对所谓“现代的医学模式已不单单是生物医学模式，而是社会－心理－生物医学模式”的最好诠释。

中国是乙肝大国，乙型肝炎病毒携带者要比艾滋病毒感染者多很多。道理上，乙肝病毒与艾滋病毒是相同的传播途径：母婴、性行为、血液途径，而且，乙肝感染也会带来严重的健康后果，并且艾滋病毒比乙肝病毒在体外存活能力弱很多，但大众对艾滋病毒感染者更加歧视和恐惧，其原因并不在于这个病毒特别厉害。

原因之一是在大众心中，艾滋病毒感染总是与一些社会主流文化以外的行为连在一起，成为“名声”问题。此外，艾滋病毒感染后的不良结局经常比乙肝感染发生得更多、更快。即便现在已经有抗病毒治疗，但是，艾滋病毒仍旧会改变感染者的人生轨迹，即便没有受到社会歧视，即便有足够的治疗费用，感染者仅仅因为医疗需要（比如定点领药、时常复查，应付药物不良反应等等），他们的生活可能不会再按照以前的理想那样走下去，或者一些人生憧憬幻灭。这不仅是一种身体之痛，更是一种精神之痛，如果不能理解这一点，在临床服务中，就难以周全地、发自内心地去保护感染者隐私、帮助他们调整生活、改善生命质量。

廖苏苏教授相信，很多医务人员乐于将心比心，去理解病人。但无奈的是，这种理解和情怀与职业生涯存在阶段性分离。当人们开始做医护工作时，身强体健年少无忧，很难体会衰老与病痛，当一个人还没有经历上有老下有小的日子，很难理解什么是现实什么是责任。当他开始深刻了解这一切，对生命敬畏对生活珍重，职业生涯可能已经过半。在艾滋病来到这个世界后，它发出的强烈呼唤就是：医学教育应该更积极地回应医疗护理专业的社会心理行为特性，必须在医学教育中切实改进必需的知识、态度和技能训练，这才能使医务人员确实有能力了解病人的内心和生活，真正有能力帮助他们全面获得疾病的改善，让医学真正体现人文关怀。艾滋病应该成为新的、体现社会心理行为特性的医学教育的重要范例。

面对生命只有“我们”，没有“她们”

近三十年来，我们国家发生了很多变化，性行为和性文化多元化就是其中一个，“卖淫”或者“性工作”重新回到社会生活中。提到性工作者，公众充满着复杂的认识：厌恶、谴责、好奇、同情……但基本上都会将这些妇女视为“她们”，而非“我们”，总会有意无意把这些妇女归入另类或推到社会边缘。

1997年，廖苏苏教授开始尝试通过“妇女健康中心”，在海南基层社区的性服务场所里开展健康干预研究，以减少这些妇女意外怀孕或感染性病艾滋病的危险。她是在中国进行性服务妇女行为干预的先行者之一。

她的一个感悟是，除了把性作为挣钱手段外，性服务女性的生活状态或者人性实际上和不做性服务的人没有什么本质的差别。她们也会善良助人或者狡猾欺骗，也有勤奋谋生或“好逸恶劳”；她们也有家庭责任、也有大大小小的“理想”，也会“追时髦”、也会“爱虚荣”……

廖苏苏教授说，她本人并不认为性工作是个好的工作，但是，作为从事公共卫生研究的人，她要关注的是如何减少疾病的流行和由此带来的健康危害。要实现这个目标，她必须学会用不评判的态度看待这些女性的生活，把个人道德和职业操守区分开。多年以来，她也感受过无奈，追寻过工作的意义，体会过因工作感受到的道德冲突，但她始终坚持把性服务女性视作“我们女性”，她始终坚持自己对所面对的女性的承诺，不以这些女性的故事来满足猎奇的需要。尽管她知道自己可以帮助女性预防疾病，但不能彻底改变她们的生活窘境，可以帮助她们改变一些危险行为，但不能彻底改变她们的命运，但是，她永远希望能通过保护女性的健康来改善她们的生活。

做公共卫生事业的人，需要有一颗理想主义的心。

80 Karen Beckette（凯伦·贝克特）

简介：艾滋病领域工作24年，曾抚养6名HIV抗体阳性婴儿，现为感染者咨询师，美籍，居住地：波士顿。

我的代价是失去朋友，但我始终坚信，每个人都应有家

凯伦从1987年开始接触艾滋病领域，那时她的家作为“寄养家庭”，这是由政府出资的一项工作，为了确保儿童的安全，把遭受虐待或父母由于各种问题没有抚养能力的孩子暂时寄养，直到他们可以重返家庭或被正式领养。政府每个月根据抚养孩子的多少，发给寄养家庭薪水。

凯伦被询问是否可以照顾HIV抗体阳性的婴儿，那是美国艾滋病大流行的时期，还没有出现治疗药物，在剑桥地区的20多个寄养家庭对此的反应都是“啊？啊！”，只有凯伦答应下来。

这些婴儿的妈妈是艾滋病毒感染者，由于新生儿体内携带来自母亲的抗体可能需要长至15个月左右的时间才会消失，也就是说这些孩子有些最终会被确认为感染者，有些从母体携带来的抗体消失即证明并非感染，但多数HIV抗体阳性的新生儿最后被确诊为感染，在一年半的时间里，必须每6周接受一次血液检测。

凯伦和先生都不是感染者，他们的儿子也是一个健康的小孩。每个寄养家庭抚养孩子的上限是包括自己的孩子在内不超过6名，凯伦先后一共抚养过6名HIV阳性的婴儿，高峰时期，家里有4名HIV阳性的婴儿和自己健康的孩子住在一起。

泪水、尿布……婴儿每天都要产生“海量”排泄物，抚养HIV抗体阳性的婴儿要比普通的寄养家庭棘手的多，特别是自己还有一个健康的孩子在家里的情况下，我问她为什么能做这个决定。

“为什么不呢?”凯伦明朗的笑,“他们很孤独，而我爱孩子。”

“我自己有什么需要注意的事项，我先生有糖尿病并发症，我自己有个健康的小孩，我有一大堆问题，如何让每个人都确保安全，难道盘子、痰盂要分开吗，衣服可以混洗吗……没有人给我专业的培训和讲座，我需要自己找寻答案。”

凯伦给疾控中心打电话，为了能和医生护士说说话跑到波士顿医学中心去，到哈佛医学院图书馆看资料……她变得很忙很忙，

她要用更多的知识指引自己如何去帮助这些孩子。

“因为我照顾有病毒的孩子，有些人用后背朝向我，我感到很受伤害，我的很多朋友不想再来我家里吃晚饭，甚至不想用我家里的杯子喝水。我的代价是失去朋友，但我始终坚信，每个人都应有家，不应因艾滋病而被拒绝。”

凯伦一共用了5年的时间照顾感染艾滋病毒的孩子，直到她和她先生不再做“寄养家庭”这份工作，这是一段疲劳的历程，因为没有太多的支持资源。

我们抛出所有希望的绳索，你要做的只是抓住它，攀升，有些人回到地面，有些人坠入谷底，有些人终身沉沉浮浮

卡门（化名）是走进凯伦寄养家庭的一个16岁少女，她已经有了一个2岁的儿子，并且又在怀孕。卡门和凯伦一家生活了1年，然后离开了，在18岁的时候，卡门被诊断感染了艾滋病毒，很哀伤地回来告诉了凯伦。凯伦悲哀地看到卡门身体状况因此下降，舌上白苔、肺炎，总陪她去医院，更心痛的是，她是看着卡门一步步地滑了下去。

在这寄养的一年时间，卡门经常会说，要去透透气，要去买东西，然后消失两三天没有踪影。凯伦到处找，听邻居说她在一个地方做性工作者交换毒品，也看见她和男人从酒吧走出来打算过夜，凯伦和她对质，卡门承认了。凯伦给她办过学校的入学，申请过职业教育，可是卡门一天也不想去，凯伦和她谈所有的问题，可卡门左耳进右耳出。

“你竭尽全力，但仍无法拯救所有的人，你不能追随她在生活中的每一分钟，更不能代替她来生活，每个人对生活的选择都是不同的，你可以帮助她建立自信，但更主要靠她自我救赎。”凯伦轻轻的叹息。

卡门的行为方式充满危险，她是性工作者，虽然也吸过毒，但最后的感染方式是性行为。卡门有个悲伤的童年，父母都是吸毒者，在5~7岁的时候，她的爸爸为了毒资把她送给自己认识的人去侵犯。青春期里的卡门再也不能正确地看待自己的价值，觉得好的生活与自己无关。

凯伦的工作和生活是提供一切方法、资源去给予帮助，但人性有复杂多重的层面，有些人借助这些绳索回到了地面，而且走得更高，但是有些人自甘松手，坠入谷底，毕竟那滑下去的瞬间，

感觉不到辛苦，而有些人上上下下，终生漂浮。

“我和卡门一直保持着联系，好在她已经重新找到了自己，正在为其他的感染者作宣教。”

我爱我的工作，给别人的生命带来改变

凯伦现在的工作是在麻省艾滋病行动委员会做一名与感染者面对面的咨询师。她爱她的工作，喜欢来上班，如果她的上级说：“凯伦，你能再多给一个感染者做咨询吗？”她会觉得那简直太好了。

“我的工作对我来说很重要，在预约的时间里，尽我的所能，对另一个人的生命带来改变。”

在结束“寄养家庭”这份工作来到麻省艾滋病行动委员会之前，凯伦曾主持一个项目，给家里有孩子的感染者提供帮助，让他们得以从孩子身边离开一会儿，去看医生，去关怀组织，或只是和朋友喝杯咖啡，让他们至少觉得不那么孤单和与世隔离。但后来因为资金问题，这个项目被砍掉了，但它真的在很长一段时间里起到了作用。凯伦梦想着，“我希望有一天，我能买一所房子，装修好，让感染艾滋病毒、无家可归又带着孩子的妇女，住进来，直到她能自食其力”。

我能理解他们经历的泥沼，在这些抗争中，你也能看到力量，作为专业人士，很重要的是帮助感染者唤起自身内在的力量

上个月，一个新来求助的感染者，已经无家可归 7 年，说他不能找到公寓住，一切都太难了，感觉太糟了，做自己想做的事实在太难了。

凯伦对他说：“但你竟在这里，你在这里，这说明你从未放弃，你在我面前和我说这一切故事，你竟还在这里，你生存下来，在大街上流浪，7 年，你还是活了下来，其他的人可能挖个洞，跳进去，然后死了，而你在这一刻坐在这里，和我讲所有可以搞到吃的地方，可以睡一晚的地方，和绝对不要去的地方，有些地方我也不知道，你给我提供了资源，你是个户外生存专家，7 年都睡在外面，你还没忘记去领药，这就是勇气，其他人可能在你这样的情况下忘记去检查和吃药，天天想着反正我也是睡在大街上。我认识的一些人，有自己的公寓，但却不知道自己的 CD4 和

病毒载量，我赞美你的力量！那么接下来让我们看看能不能让你有个地方住，希望每天早上醒来，一切重新来过。”

这个感染者不自觉地就在椅子上坐直了腰板，觉得是啊，自己活着真是个奇迹！

凯伦说：“通过这些负面的事件，你仍可以看到一个人的内在力量，哇，这太奇妙了，这就是了不起的人类，勇敢的幸存者！”

人的一生中总要经历各种事情，无人能幸免，没有人终其一生纯净无瑕，如果不好的事情已经发生，不意味着不再值得有任何好事发生

凯伦觉得必须有足够的奉献精神来做这份工作，需要面对不同的人性，和多重的问题，比如：精神问题、吸毒、无家可归、低收入、无业、缺少食物……需要解决一个人的整体问题，那些使他们的人生下行的因素，不仅仅是艾滋病毒而已，要愿意帮他们去解决，教育他们如何为生活找到更好的出路，把他们作为一个整体的人去服务。

凯伦一直灌输给感染者这个理念：“你值得并应该有个地方去住，你值得拥有你可能得到的最好的医疗服务，你值得拥有一切你可以获得的最好的东西，因为你是一个人！”

我一贯坚持：艾滋病毒感染者有义务告诉同伴实情，让对方做出自己的选择，同时他的隐私要受法律的有力保护

凯伦在给感染者做咨询的时候，问他们现在是否使用避孕套，有些感染者漫不经心地说：“哦，偶尔吧。”凯伦会问：“你不让对方知道自己的状况，是让别人处于危险之中，难道你真的不在意吗，你真的真的不在意吗？”

麦克（化名）是凯伦从7个月大时开始抚养的，一起住了1年之后，麦克被别的家庭正式收养，麦克最终被确诊为艾滋病毒感染者。他现在25岁了，刚刚大学毕业，有个健康的女友，对方知道他的状况，麦克说他们非常非常注意防护，他们很相爱。

“艾滋病毒感染者不意味着必须只能和感染者在一起，非感染者和感染者在一起是常见的，需要的只是教育与安全套。”

凯伦说：“我一贯坚持：感染者有义务告诉同伴实情，因为对方有权利知道真相，让对方做出自己的选择，而对方无论是结束还是继续这段关系，在今后的人生中，都不能向第二人泄露别人

的隐私，这要受法律的有力保护。”

凯伦曾在剑桥地区教5年级、8年级、9年级学生的性教育，一部分教育内容就是要让对方知晓你的状况，现在这些人中很多已经自己有了小孩，和她联系密切的这些人，没有一个在人生中感染艾滋病毒的。“通过教育，我想我真的做了些什么。”凯伦欣慰的笑。

注释：

寄养家庭（Foster parents）：由政府出资，将因家庭遭受变故、失依、失养或遭虐待等儿童及少年安置于符合的家庭，接受寄养，并于适当时机，返回其原家庭或被领养。

波士顿医学中心：Boston Medical Center。

81 福燕

简介：首都医科大学附属北京佑安医院感染一科护士长，1998年是艾滋病领域关怀组织“爱心家园”的创始人之一，2010年贝利·马丁奖获得者。

对于一个护士，你的职业针对的是疾病，而不是导致疾病的行为

1996年福燕被调到感染科艾滋病区做护士长，因为丈夫是医生，对此很理解，很达观。福燕说，“普通人是莫名的恐惧，常常不知道自己恐惧的是什么，而医护人员可以知道得很清晰。”

福燕深深了解艾滋病毒感染者的内心压力。“感染了艾滋病毒以后，很多病人的人生轨迹发生了很大变化，一些原来很出色的人，面对一般人可以轻易做出的决定，比如体检、住院等等非常忐忑不安，倍感煎熬。病人们来到佑安医院抱着很大期望，带着层层伪装，有极强的戒备心理，比如在医院里，本来和医生、护士正自然地说着话，突然有其他人想插进来和医生或护士说句话，他们会立即逃掉。住院时都是用种种借口向单位请假瞒着亲友，隐姓埋名地住在医院里，很多寻常的生活需要都得不到满足，比如吃不到自己家人带来的菜，太阳好的时候，也没人推出去晒太阳。”

感染科的护理团队每天进行的有创操作，比如说采血与静脉注射，职业的风险性高于其他病区，我很想知道她们怎样组建这样一支队伍。福燕说："我们对护理队伍要求稳定性，需要护士对自己工作的认可，对自己团队的认可，用理念、价值观为引导来提升自豪感而把大家凝聚在一起。护士们要严格执行标准化防护，但对病人，不要区别对待，而是平等看待。"

"感染途径是个人的事情，对个体来说，关心感染途径没有意义，他到这里来要治疗的是感染产生的结果；对群体来说，途经与职业，对于进行教育及干预是有意义的。对于一个护士，你的职业针对的是疾病，而不是导致疾病的行为。"

先行者要承受孤独，但被理解只需假以时日

老主任徐莲芝给缺乏家人照顾又很虚弱的感染了艾滋病毒的病人理发，护士们觉得不能只是她一个人在忙，应该都尽一份力，后来觉得几个人还是不够，1998 年开始成立爱心家园，并让志愿者加入进来。成立之初，在资源各个方面都得到了医院的扶持，但是先行者总要承受一份孤独，在这个领域倡导人文关怀并非所有人都能理解。福燕在与国外的同行交流时看到，由于欧美国家起步早，很多想法和行动已经开始了，所以她坚信被理解只需假以时日。爱心家园受佑安医院和国际基金的支持，但国内在这个领域的个人或企业捐赠，寥若晨星。

爱心家园的咨询室叫"恬园"，这是一个感染者走进来可以哭也可以笑的地方，最重要的是帮助感染者恢复内心的恬淡安宁。恬园现在的 4 位全职咨询者是国内比较早的感染者，但他们还过着双面人的生活，为了避免猜疑，不能完全向亲友和外界告知他们工作的领域和性质。爱心家园的工作已向社区和高校扩展很多年，案例教育、发放资料，进行行为方式干预，现在已经成为国内艾滋病毒感染者支持组织的一面旗帜。

和无辜说 NO，做自己生活的主宰

通常情况下，大众认为两类感染者最无奈，一是通过血制品途径感染；另一类是在婚姻过程中没有过失，但伴侣因为婚外性方式感染，之后又传染给自己。

"要和无辜说 NO，要控制生命进程中能把握的因素，在进行血制品使用和接受有创检查与操作的时候，比如拔牙、文身等等，

应该在头脑里画个问号，审慎地在心里评估一下对方的资质，但这需要通过教育来使大众具备这个意识。女性是敏感的动物，不要总把自己放在弱者的地位，一旦有所察觉，需要与丈夫沟通，在怀疑对方时，在没有事实能保证自己的安全时，坚决要求使用安全套，女性总是觉得没有办法开口，就站在弱者的位置上听天由命，女性应该做自己生活的主宰。”

没有什么比你的孩子健康成长更重要

福燕的女儿是高中生，在爱心家园开展的活动中，她和另外一个女同学一起来做志愿者。当结束了志愿者的系列活动，问她们有什么收获的时候，女孩子们回答：“我知道了要好好保护自己。”福燕觉得“没有什么比你的孩子健康成长更重要，这包括身体、心理和行为方式，志愿者行动可以成为孩子们一种对行为方式的教育与学习”。

琳后记：

关于性病与艾滋病的教育，在什么阶段进行比较好，见仁见智。

美国的约瑟夫在12岁的时候已经有了性行为，而李太生主任诊治的国内的年龄最小的感染者是高中生。目前爱心家园进行宣传教育与行为干预的群体主要在大学校园，还没有在中学开展过。爱心家园的萧贝觉得，中学生的交往对象如果不是校园以外的人的话，教育应侧重于防止早孕和堕胎上，性病方面的教育应主要通过教育他们的监护人来传达，对于大学生，应积极开展关于艾滋病知识的教育。

我的个人观点是，性病艾滋病的教育宁早勿晚，科学得当的教育绝不会是一种诱导，而是提前敲响的警钟。

82 Barbara Sweatt (芭芭拉・斯威特)

简介：脊髓灰质炎病人，轮椅人士，女性，1964年出生，意大利裔美籍，现居波士顿，艾滋病领域等多个领域志愿者。

虽然无法站立，但没有任何事物能阻止向前

第一次见到芭芭拉，是在麻省艾滋病行动委员会组织的一年一度的艾滋病健步走活动。在活泼矫健的志愿者中，安静微笑的她格外让我注目。由于肌肉无力，在轮椅中的她显得柔软娇小，但她就那样气定神闲地坐在那里，做当天活动的前台接待工作，帮着登记捐款和分发礼品。

活动结束，在热烈的阳光下，她和我相视而笑，开动着轮椅缓缓而去，和欢呼雀跃的人群相比，她就像一幅静态的风景画，虽然没有十足的动感，那写意却在你的头脑里久久徘徊，挥之不去。

她说："我一直竭尽全力来保持尽可能的独立，我去我想去的任何地方，我不让任何事阻止我向前。"

别人的目光掠过我，只看到了轮椅；我的爱人只看到了我，略掉轮椅

芭芭拉在 3 岁的时候，经过 3 个医生的诊断，确诊感染了脊髓灰质炎病毒，那时虽然已经有预防脊髓灰质炎的疫苗，但在她出生的意大利还没有实行大规模免疫接种，在感染后，医生们也没有更多的措施可以帮到她。在 70 年代，芭芭拉的全家移民到了美国，生活至今。芭芭拉经历了多年的物理治疗，只为了仅仅能够移动她的双腿和双臂，这是个极其疼痛的过程，但芭芭拉觉得非常值得。在腿部固定支架后，她甚至可以借助拐杖来行走了，但这一切却在她 24 岁的时候戛然而止，她的左腿不幸撞击墙面发生骨折，由此，能够直立行走的日子宣告结束，她开始与轮椅为伴。

芭芭拉说："我觉得从此以后再也不会拥有幸福，因为我今后的人生都要坐在轮椅上了，直到遇到我的丈夫。"

芭芭拉与丈夫已经结婚 17 年，她的丈夫是个健康健全的人，他说："我看一个人，是看她如何与别人相处，而不在意她随身还带了一把椅子。"

芭芭拉觉得自己很幸运，很多人只注意了她的轮椅，而忘记她的存在，她的丈夫，却无视轮椅，仅看到了她的存在。

- **我希望见证，有一天，艾滋病毒就像曾经的脊髓灰质炎病毒一样，只成为一段记忆**

芭芭拉是个活跃的志愿者，除了参加为支持艾滋病的预防和科研而筹款的艾滋病健步走活动，她还参加为了消除饥饿而举办的活动，乳腺癌健步走活动和其他很多不同的慈善活动。

脊髓灰质炎疫苗在20世纪50年代被研制，60年代经过了不断改进，她亲身经历脊髓灰质炎对儿童和他们的家庭造成的灾难，她亲耳所闻脊髓灰质炎疫苗的出现和推广，她更亲眼见证脊髓灰质炎在人类几大洲的消亡。

她说："虽然脊髓灰质炎疫苗对我已经不再有用，但是在我离开这个世界之前，我知道由于也有我的参与，通过我的志愿者工作，帮助募集善款用于支持一项研究，而诞生了一种有效的治疗方法，我会感到非常欣慰。今天我来参加艾滋病的志愿者工作，就是希望有一天，艾滋病毒就像脊髓灰质炎病毒一样，只成为人类的一段记忆。"

艾滋病篇结束语

约瑟夫说，在美国，围绕艾滋病的耻辱感今天依旧存在，这影响了人们去检测、治疗和寻求帮助，并使社区割裂。近期，在艾滋病的预防和治疗上，有很多令人振奋的进展，给了人类新的希望，但是如何消除促使艾滋病流行的耻辱感，最重要的因素就是你！

如果你从没有和艾滋病毒感染者接触过，很容易被一些不实或不客观的信息影响，产生偏见和恐慌。作为医生，我也是从 2010 年 9 月才开始和艾滋病毒感染者接触，发现绝大多数感染者忧心同伴和家人胜过自己，并希望他人都不要被感染，内心有悲悯的情怀。

你对事物的认识，会随着你遇到的人而改变，关键是不能拒绝去了解和固守成见。人类最大的危险，来自人与人之间的厌恶，这也是很多歧视与纷争的根源。对于疾病的理解应该是中性的，它不带色彩，没有不干净的疾病，只有不干净的思想。

提笔写下这一章，希望未感染者觉醒，感染者坚强，让人类携手迎面已知和未知疾病的挑战。

生之愉悦 Life is so beautiful | 尾声

当我终于完成书稿，一遍又一遍地回顾，一种奇妙的感觉油然而生，2 年的光阴，无比投入，却自此与我脱离，不知道如何描摹那种深切又释然的心情。

写作之初，我从没想到会收获什么，莫名的使命感敦促着我；封笔之后，我感觉到所得远大于我的付出。这场旅程，收获的信任、友谊、关怀，引发的思索、领悟、感慨……在这个越来越多使用数字指标的世界里，我体会到了，最美好的东西，都是无法量化的。我意识到了，真正完全属于一个人的，唯有自身健康与人生经历。

应试的成长过程，锻炼了理性与头脑；这场写作的旅程，丰富了感性与心灵。

我开始能以艺术的眼光，欣赏每个生命体的独特；我开始能以悲悯的情怀，理解人类生存的无奈；我开始能以崭新的视角，看待与人与物的关系。

泰戈尔说："我不祈求痛苦困难有止境，只希望有一颗征服它的心！"

仅以此言，与君共勉。

声明：文中出现的治疗方法、仪器设备、药物名称等均为陈述事实或完整再现个例的诊治经过，与本文作者无任何商业利益关系。